所有相遇，都是靈魂的思念

用11萬個大禮拜，獻給讀者的生命之書

黃淑文——著

字，這中間不知累積了幾世因緣。如同我與每個題材和主角，都是必然相遇的功課。謝謝淑文帶我走進西藏，它讓我想起自己與尼泊爾的相同美好！

——黃嘉俊（黑糖導演）

愛與被愛是一輩子的課題，而一個人的旅行不失為療癒自我的最好方法。在《所有相遇，都是靈魂的思念》裡，我們跟著雪雁的奇幻旅程，抽絲剝繭地檢視內在、化解過去，讓一切的混沌在反芻過後更趨清澈明朗。

——于瑋珊（編劇／導演）

〈作者序〉

用十一萬個大禮拜，獻給讀者的生命之書

從二〇一六年開始構思這本長篇小說，到二〇一七年八月底，我每天做一〇八個大禮拜。我必須承認，書寫長篇小說，以及完成十一萬個大禮拜，對我而言是一種嚴厲的苦行。只有親身體驗，我才會明白，在佛前做大禮拜，並不是為了要自我挑戰或得到什麼，而是把自己消融放空，徹徹底底化為空無。有時拜到最後，腦子裡什麼都沒有了，使盡所有力氣，只為了再重新站起來。最後，心底的聲音只剩下：站起來、站起來，不管怎麼樣就是要站起來——活著就是了。

就這樣，每天堅持一定要趴在地上做一〇八個大禮拜，好像是對生命的謙卑自省，定時清理、放空，我的生命悄悄產生了變化。我越拜越輕盈，越拜越喜悅，有時一天竟然可以拜好幾百個、甚至一千個大禮拜都不覺得疲累，一整天都精神飽滿。

我一邊寫小說，一邊做大禮拜，如我當初所發的願，從一萬個、兩萬個、三萬個……我的生命經過每日汗水和淚水的洗滌，越來越清明，越來越清澈。二〇一九年十月二十七

日，我終於完成十萬個大禮拜。完成的那一瞬間，我整個人都消融了，周圍的一切彷彿都停止，只剩下深深的寂靜。

完成十萬個大禮拜之後，因為十萬個裡面，可能有一萬個沒做好；一萬個裡面，可能有一千個沒做好；一千個裡面，可能有一百個沒做好；一百個裡面，可能有十個沒做好；而十個裡面，可能也有一個沒做好。所以，我又繼續發願做十一萬一千一百一十一個大禮拜。

我一邊做大禮拜，一邊又繼續寫小說，每一次趴下，俯臥在地上，似乎都是對自己再一次的整理，對小說書寫的文字，一遍又一遍的反芻。就在快要完成十一萬個大禮拜、只剩下最後兩百個就可以圓滿完成的三月十二日，我突然想到三十年前一個從來沒想起的小小過失，一時之間，竟淚流滿面。生命有時會犯一點過失，但當時的我們不夠成熟，並不知道，也不可能知道。我做了最後深深的懺悔，完成了十一萬個大禮拜時，感覺全身心變得好輕鬆、好自在，彷彿重生了一般。巧的是，三月十二日正好是觀世音菩薩聖誕，而西藏剛好是觀世音菩薩的道場，藏人所唸的「嗡嘛呢唄美吽」，正是觀世音六字真言。

完成十一萬個大禮拜後，我的西藏小說也同步寫到終曲，兩個藏族老奶奶來夢中找我，淚流滿面。我和她們一起在夢中哭了，醒來之後，久久無法自已。我相信，這一切從最初到西藏，到最後完成十一萬個大禮拜，應該不只是巧合，而是冥冥中之中有什麼安排等著我去完成。

這本書寫了四年，總長十五萬字，並用兩年半的時間完成十一萬個大禮拜。而在西藏薩嘎達瓦節——佛陀出生涅槃成道的佛月——我也親自到拉薩的釋迦牟尼佛前，用大禮拜環繞大昭寺八廓街一圈，作為我對讀者獻上這本生命之書的禮敬。回首這一段神奇的旅程，當這本西藏小說如願地誕生在讀者面前，我希望讀者在翻開小說的同時，能夠感受我用十一萬個大禮拜獻上這本書的心意，以及這一連串巧合所帶來的恩典。

如同這本小說的書名《所有相遇，都是靈魂的思念》，我希望這本小說，能夠成為一條愛的通道。那些我們所愛的、不能愛的人，無法愛、拒絕去愛的人，在這本小說裡面，交織成一張生命的塵網，也許讓你哭，讓你笑，讓你掩面不捨；所有觸動你的，一棵樹、一朵花、一個情傷、一個從未說出口的祕密，其實都是為你而寫。跟著書中的人物，勇敢地去觸摸內心底層的愛，讓那些曾經糾結的痛、無奈的錯、愛與不愛、對與不對，都能重新拉出空間，在愛裡圓滿。

【目錄】

一　祕密通道

一個人需要隱藏多少祕密，才能巧妙地度過一生？這佛光閃閃的高原，三步兩步便是天堂，卻仍有那麼多人，因心事過重，而走不動。

——倉央嘉措

雪雁站在大昭寺廣場，注視著這個煨桑爐❶，已經有一段時間了。她從大昭寺出發，沿著八廓街轉經❷，每次回到大昭寺廣場，都會發現這個煨桑爐不太尋常。

剛開始，轉經的藏人把松枝丟進煨桑爐焚燒，成團的濃煙從爐頂竄出後，會慢慢裊裊上升往四面八方移動，漸漸分裂成幾縷輕煙後，便融入空氣化為無形。但雪雁在八廓街轉了一圈又一圈，每次回到大昭寺廣場觀察這一團白煙，都會發現最後總有一絲透明到幾乎看不見的輕煙，彷彿有生命似地飄呀飄，停佇在大昭寺廣場旁一棵已經沒有生機、只剩下一截樹樁的老樹上。老樹的毛孔輕輕張開，把那一縷輕煙吸了進去。

雪雁想起來拉薩之前做的夢，有一棵老樹搖晃著枝幹，似乎有什麼話要對她說，這或許是夢中的徵兆。她決定不再轉經，走到煨桑爐旁這棵早已乾枯的老樹，目不轉睛凝望著，把目光定位在吸進白色桑煙的樹皮上。

很明顯，它已經死去一段很長的時間，而且在死前似乎曾被火嚴重灼傷，雪雁感受得到那劇烈的痛苦。時間的巨獸無情啃咬老樹的舊傷，從焦黑的色澤、殘留的大大小小坑洞，以及一道道被侵蝕的深溝裂紋，可以看出它死前仍然努力掙扎，企圖奮力一搏。

雪雁注視著老樹身上的坑洞，越走越近，有一股力量莫名牽引著她往裡面鑽，好像要把她吸進去似的。她往後退了幾步，刻意拉開距離遠觀這些坑洞，心裡刺刺癢癢的，許多複雜的心緒像跑馬燈一個接一個跳出來亂竄，就像煨桑爐裡的松枝一旦被點燃，就會化成桑煙找到出口竄出去一樣。

雪雁的腦海中突然迸出一個男人的臉，一個她再也不願想起的男人。一雙貪婪的眼睛貼在玻璃窗上，像野獸般盯著她瞧，鼻子因為用力過猛而被壓扁，露出嘴裡的一口黃牙，哈著氣緊貼著玻璃喘息，好像隨時就會衝破玻璃撲倒在她身上、肆無忌憚啃咬的夢魘，這麼多年來一直若有似無糾纏著她。她以為自己藏得很深，就算偶爾想起，也只是當成噩夢，假裝什麼事都沒有發生似地輕輕甩開。而今，這個緊緊包裹在記憶深處的祕密，居然在凝望這棵死去老樹的坑洞時竄出來了。

「已經死去的我，在這個夢魘裡重新復活了嗎？」雪雁搓搓心尖，胸口隱隱作痛，她盯著滲入老樹坑洞的桑煙，反覆思索著。很顯然，這不過是一個曾經活過又慘痛死去的生命所遺留下來的遺跡罷了。但是，為什麼它還殘留在這裡？仔細觀察，殘破的樹身被繫上白色的哈達，上面還豎立著幾塊石板，上頭雕刻著經文，路過的藏人會朝這醜陋不起眼的樹幹低頭喃喃自語，離開時，還會撒幾顆青稞穀粒作為供養。

一棵死去的樹，還繼續被藏人懷念著，這和旁邊的大昭寺有什麼關係？雪雁微微轉身，抬頭望著大昭寺的金頂，中午熾烈的陽光反射，讓她幾乎睜不開眼睛。她眯起眼，眼角餘光掃視綁著白色哈達的樹樁，倏地閃過一個女人的幻影。

她嚇了一跳，揉揉眼睛，再度睜開雙眼時，卻什麼也沒發現。她低下頭，小心翼翼，

❶煨桑：藏人的祭祀習俗，即以焚燒穀物、松柏枝等物所產生的煙霧來祭祀鬼神的活動，直譯為「煙祭」。原本是西藏本土宗教苯教的祭禮，後被藏傳佛教吸收，用於禮敬佛菩薩。

❷轉經：藏傳佛教寺院周圍都配置有可依次轉動的經輪，一般以布、綢、緞、牛羊皮包裹。經輪表面刻有六字真言，筒內裝滿經典。依據藏傳佛教的教證，凡轉動經筒一回，等於誦讀一遍內藏經文。一般從順時針方向轉動。

忍不住伸出手觸摸樹身上的裂痕。

她感到一種寧死也不願妥協的心酸。這棵歷經風霜的樹幹，表面斑駁的裂痕已經風化成一層像盔甲般的硬殼。原本高聳的樹身已被削去半截，就像死去的戰士仍堅忍地跪在地上，不願倒下。但不管它如何頑強抵抗，都不可能再出現任何生機。

老樹很早就死了，底層的生命卻依舊如此強韌。雪雁心生敬意，輕輕觸摸這些被狠狠撕裂的紋路，指尖感到微微刺痛。如果這些裂痕像人們心上的傷痕，一定沒有修復，或者根本無法修復，才會結成如此粗劣似盔甲的硬皮。傷痕硬掉了，表面凝固不動、穿上一層防衛的外衣，從此卻永遠停留在受傷的那一刻。日子久了，反而以為它本來就長這個樣子，忘了它真正的模樣。

雪雁不知不覺想起了父母，心底突然開始燃燒。如果她換個家庭、換個父母，她會成為怎樣的女孩呢？就像眼前這棵寧死不屈的老樹，在還未受傷之前，一定也曾經年輕、曾經英姿煥發，曾經用茂密的枝葉擁抱過拉薩的天空吧。

雪雁的目光往上游移，大昭寺廣場兩邊的房子，藏紅色屋頂上懸掛的紅、黃、藍、白、綠五色小旗子，正隨著輕風飛揚舞動，好像五匹小馬乘著風在空中奔騰。拉薩是彩色的，白牆紅瓦配上這種五色小旗子，在八廓街隨處可見，旗子上印著經文和各種祈福圖騰。當五匹小馬隨著風起跑時，似乎把祝福傳送到空中，甚至更遠更遠的地方。

雪雁想像自己就是這棵老樹年輕的模樣，忍不住張開雙臂擁抱著天空，隨著五種顏色的小馬起舞。她剛從台灣飛來拉薩，還沒有仔細觀看這座城市。拉薩的天空非常的藍，是很純粹的湛藍，只有幾朵白雲在空中互相追逐。空氣很乾，到處瀰漫著酥油的奶香，太陽光線很強，幾乎把水氣都蒸發光了。環繞拉薩城的高山光禿禿的，粗獷中帶著野性的原始力量，像一個沒有穿衣服的人，裸身相見，卻不會讓人感到害羞不自在。

雪雁的目光，從空中逐漸游移到地面，成群的藏人沿著八廓街磕頭、轉經輪，像一條河流密密麻麻地湧動著。攢動的人頭，就像河裡的小船，正在尋找靠岸的碼頭，偶爾停下來，在八廓街上的煨桑爐丟進幾把松枝焚燒，在爐裡撒上糌粑粉和青稞粒作為供品之後，又繼續趕路。八廓街上有好幾個煨桑爐，但雪雁的視線停了下來，像探照燈直接落在大昭寺廣場這個靠近老樹的煨桑爐，爐內竄出的白色濃煙還是若隱若現地飄向老樹。她的目光沿著那些桑煙慢慢飄動，最後黏在老樹斑剝的樹皮上，她感覺自己的毛細孔也像老樹一樣，張開嘴巴把桑煙吸了進去。

雪雁挺直了身子，深深吸了一口氣，那些透明的輕煙一部分滲入老樹的樹皮，一部分包圍著她，緩緩移動。雪雁隨著輕煙的牽引走到老樹的另一側，驀然間，她看到樹身的坑洞和坑洞之間，有個早已枯萎的凸出枝幹，像是一雙歷經滄桑的手。這雙手作勢向前，似乎在尋找什麼支持。一種複雜的疼惜撲上雪雁的心頭，一股從體內爆發而出的衝動，使得她彎下身，伸手握住了這雙手……

像是被閃電擊中一般，一股奇怪的電流沿著雪雁的手指穿越胸口，劇烈的心痛讓她差點放聲大叫。

雪雁反射性地抽回自己的手，一根柳條卻同時在這個瞬間，從死寂的枯木旁邊一棵翠綠的柳樹上掉下來。

雪雁望著掉在地上的柳條，還來不及想清楚剛才發生了什麼事，身旁就出現了一個老婦人，對她說：

「恭喜妳，妳是公主柳所揀選的人，撿起掉在樹下的柳條吧！公主柳會把妳需要知道的訊息告訴妳。」

老婦人自稱「甲木薩」，為雪雁解釋枯槁的老樹是一三〇〇年前，唐朝的文成公主嫁到拉薩時親手栽種的柳樹，當地的藏人稱「公主柳」；後來因為文革被火焚燒，僅剩半截的樹樁。藏民為了紀念文成公主，又在這棵死去的柳樹旁栽種了新的柳樹。一般遊客大都誤以為那棵蓊蓊鬱鬱的新柳樹是一三〇〇年前的公主柳。

雪雁仔細端詳這位老婦人，她的打扮像藏族婦女，頭髮梳成兩條又長又粗的辮子垂在胸前，耳朵戴著綠松石耳環，腰前繫了一塊彩色花紋的圍裙。她臉上布滿了皺紋，皺紋在臉上的刻痕，就像老樹身上的樹皮一樣。

雪雁不明白甲木薩為什麼要她撿起地上的柳條，警覺地後退了一大步。

「撿起柳條吧！」甲木薩面帶笑容，語氣溫婉，卻隱含必須按照她的話去做的權威。

「為什麼我要聽妳的？」雪雁面對眼前這個陌生人，下意識地保護自己。

「妳不是聽我的。是公主柳揀選了妳，把妳需要的柳條送給妳。柳條會把妳需要知道的訊息告訴妳。」甲木薩收斂起笑容，眼神尖銳地看著雪雁，像一把利劍頂著雪雁的喉嚨，不給她一絲拒絕的機會。

雪雁不想就範：「我怎麼知道妳說的話是真的？如果我不撿起這根柳條，會怎麼樣呢？」

「妳會錯過生命送給妳的禮物。況且這個禮物是妳自己選的。」

雪雁越聽越困惑了，她不覺得這是自己選擇的，況且她也沒有想過要留一根柳條在身邊做紀念。甲木薩凜冽的目光直視雪雁，好像把她內在深處的靈魂看透似的，她嚴肅地對雪雁說：「是妳自己看見死去老樹的那雙手吧？是妳自己握住了它，沒有任何人強迫妳，對吧？

「如果妳不信的話，撿起柳條，在地上畫一個圖，柳樹會把妳需要知道的訊息轉達給妳。」

甲木薩的眼神太犀利了，犀利中帶著一種精準判斷情勢的自信，雪雁很想繼續反抗，但話到嘴邊卻又吞了回去。望著老樹那滿目瘡痍、被她誤以為是雙手的凸出枝幹，她的確產生了一種自己也說不上來的情感。她大可什麼都不理會馬上離開，但她真的很想知道這棵老樹究竟發生了什麼事，還有桑煙和老樹之間有沒有什麼關聯。

雪雁踟躕著，心想，柳條是從另一棵柳樹掉下來的，死去的老樹和新的柳樹是同一個樹種，柳樹與柳樹之間，應該像人一樣，有共通的人性，彼此可以透過一個手勢、一個眼神，用無形的意念相通。或許，死去的老樹真的想透過新的柳樹傳遞什麼訊息也說不定。

況且，畫一下，應該不會怎麼樣吧？雪雁的好奇心戰勝了恐懼，她撿起掉在地上的柳條，正想著要畫些什麼，柳條卻像是黏住她的手似的，自動牽引著她在地上畫出一些線條。剛開始是抽象、零碎的，後來隨著某種意念的波動，逐漸成形。最後畫出一個女孩背對著一個男人，朝向另一個男人。

這是什麼意思呢？雪雁望著手上的柳條，瞪大了眼睛，還來不及思考，甲木薩就突然牽起雪雁拿著柳條的手，放進老樹的坑洞。雪雁一時天旋地轉，被一股巨大的力量吸進了洞裡。

好像瞬間越過某一層結界，雪雁睜開眼睛後，赫然發現自己掉進了一個坑洞。她驚嚇地站起身來，洞裡的柳樹香氣撲上她的鼻子，像樹皮剝落裂開的各種紋路如根鬚般往四面八方蔓延，把整個洞包圍起來，像一個新生嬰兒的搖籃。搖籃裡有一株小樹苗，被一團白色桑煙滋養著。小樹苗旁站著一位年輕女孩，年紀約莫二十來歲，面貌清秀，兩眼炯炯有神，額頭有一顆紅痣，頭髮用柳枝當髮簪往後盤成髮髻，穿著比八廓街的藏人不知高貴多少倍的藏服，卻長得一點都不像藏人。

「妳是誰？為什麼在這裡？這裡是什麼地方？」雪雁的聲音顫抖著，腦海一片空白。女孩覷著眼，帶著嘲笑的眼眸看著驚慌的雪雁：「我為什麼要告訴妳我是誰？我反倒要問妳，為什麼闖進柳樹的坑洞裡？」

一提及柳樹的坑洞，雪雁的心一緊，發現手上依然緊握著柳條，想起她如何被甲木薩引導進入這個坑洞，腦海迅速閃過老樹的裂痕、公主柳、文成公主栽種的公主柳這三者的連結；又想起她掉入坑洞以前，在柳樹下拿著柳條，在地上畫了一個女孩，背對著一個男人，朝向另一個男人。

雪雁盯著女孩額頭上的紅痣，傳說中從長安遠嫁到拉薩的文成公主額頭上就有這樣的胎記，再看著女孩一身貴氣的打扮，有一種直覺跳上心頭。

「妳是文成公主！」雪雁幾乎尖叫出聲。話一說完，緊接著，她腳下突然同步浮現她在柳樹下所畫的那幅畫：一個女孩，背對著一個男人，朝向另一個男人。

站在小樹苗旁的女孩，白皙的臉龐瞬間泛起了紅暈，似乎默認自己就是文成公主。「圖畫中，這兩個男人到底是誰？」雪雁用柳條指著地上的圖畫，直截了當問了女孩。她知道這幅畫一定藏著什麼祕密，否則不會洞裡洞外這麼巧，出現了一模一樣的畫。如果解開這個祕密，說不定她就可以從洞裡走出洞外。

「我為什麼要告訴妳那兩個男人是誰？」女孩的眉宇突然蒙上一層陰影，雪雁的話似乎戳到了女孩的痛楚。她驀然想起文成公主嫁的是藏王松贊干布。松贊干布應該是其中一個男人，那麼另一個男人呢？

她小心翼翼，進一步探詢：「其中一個男人是藏王松贊干布嗎？那麼另一個男人是誰呢？」沒想到，她的話語卻直接惹惱了眼前這位正值青春年華的女孩。

女孩突然臉色大變：「妳根本不懂我的痛苦！如果妳連自己都不了解，有什麼資格問我呢？」她生氣地把手一揮，地面揚起了灰塵，地上的畫瞬間模糊了，沙子撲上了雪雁的眼睛。雪雁緊閉著雙眼，感覺一陣刺痛，失去了知覺。

回神過來時，雪雁已經回到現實的世界。「噢，文成公主的脾氣挺拗的。」她不懂文成公主為什麼會那麼生氣，嚇得目瞪口呆，害怕自己被施了什麼魔咒。

「剛才到底發生了什麼事？」雪雁質問依舊在她身旁的甲木薩，把柳條丟在地上，全身顫抖著。

她喘著氣，心跳得非常快，把進入坑洞所發生的一切劈里啪啦全部倒給甲木薩，全身的尖刺像刺蝟一樣張開，緊張地掃視了老樹周圍的動靜。除了煨桑爐冒出更多白色的濃煙包圍著老樹，柳樹下的畫已經消失不見之外，周圍的藏人如常轉經、煨桑、磕頭，沒有半個人有異樣的眼光，好像剛才什麼事都沒有發生。

「不用緊張，妳一直站在這裡，並沒有真的進入柳樹的坑洞，那是妳的錯覺。剛才妳所看到的是一種靈魂的光線。」甲木薩露出微笑，好像變成另一個人似的，剛才的犀利完全都不見了。唯一沒改變的是，她的眼神總是射出一種光芒，直入雪雁的眼底。

「為什麼我會看到文成公主的靈魂光線？為什麼妳要把我的手放進這棵樹的坑洞裡？妳的企圖是什麼？」雪雁激動回擊，她懷疑這是甲木薩設計的圈套。

「我一開始就跟妳說過了，公主柳揀選了妳；或者也可以說，妳選擇了公主柳，妳們選擇了彼此。妳們的靈魂光線，因為彼此的選擇，進入彼此的世界，成為彼此的一部分。剛才我只不過是引導妳做了連結而已。」甲木薩不疾不徐地解釋，好像剛才發生的一切本來就會發生，她只是幫忙按下開關、連接電源而已。

「什麼是靈魂光線？我來拉薩並不是為了想要看公主柳或認識文成公主。我不需要妳幫我做任何連結。」雪雁激烈地反駁，整個頭開始脹痛，應該是情緒緊張，加重了來到拉薩的高原反應。

「妳別激動，現在的妳只是受到一點驚嚇。妳會害怕生氣，是因為妳不明就理。妳只要明白其中的緣由，內在的恐懼就會漸漸消弭。人，都是因為無知而恐懼。」甲木薩沒有隨著雪雁的情緒起舞，反而抽絲剝繭，為雪雁解釋來龍去脈。

「簡單地說，靈魂光線是妳自己的產物。那是一種從妳的內在發射出來的光線。每個人的身上都有光，這種光是從內在的靈魂透射出來的。這種光線，我們稱之為靈魂光線，是一種帶著能量的電波，每次我們心裡出現一個意念，我們的靈魂光線就會像電流一樣發射到宇宙之中。

「這個意念，哪怕只是靈光一閃，都會以想像不到的速率放射出去，轉化成能量，在宇宙發出呼喚，吸引同質能的能量回到自己身上。

「換句話說，連結文成公主的電波是妳自己發射出去的。它當然不是物體，丟出去就沒事了；它是一種光波，而發射光源的本體是妳自己。妳怎麼發射出去，它就怎麼反射回來，最後一定會回到妳身上。」

「不對。我完全沒有想要和文成公主有任何連結，我連動這樣一個小小的念頭都沒有……」雪雁再次反駁，反抗一種莫名其妙就加在她身上的命運。她感覺有什麼事即將發生。

「問題是，妳現在已經和文成公主連結了。」甲木薩果決地打斷雪雁。

「妳想想，妳為什麼會來到這裡？為什麼會用這個方式和公主柳產生了連結？為什麼妳會看到老樹的傷痕？不管妳願不願意、知不知道，這件事就是發生了，從此以後，這個事件就會用一種有形無形的方式影響妳，和妳產生連結。妳可以假裝不知道或選擇抗拒，但都無法抹去這個事件已經在妳身上留下痕跡。

「妳必須知道的是，不管妳做什麼，甚至只是出自本能的反射動作，一個腦子裡極其微小的細念，都會溶入妳的生命，成為靈魂光線的一部分。或許在很多時刻，妳以為自己忘記了，但在某個不經意的當下，曾經留在心頭的痕跡，又會以另一種形式回到妳的面前呼喚妳，只為了延續妳之前未完成的、害怕面對的，甚至是故意遺忘、忽略的。」

聽到這裡，雪雁將目光拋向老樹身上那些像瘡疤的大大小小坑洞，還有文成公主最後告訴她的話：「如果妳連自己都不了解，有什麼資格問我的痛苦是什麼？」雪雁望著被她丟在地上的柳條，不知從什麼時候開始，或許從甲木薩開始解釋什麼是靈魂光線，她就忘了恐懼，忘了要逃跑，而只是想了解為什麼會發生這些事。她來拉薩之前，在台灣的困惑已經夠多了，她不想再多帶著一個疑惑逃開，而甲木薩似乎是一個可以為她解答的人。

甲木薩深邃的眼眸閃閃發光，一把攫住了雪雁眼中所流露的那一絲渴望。她撿起地上的柳條，遞給雪雁：

「這枝柳條是妳的了。任何時候，只要妳想了解自己，想了解文成公主，都可以用柳條畫畫。

「不過，妳要注意一件事：妳最好知道自己想問什麼問題。只要妳提問，柳條就會牽引妳畫出藏在深處的心像，回應妳的問題。如果妳不知道自己要問什麼問題，就要謙虛、認命、放空，讓柳條，或者更真切一點說，讓妳的命運牽引著妳去作畫，把相關的訊息告訴妳。」

「不，我一點都不想再進入柳樹的坑洞了。」雪雁退後一大步，心有餘悸地搖頭。

「我剛才不是跟妳解釋過了嗎？妳沒有真的進入坑洞裡，那是妳和文成公主的靈魂光線交織後所產生的幻象。」甲木薩忍不住提高了音量，說完後頓了一下，盯著雪雁看了一會兒，又馬上改變語調，像安撫一個受到驚嚇的小孩：

「放心，只有妳的手握著這根柳條，然後把柳條放進坑洞，這兩個條件具足，才會產生進入坑洞的幻象。畫吧！這根柳條從今而後是妳的了。妳得學會怎麼運用它，解讀它給妳的訊息。」甲木薩說完，把柳條再次遞給雪雁。

「如果我就是不畫呢？」雪雁把手伸到後方，無論如何她都不能再輕易答應。

「如果妳不畫，這棵柳樹就會成為妳來拉薩的陰影。就算我再怎麼努力解釋說明，都無法完全消除妳心裡所有的困惑。如果妳不畫，妳永遠不知道這根柳條究竟具有什麼樣的力量，還有妳進入坑洞和文成公主相遇是為了什麼。一開始妳假裝不在意，抗拒去思索，直到有一天妳發現妳永遠帶一個困惑活著，妳會後悔當時為什麼不勇敢一點畫畫看，也許答案就藏在妳做的另一個決定裡。這就是人們為什麼常常後悔，帶著遺憾黯然離開。生命需要勇氣，妳不做，不願意戰勝自己的恐懼，就永遠不知道生命會不會出現另一種結局。勇敢一點，孩子。」

甲木薩說這些話時，像個充滿耐心的母親，用溫柔的光線團團包圍著雪雁。尤其最後結束時叫喚的那一聲「孩子」，甲木薩投注了很深的感情在裡面，軟化了雪雁，清理了她的焦慮。甲木薩似乎有控制情緒或者洞悉人性的本領，讓一切按照她想要的去運轉。

「妳得告訴我，妳是誰，來自哪裡？為什麼會特別注意我？」雪雁被甲木薩的母性團團包圍時，努力維持一絲理智，提醒自己必須知道甲木薩的來歷，保護好自己。

「妳可以把我當作剛好路過的老人，一個在西藏住了很久的老奶奶，一位在地球旅行的過客，或者稱我是西藏這塊土地的母親，這是我最喜歡的稱呼，藏族都稱部落裡的老人為『阿媽』。我之所以這麼關心妳，是因為妳的靈魂光線充滿愛的電波。妳對老樹的愛，感動了一個在西藏住了很久的老太婆。」甲木薩笑了，臉上的皺紋擠成一團。或許是高原上空氣稀薄，讓人的思緒跟著輕飄飄地游離，雪雁眼前的甲木薩是多變的，沒有固定的形狀，她一下子犀利強勢，一下子循循善誘，想變成什麼就成為什麼。不管甲木薩說什麼、做什麼，都展現一種強烈的意志和說服力，讓雪雁很難不被她影響。

雪雁環視柳樹附近，在大昭寺前一遍又一遍撲倒在地上虔誠磕頭拜佛的人，幾乎全是藏族的老人和婦女。雪雁的心融化了，選擇再次相信甲木薩，接過柳條，蹲下身子，先小心翼翼用柳條畫了一個圓，確定沒有任何可怕的徵兆之後，接著又在這個圓上面，畫了好多個圓彼此交疊。就像她一開始在八廓街轉經，轉了一圈又一圈，最後看見了這株枯死的老樹，把她和文成公主糾纏在一起。她問甲木薩這個圖顯示的訊息是什麼。

甲木薩往後退了好幾步，然後把雪雁叫過來，一起在稍遠的地方看著地上的那些圓。

「有時，妳必須抽離出來，隔著某些距離才看得清楚自己。」

雪雁瞇著眼望著那些糾纏的圓，赫然看到一條蜷曲的蛇。她問甲木薩：

「我根本沒想要畫蛇，為什麼現在會看到蛇呢？」

「圖畫會把妳內在的潛意識，妳知道的、害怕知道的，甚至是妳嗔恨的、貪愛的、不敢告訴別人的，統統引發出來。」甲木薩說完，雪雁終於知道柳樹坑洞裡的文成公主為什麼會突然發怒，她一定有無法面對的事。

「蛇，代表蛻皮與重生。妳想想，蛇為什麼要蛻皮？」

「蛇的身體需要長大。」雪雁想當然耳地回答。

「妳大概才二十出頭吧？」甲木薩上上下下打量著雪雁，指著雪雁畫在地上交疊在一起的圓，「如果蛇代表妳的旅程，那麼妳在這個圓的哪裡？」

「在圓的裡面。」雪雁上前用柳條點了一下。或許是太陽光投射在柳樹上，使得原本交疊的圓因為光影的覆蓋合成了一個圓，加上雪雁點了一個小點，畫面變成了「⊙」。

甲木薩望著⊙，臉色一沉，陷入了沉思，突然默不作聲。

「怎麼了?說呀，⊙代表什麼訊息?」

「⊙的形狀像乳房，代表母親的哺育和女性的情欲。妳的生命會像蛇一樣地爬行，最後像蛇一樣，用蛇頭咬住尾巴，變成一個圓，從起點回到原點，蛻皮重生。」

雪雁的胸口縮了一下，雙臂交叉，本能地護住了乳房。甲木薩的解讀，好像預言以後會有什麼事發生。蛇本身就是一種具有毒性、狡猾，不怎麼讓人有好感的動物，她突然感到不舒服，懊悔自己剛才選擇相信甲木薩，沒有馬上離開，才會聽到如此不好的預言。

「別擔心，蛻皮會疼痛，成長會付出代價，但長大絕對是好事。」甲木薩望著天上的太陽，指著地上的圖：

「妳瞧，太陽的光線改變了，投射在柳樹下的光影也會跟著改變妳的圖。妳所畫的圖，從原本的一個圓，現在變成了兩個圓互相纏繞，好像一公一母兩條蛇互相纏繞著，這顯示妳的旅程和情欲有很大的關聯。」

甲木薩越解釋，雪雁越不安。她望著自己畫的圖，從交疊的圓，變成蛇，變成乳房，再變成一公一母互相交纏的蛇。她漲紅著臉，頭皮發脹，想到她為什麼從台灣飛來拉薩，內心微微燒起一把怒火，一種複雜的痛苦充滿她的胸口。她用眼角餘光掃視甲木薩，心想，自己真的太不小心了。眼前這個老太婆也只不過是第一次碰面而已，她怎麼能聽信這片面之詞，相信她就是一個藏族的老奶奶?這一切會不會是甲木薩設計好的騙局，讓她一步一步踏入陷阱裡無法自拔?她得趕快脫身才行。

反倒是甲木薩一點都不在意雪雁的情緒變化，繼續剖析雪雁的圖：

「⊙是太陽的象形文字，代表光線。⊙也像我們的眼睛，妳用內在的眼睛，觸及到一種光線。或許，也可以這麼解讀，妳今天用內在的眼睛，看見了文成公主和自己的靈魂光線。」

「妳說的統統都不對。」雪雁搖搖頭，像個任性的孩子，一旦事情不順自己的意，脾氣一上來就不按牌理把身邊的一切用力推開。她故意否決甲木薩所說的一切，想要快速結束話題，趕緊離開。她想到文成公主也是這麼對待她的，說變就變，不留一絲情面。

「其實我畫⊙，只是想表達我在八廓街轉經。八廓街就像一個圓，我在這個圓裡面轉了一圈又一圈，如此而已。妳把事情說得太複雜了。」

面對雪雁的駁斥，甲木薩淡淡一笑，似乎對她的變化瞭如指掌。她知道，她今天的話只能說到這裡了。

她指著大昭寺：

「如果妳畫的⊙，圓形指的是八廓街，八廓街的中心點就是大昭寺。

「藏民千里來大昭寺朝聖，主要是為了朝拜釋迦牟尼佛十二歲等身像。這座珍貴的雕像，是文成公主嫁給藏王松贊干布的嫁妝。見到釋迦牟尼佛十二歲等身像，就如親見佛陀。

「妳看這麼多藏民在八廓街轉經，其實是圍繞著大昭寺的釋迦牟尼佛轉。文成公主的雕像就在大昭寺裡，妳就按照柳樹條給妳的訊息，進去看看吧！

「還有，我忘了提醒妳。柳條上面有多少個節點，就代表公主柳可以回答妳多少個問題。妳該問的問題問完了，這根柳條就變成一根普通的柳條了。」

甲木薩話一說完，倒也乾脆地轉身走了。雪雁等甲木薩的身影淹沒在轉經的人潮後，迅速把手中的柳條丟掉。她必須忘記讓她心慌的預言，然後離這棵公主柳遠遠的。

雪雁往前走了幾步，想了一下，感到些微的不安，又回過頭來撿起地上的柳條。不管如何，柳條已經是她的一部分了，她不能任意丟棄它。

她算了一下柳條上的節點，總共有七個。她今天已經用掉兩個了。

二 見與不見

世間高明的計畫，成果往往不太高明。
呼喚不見得能叫出來者，最相配的男女不在最恰當的時機相逢。
失落的一半獨自在人間漂泊，茫然枯候。等到相逢，已經太晚了。
經過這番愚鈍的耽擱，遂生出一切煩惱、失落、震驚、災禍和古怪的命運。

——哈代

文成公主的靈魂光線交織所產生的幻象，但柳洞裡的文成公主是那麼栩栩如生，在她眼前躍現，像一個有血有肉、有情有愛、有脾氣的小姑娘，反倒眼前的文成公主雕像死氣沉沉，顯得虛假不真實。短短幾個鐘頭，在柳樹下發生的一切，已經像老樹身上的硬痕，深深地鏤刻在她的心版上。

她陷入沉思，直到有一雙手，在她的面前用力揮舞：「請往前走好嗎？妳堵在這裡，後面都塞車了。」

雪雁趕緊側身，讓朝拜的人潮順流通過。回頭一瞧，一雙又大又黑、柔和而炯炯有光的眼睛，從兩道濃濃的長眉毛下面，帶著暖洋洋的笑意，與她對望。

噢，是個藏族青年，雪雁的臉紅了，回報以靦腆的笑臉。從他穿著傳統藏服，黝黑的膚色，雙頰帶著藏族特有的緋紅，盤在頭上的髮辮和辮間的紅色絲穗，雪雁猜想，那應該是康巴漢子特有的英雄結。

藏族青年的眼睛閃耀著快活和慧黠的光芒，低下頭，調皮地逗她：「妳到底在看什麼呀？看文成公主，還是赤尊公主？」

雪雁這才驚覺，原來文成公主和松贊干布的身旁，還有另一個女人。她問藏族青年，那個女人是不是他口中的赤尊公主？赤尊公主又是誰呢？

藏族青年側著頭想了一下，用手指數了數，忍住笑意說：「赤尊公主是尼泊爾公主，她是松贊干布第幾個老婆，我也忘了。反正論順序輩分，她排在文成公主的前面就對了。」

雪雁往旁邊挪了一步，看到赤尊公主頭上綁著一條頭巾，嘴角上揚，倒像個挺有個性的邊疆女孩，是那種愛上一個人就義無反顧，大膽地愛，大膽地恨，對感情毫不保留的女孩。

「松贊干布比較愛文成公主，還是赤尊公主呢？」雪雁觀察到文成公主手上拿著碗，赤尊公主卻拿著法器，兩個人的地位明顯不同啊。

藏族青年愣了一下，可能沒有人問過他這樣的問題，他盯住雪雁的臉，久久沒有回答。雪雁滿臉通紅，害羞地別過臉，假裝看別的地方，覺得自己問得太直白了，這下子可尷尬了。

耳邊隨即爆出一陣爽朗的笑聲。藏族青年移動步子，走到雪雁面前，用通透坦率的眼神，再次直視她的臉，認真地回答了這個問題：

「松贊干布到底比較愛文成公主還是赤尊公主，藏人應該沒有這種疑問啊。藏人對愛是很寬的，愛就是愛，愛一個、兩個、甚至三個，都一樣愛呀，哪有這種糾結呢。」

雪雁訝異地望著眼前這位藏族青年，他身上每一吋細胞都帶著喜悅的笑容，散發著無拘無束的風采。藏族的開朗是天生的，自自然然，渾然天成。如果一個男人同時愛三個女人，作為女人聽了可能會很生氣，但為什麼從這個藏族青年的口中說出來卻那麼地健康、明朗，天經地義？

或許是巧合，藏族青年站在文成公主塑像前，文成公主的眼神正好直視著他，看起來就像雪雁所畫的那幅圖畫。

「文成公主朝向的男人，是一個藏族青年？」猛然跳出來的影像，讓雪雁吃了一驚。定睛一看，這個藏族青年的身影經過燈光反射，停留在文成公主的胸部，導致文成公主的胸口——正確地說，是乳房的位置產生了陰影。一個女人的乳房有陰影，應該是對愛產生了陰影吧。

雪雁挺起胸膛，想起她在柳樹下畫的⊙。甲木薩說得沒錯，不管她當初來拉薩是為了什麼，當她和文成公主的靈魂光線交融時，不管她願不願意、知不知道，有些事情就開始發生了。

雪雁沉浸在自己的世界，咀嚼著初來拉薩所發生的一切，她要花多少時間、用什麼方法，才有辦法釐清，找到真正的答案呢？如果這一切如甲木薩所言都只是幻象，她這麼執著地往裡頭鑽，會不會太過癡傻？她敲敲自己的腦袋，猛然警醒，卻見那個藏族青年已經離開她的視線。

雪雁穿過迴廊，走出大殿，搜尋他的身影，發現他正拿著相機在中庭拍一朵花。

藏族青年露出雪白的牙齒，朝著雪雁微笑，熱情招手。雪雁走過去，他長得好高大，她的身高只到他的胸膛，就像一隻瘦弱的小鳥飛到一棵大樹下。

雪雁走上前，臉頰熱熱的，心跳得有點快。她想，或許可以從眼前這個藏族青年身上，再得知一些關於公主柳的訊息。

「我叫達瓦，來自康區，是個攝影師。我們不是第一次見面呢。剛才我進大昭寺之前，就在公主柳附近看見妳了，很少有遊客會像妳這麼專注地看著公主柳。妳真的很特別，不管是看公主柳或文成公主的雕像，妳幾乎是整個人貼上去，把所有心思投注在裡面，就像被什麼東西黏住似的。

「妳專心地盯著公主柳，我專心地盯著妳瞧，這個畫面挺有趣的呀！」達瓦一邊介紹自己，一邊彎著身子拍攝中庭僧侶栽種的花，烏溜溜的眼眸總是掛著微笑，就像是鄰家的大哥哥一般，隨時可以跟任何人閒話家常。雪雁靠過去介紹了自己的名字，還有在台灣博物館的編輯工作。她低著頭，看著達瓦鏡頭下那朵帶點嬌羞的粉紅花朵，一股淡淡甜甜的花香撲上了雪雁的鼻尖，她被一股熟悉的花香震懾住了。

她想起在柳洞裡聞到的香味，儘管味道不同，卻都含藏著某種相似的感情。她想開口問達瓦有關公主柳、柳樹的坑洞，還有他認不認識甲木薩，但話到嘴邊卻哽在喉嚨說不出口。她微微張開嘴，眼神往下沉入公主柳的幻境裡，反覆猶豫著，該怎麼跟眼前這位藏族青年描述這一連串的奇遇。

「怎麼了？想到什麼，就說出來吧。憋著，會不舒服的。」達瓦故意把相機的鏡頭聚焦在雪雁的眼睛，擺出專業攝影師的姿態，作勢要給她一個特寫。雪雁被逗笑了，摀著臉，用手遮住鏡頭。

她拐了一個彎，想著這朵花或許像文成公主一樣，面對著一個男人，思念另一個她不能愛的人。於是發揮她的想像力，編了一個故事：

「我從小在山上長大，對花草樹木有一種神奇的了解。我摸摸植物的葉子，聞聞它的香氣，就知道它今天的心情如何。剛才我動念，聞了這朵花的香氣，突然感覺到，這朵花心裡藏著一個祕密。」

達瓦睜大眼睛，上下打量了雪雁一番，驚訝她居然有這種想像。他說，萬物有靈是藏人的信仰，萬物的確都是有生命的。不過，他還是很好奇，一朵看似平凡的花朵會藏著什麼祕密呢？

「這朵花所散發的，是一種思念的味道。你想想，它為什麼會如此豔麗地開在這個中庭呢？它為誰而開？我從它所散發出來的味道，感覺它似乎在等待一個它所愛的人，它前世的情人。

「或許它所愛的人，是廟堂裡的一個喇嘛？或是一個常常來這間廟宇的旅客？它等待著、守護著一個它不能愛的人，一份沒有結果的感情。

「它靜靜等待、綻放，散發著內在的香氣，就只是為了和它所愛的那個人相遇。儘管只是那麼短暫的一眼，它也無怨無悔。」

雪雁一口氣說完。原本只想說一個想像的故事，話一說完，卻覺得自己找到柳樹下那幅畫的答案。或許文成公主背對著松贊干布，愛上了一個藏族的青年，那個藏族青年是她前世的愛人。文成公主在枯萎的柳樹洞裡，守護著一份沒有結果的愛情。

想到這裡，她忽然敏感起來。她跟達瓦才剛認識，一下子說這麼多會不會太過唐突？這跟她一下子就相信甲木薩有什麼兩樣？想到甲木薩的預言，她就開始忐忑不安，這是她的毛病，常常不小心說得太快、太多，事後又感到懊悔。明明對人沒有安全感卻又心直口快，傻傻的，沒有經過縝密思考，就把自己的心敞開丟了出去。

她的臉瞬間漲紅了起來，但達瓦的反應馬上化解了她的尷尬：

「妳說的，完全是有可能的。這種花，在西藏叫格桑花，這個中庭是大昭寺的金戈大院，確實有僧人會在這裡辯經、讀書，照顧這些花朵。說不定這朵格桑花，真的在等待她所思念的僧人，守護著兩人好不容易得以相聚的幸福呢。

「藏人對萬物有情，相信生命輪迴，說不定我們的來生，真的會變成一朵花或一棵樹，全心全意開出自己的美麗，僅僅只是為了把生命最美好的一切，獻給前世所惦記的那個人。

「這一期我在攝影雜誌需要交一篇稿子，我要拍下這朵格桑花，寫下妳說的故事，附上扎西拉姆．多多的一首詩，非常地搭配。」達瓦說完，蹲下身拍下特寫，唸了那首詩：

〈見與不見〉

你見，或者不見我，
我就在那裡，
不悲不喜。

你念，或者不念我，
情就在那裡，
不來不去。

你愛，或者不愛我，
愛就在那裡，
不增不減。

你跟，或者不跟我，

我的手就在你手裡，
不捨不棄。
來我的懷裡，
或者，
讓我住進你的心間，
默然相愛，
寂靜歡喜。

雪雁聽完，有一種感動深深地打進心底。她從金戈大院的天井，望向拉薩的天空，原本只是互相追逐、四處游移的白雲，突然像煨桑爐的桑煙一樣，一團一團纏繞在一起，就像火山爆發的濃煙，一下子遮蔽了蔚藍的天空。

她望著千變萬化的雲朵，心想，連雲朵都有那麼多的變化，更何況是人間的情愛呢。愛到深處真的可以無怨尤嗎？如果文成公主真的在柳洞裡守護著她所思念的男人，她真的可以這麼淡然釋懷嗎？想起柳洞裡文成公主最後的嬌嗔憤怒，還有大昭寺文成公主雕像流露出的憂愁哀怨，雪雁蹲下身子再次聞了這朵格桑花的香氣，問了達瓦：

「這會不會只是詩人浪漫的想像呢？如果有一天，你愛上了不能愛的人，你真的可以做到這樣嗎？你會不會很痛苦？」

達瓦想了一下，他的回答出乎雪雁想像之外。

「如果我不是藏人，我可能會很痛苦。不過，就因為我是藏人，我想我不會太痛苦。」

「這話怎麼說？」雪雁覺得很不可思議。

「因為藏人是善良的。藏人相信因果輪迴，不管愛還是不愛，甚至如妳所說，愛上了不能愛的人，藏人都會用內心的善良去守護這份愛。」

達瓦說著，突然想起什麼，骨碌碌的眼睛繞著雪雁溜轉了一圈，他反問雪雁：「剛才那朵格桑花的故事，是妳想像的吧？如果是妳呢，現實中的妳會怎麼做？」

雪雁愣了一下，達瓦的問題直接打中她長久以來藏在心裡的痛：「如果我愛上了不能愛的人，見與不見、愛與不愛之間，我會選擇決絕地離開，狠狠地遺忘。」話一說完，也許是激動，手心一直冒汗，掛著佛珠的手濕濕黏黏的。

「妳太極端了。妳的外表看起來那麼瘦弱溫順，內在卻那麼剛烈決絕。我以為妳會像自己所描述的那朵花，就算愛上了不能愛的人，也會愛得無怨無悔。」達瓦目光低垂，輕輕碰觸那朵格桑花，低下頭，深深吸入格桑花的香氣，然後抬起頭，對著雪雁說：

「在拉薩住一段時間之後，妳的想法就會漸漸改變。」達瓦注意到雪雁的手黏答答的，一直撥弄著佛珠，示意她把佛珠拿下來讓他瞧一下。

「喔，妳買到假貨了，賣給妳佛珠的商人用牛油擦拭了佛珠，表面才會這麼油亮。牛油遇熱就融化，難怪妳的手會不舒服。」說著，達瓦用雙手把佛珠放在心尖，閉起眼睛，虔誠地唸了一串佛號。

唸完佛號後，他又朝大昭寺正殿的方向，恭敬地把佛珠放在頭頂上呈給佛陀，又低著頭喃喃自語唸了一串經文，再還給雪雁：

「別擔心，用手握著佛珠，像我這樣，唸一句佛號，就撥動一顆佛珠，哪怕流出手汗也沒關係。用妳自身的磁場、真心、誠意，加上持續誦唸佛號，就可以淨化這串佛珠。以後它的色澤就會漸漸轉變，變回本來的樣子。

「不管以後妳遇到任何困難，只要把佛珠放在心上，向佛菩薩祈求，答案自然會浮現在妳的心上。那個時候，只要跟著妳的心走就行了。

「三天之後，我會去小昭寺，那才是文成公主本來供奉十二歲釋迦牟尼佛的寺院。有空的話，我們中午十二點約在小昭寺門口見吧。」達瓦帶著燦爛的笑容跟雪雁揮手道別，忽然想到什麼又回過頭來，指著自己的胸口，「要記得，心才是最重要的，隨著妳的心走吧。」

達瓦走了以後，突然颳起一陣風，轉瞬間天色昏暗，狂風飛沙。雪雁趕緊躲進寺院的屋簷下，正擔心著等一下要如何走回飯店，沒多久，周遭卻又突然恢復平靜。拉薩的天氣是如此多變，雪雁又想起柳洞裡的文成公主最後因為憤怒所揚起的風沙。她轉過頭再瞧一眼格桑花，卻見花瓣隨風飄落一地。雪雁撿起幾片花瓣，夾在隨身包裡的一本書中。她打開隨身包，看見裡面的柳條，知道下一步要怎麼做了。

三 來處

如果你想窺看自己的陰影藏著什麼東西，有個很簡單的方式，就是看自己的投射。

——拉芮恩·哈齡

雪雁在飯店的房間，反覆端詳著柳條。細細長長的柳條，質地柔軟，輕輕一彎就變成一個小圓圈。好似被甲木薩套上金箍咒，只要看到小圓圈，就會想起在柳樹下畫的⊙。

雪雁瞇著眼，視線穿過柳條彎成的圓，突然想起了什麼，踟躕了一下，便放下柳條，舉步艱難地走到鏡子前，用兩隻手的食指和拇指來回搓著上衣鈕釦，猶豫著要不要繼續下一個動作。她來來回回踱步，一下子在鏡子裡，一下子在鏡子外，心臟撲通撲通，越來越劇烈地跳著。最後她終於下定決心，解開上衣第一顆釦子。

她低著頭，抿著嘴，雙手依序往下游移。一股莫名的焦慮撲將上來，改變了她雙手移動的方向，倏地把原本解開的釦子，一顆一顆重新扣上。

她頹然地離開鏡子，謎樣的記憶，從陰森森的暗處席捲而來。一個瘦瘦矮矮、露出高高顴骨的女人倏地跳進她的腦海。這名陌生女子究竟是誰？當年把五歲的她帶到何方？這個身分不明的女子，和那個貼在玻璃窗像野獸般盯著她不放的男人到底有沒有關聯？雪雁的頭開始劇烈疼痛，這麼多年來，不管怎麼努力回想，都只有一些零星片段。

命運帶著嘲諷的眼睛，似乎在譏笑她的懦弱。雪雁狠狠用嘴巴咬住自己反覆解開又扣上鈕扣的指頭，像是在懲罰自己，又像是對命運死命地抵抗，不願認輸。她越想越氣，越咬越緊，痛得眼角沁出眼淚，直到尖銳的疼痛戰勝內心的怯弱，把潛藏在深處的恐懼揪出來，丟出皮囊之外。

她再度走到鏡子前，看著鏡中的自己，她知道心裡的黑洞在什麼地方，如今她不能再欺騙自己坐視不管，也無法再容許自己有一絲絲的遲疑。她深深吸了一大口氣，順著上升的氣流挺直胸膛，再順著吐出來的氣息，告訴自己用這一口氣的時間，一顆一顆解開上衣所有的釦子；褪去上衣之後，她再用下一口氣解開胸罩的扣環，看著鏡中裸露的上半身。雪雁痛苦地閉上雙眼，眼淚簌簌而下。雖然身處在私密的空間裡，她仍然臉部發燙，猶如利劍穿心。這麼多年了，她依然無法正視自己的乳房。

雪雁撇過臉，轉過身，穿上衣服，看著手指所留下的齒痕，突然對甲木薩解讀⊙的意涵「像蛇一樣，用蛇頭咬住尾巴，變成一個圓，回到原點」，升起一股莫名的惱恨。

一公一母彼此交纏的蛇，和童年的謎團會不會有什麼連結？雪雁的心揪成一團，不敢再往下想。這一切都是因為文成公主而起，難道文成公主真的背對著松贊干布，愛上了另一個男人？她要如何才能解開文成公主和自己童年的謎團呢？

雪雁望著桌上的柳條，心裡猛然一亮。她敲敲腦袋，繞了一大圈，答案竟然就在眼前。她馬上把柳條放在心尖，請柳條告訴她，文成公主究竟藏著什麼祕密？這幾個意象，會不會跟她的童年有什麼關係？

果然，柳條好像被什麼力量啟動了，牽引著雪雁的手，在地板上畫出一個女孩，站在一棟房子的前面。

雪雁被這幅畫攫住了雙眼，掉入了回憶。她知道，站在屋子前面的那個女孩，正是她自己。

出發到拉薩的前幾天，雪雁在父親的抽屜發現了一個紙袋，紙袋裡面有一封信，信中的女人訴說著對父親的思念，末後署名「靜」。

雪雁的父親是廟宇的神像雕刻師。神像的雕工細緻繁瑣，需要極大的心神專注，雪雁的父親幾乎以廟為家。漸漸地，有一些流言傳入雪雁母親的耳裡，聽說雪雁的父親愛上了一個常到廟裡進香的女人。

流言就像是毒液注入了人體的細胞，雪雁的家自此掀起永無止境的爭吵。原本在她心裡像神一般崇高的父親，一下子墜入萬劫不復的深淵。

「也許我憎恨的不是父親，而是勾引父親的那個女人。」雪雁瞞著母親，從山上轉乘市區公車，循著紙袋上的地址，隻身前往那個女人的家。一路上，她推演著各種見到那個女人的劇本，反覆思索著撞開那女人的家門後，如何衝上前，警告她別再靠近父親，最好滾得遠遠的，別再被她逮到。

雪雁對自己強烈的仇恨心感到訝異，這種猶如烈火般燃燒、足以毀滅一切事物的仇恨，幾乎完全扭曲她原本的性格。沒想到，一個人被傷害後所激起的仇恨竟是如此強大。她不確定見到那個女人之後，會不會不計後果做出什麼可怕的事。她的腳步一直往那個女人的家門移動，她知道自己的決心就像跨出去的步伐，絕對不會回頭，她要幫母親出一口氣，就算毀了父親和那個女人也在所不惜。

雪雁循著地址，彎進一條老巷子，巷弄兩旁的鳳凰木開滿了紅色的鳳凰花。雪雁被這一片花海絆住了腳步，拿出口袋裡的木雕鳳凰，望著豔麗的鳳凰花，眼淚奪眶而出。這隻木雕鳳凰，有著五彩斑斕的羽毛和孔雀般亮麗的花紋，是十歲時父親親手雕刻、送給她的。

父親說，鳳凰是寺廟壁畫、雕刻中常見的神鳥，象徵美麗和高貴。神話傳說中的鳳凰是不死鳥，五百年壽限一到，就會銜香木築巢，引火自焚。自焚前會朝著火焰用力鳴叫，為生命獻唱最後一首歌，再用翅膀搧動火苗，將自己化為灰燼。幾天後，一隻新生的鳳凰，會從灰燼裡飛旋而出，獲得重生。

當時在廟堂當神像雕刻師的父親，就像神的代言人。自從父親和那個女人開始來往，鄰里間的耳語和各式流言像一把刀刃，時不時割裂著雪雁。父親就像那隻木雕鳳凰，不再擁有高貴的靈魂，而變成了恥辱的標記。

雪雁望著火紅的鳳凰花，心中的怒火悶悶燃燒。鳳凰樹羽狀的葉子像鳳凰鳥的羽毛，隨著微風拍打著翅膀，搧動著隱沒在葉間一簇簇焰紅的花火。雪雁隱忍已久的怒火，已經無可抑止地從樹叢中竄出火苗。她沒把握自己見到那個女人後，會不會像鳳凰一樣引火自焚，甚至和所有的痛苦同歸於盡。

「如果闖進那女人家，正好看到爸爸，我就當著爸爸的面，放一把火，把木雕鳳凰燒成灰燼。」雪雁緊緊掐著木雕鳳凰，各種複雜的痛苦充塞著胸口，像一顆隨時會爆炸的炸彈。

雪雁陷入沉思，腦袋的思緒和腳步的移動處在兩個不同的世界，一個恍神，正好和迎面而來的女孩撞個正著。女孩手上的書啪啦啪啦滑落在地上，雪雁回過神來，正想彎腰幫女孩撿書，女孩卻俐落地搶先一步撿起書，拍拍灰塵，給她一個微笑。雪雁含在嘴裡的抱歉還來不及吐出，女孩就把書抱在懷裡，自顧自地往前走了。

雪雁轉身目送女孩的背影，感覺那個身影和神韻好熟悉。一回頭，一棟日式平房矗立在雪雁的眼簾，正好就是那個女人的房子。

雪雁的心狠狠被撞了一大下，發出一種劇烈、無形而雜亂的聲響，事先在腦海不知跑過多少遍的劇本，在瞬間亂了順序。她愣在門口，本想用拳頭用力敲門，質問那個女人憑什麼剝奪另一個家庭的幸福，但傾巢而出的控訴竄到喉間卻又吞了回去。她怕自己太過衝動，讓那個女人起了戒心不肯出來開門。

雪雁深深吸了一口氣，放下原本在門上已經緊握的拳頭，順了順呼吸後，重新伸手按了門邊的電鈴。

「誰呀！」一個輕輕細細的聲音從遠處傳來。雪雁緊握著口袋裡的木雕鳳凰，靜靜地默不出聲。一觸即發的火苗，像電流般迅速流竄到她的指尖。

「到底是誰呀，我來了！」門內細細柔柔的聲音，狐疑地提高了音量。雪雁緊盯著大門，屏住氣息。隨著門內窸窸窣窣穿上鞋子的聲音，雪雁的呼吸頻率不斷跟著加快，終於有個腳步聲越走越近，轉動門把，微微打開大門，露出小小的縫隙。

「妳是──」門內的女人微微探出頭，圓睜著眼睛和雪雁四目交接，刷地一陣臉紅，陷入尷尬的沉默。

出於直覺，雪雁一眼就知道她就是名叫靜的那個女人。不知怎麼搞的，原本已經衝到喉間、血脈賁張的火苗，在看到那個女人之後，突然瞬間熄火。

「我爸呢？」雪雁武裝自己，硬從喉嚨迸出本來要問的話語。

「他今天沒來。」也許雪雁長得太像爸爸了，那個女人什麼也沒多問，就輕輕側著身子，將門完全敞開，讓雪雁看個究竟。

雪雁漲紅著臉，迅速用眼睛掃視了一圈。莫名的羞辱，夾雜著一種連自己都說不清楚的心緒，讓她好想轉身大哭。她忍著，咬著嘴唇，艱難地迸出其實她並不想說出口的話：「告訴我爸，說我恨他！」然後轉過身，用最快的速度逃離這棟房子。

那個女人一把上前，拉住雪雁的手，用她纖細的手緊緊抓住了雪雁。雪雁用力想甩開她，沒想到，她卻抓得更緊。雪雁轉過身，使盡力氣大吼：「放開我！」

「對不起。」那個女人鬆開手，眼角沁著眼淚，肩膀一上一下抽搐著。

「說對不起，也沒有用。」雪雁的眼淚瞬間決堤，倏地轉過身衝出巷子。她的心跳得好快，胸口脹得好難受。她氣自己怎麼那麼沒用，該說的沒說，該罵的也沒罵。返回山上後，她在附近找了間酒吧，用酒精麻醉自己滿腔的憤怒。

所有的憤恨，沒有說出口的話，像酒館裡各種喧囂的樂音，往四面八方用力拉扯。她體內好像住著一隻憤怒的野獸，暴躁盲目地咆哮，企圖從體內衝出去卻找不到出口。雪雁大口大口把酒灌進喉嚨，想要澆熄胸口和嗓子裡灼熱的火焰，更多的痛苦卻滲入她的體內，終於超過負荷，昏沉沉墜落至夢境。

夢境中的她，重新回到那棟日式房子前，當女孩捧著書從巷子走出來時，時間的輪軸突然變慢了，定格在女孩手上的書。雪雁清清楚楚看見書的封面，有一隻大象站在樹旁，背上騎著一隻猴子，猴子肩上揹著一隻兔子，兔子頂著一隻鳥。書封上的四隻動物——大象、猴子、兔子、鳥，在現實的世界根本無法相容，但在夢中卻構成一個和諧的平衡。雪雁靜靜看著這個奇妙的圖騰，原本糾成一團的心，突然緩緩鬆開，出現從來沒有過的平靜。

樹的頂端有個圖騰，就像雪雁在博物館策畫古文明特展時出現的神祕符號。這些看似抽象的線條和印記，含藏著改變人類宿命的神祕力量，經常引起雪雁的注目和好奇。

這個符號圖騰究竟來自埃及、馬雅、西藏……哪個古文明的印記呢？雪雁盯著ཨོཾ，乍看之下，就像一個奔跑的人，像極了她今天用盡力氣，逃離那間充滿恥辱和罪惡的房子。再看著下半部的ཨ，這就像一隻老鷹張開翅膀。她驀地想起，在家附近的山頭，經常在她頭頂飛翔的老鷹。沒想到，當她心思這麼一動，ཨ居然隨著她的心念，鼓動著翅膀，變成一隻真實的老鷹，載著她逃離原本的家，往另一頭金光閃閃的高山飛去，最後停在一間寺廟的金頂上。書封的圖畫下方，突然出現一行字，跳上雪雁的眼簾：「去西藏的大昭寺吧，找到這個圖騰的祕密，妳就能改變命運，找到幸福。」

接下來，夢境一轉，書封上的動物竟然走進樹林，不見蹤影，只剩下圖畫裡的老樹輕輕搖晃著。在老樹周圍出現一個像彩虹一樣有七彩顏色的虹光圈，圍繞著ཨོཾ輪轉。

雪雁從夢中驚醒。酒吧裡吵雜的熱音搖滾，大喇喇地穿過她的耳膜，震得她耳朵好痛。一對熱戀中的情人，正在她面前耳鬢廝磨。她別過眼，對今日瞞著母親找到那個女人卻絲毫沒有任何作為，感到懊悔、憤怒和一種無來由的罪惡。這麼多複雜糾結的痛苦攪和在一起，她想起在夢境中看見的奇妙圖騰，所有的痛苦收攝在虹光圈的ཨོཾ裡，竟然能在瞬間得到轉化平息，感到很不可思議。

自從父親外遇後，她把木雕鳳凰收起來，寄情於山上的老鷹。對雪雁而言，鳳凰是傳說中的神鳥，很美麗，卻很虛無。木雕鳳凰就像父親給她的親情，是如此地脆弱，只要雪雁放一把火就可以燒為灰燼。反觀老鷹，在雪雁所住的山上，似乎無所不在，只要雪雁在心裡召喚老鷹，老鷹總會出現在雪雁的眼簾。父親不見了，逝去的愛永不復返。雪雁心裡的老鷹，取代了父親給她的鳳凰，在雪雁最脆弱的時刻，老鷹竟然在夢中化為ཨ出現了。

此時，山上酒吧的窗外，突然又傳來老鷹的叫聲。雪雁推開窗，對著老鷹揮手，差點尖叫出聲。已經不只一次，在她茫然無助的時候，山上的老鷹總是神奇地同步出現。這對她而言，是一個很重要的訊息，代表冥冥中有一個動力，有一個聲音，要她勇敢地去做自己想做的事。

雪雁試著在酒館畫出夢中的ཨོཾ。為何這個神祕的符號，在她夢醒之後，還如此鮮明地出現在她腦海裡？這個邁開大步奔跑的人，似乎像她一樣，想用力甩開命運的綑綁。再看著下方的ཨ，如果她真的被這隻老鷹載到西藏的大昭寺，會發生什麼事呢？她會不會真的在一棵樹下，看到大象站在樹旁、背上騎著一隻猴子、猴子肩上揹著一隻兔子、兔子頂著一隻鳥的奇特畫面，或真的找到幸福的祕密呢？

雪雁回到現實，此時的她在西藏的青年旅社。回想她來西藏的第一天，她所遇到的樹，竟是文成公主的柳樹。她並沒有在柳樹下看到大象背上騎著一隻猴子、猴子肩上揹著一隻兔子、兔子頂著一隻鳥的奇特畫面，也沒有在大昭寺或大昭寺附近認真搜尋這個圖騰。有更多她沒有預期的意外，占據了她的心思。

雪雁從行李箱拿出木雕鳳凰。來拉薩之前，她本想狠狠放一把火將它燒成灰燼，這樣的念頭從來沒有消失過。但是，每一次拿起打火機，她都被劇裂的痛苦和捨不得拉扯著。摸著木雕鳳凰的紋路，想起父親，她的眼淚潸潸而下，一滴一滴滑落的淚珠，浸濕了手上的佛珠。

她收起木雕鳳凰，想起達瓦，閉上眼睛，學著達瓦把佛珠放在胸前，做了個祈求，接著把佛珠放在手上，依著達瓦所教，每唸一句佛號，就觸摸一顆佛珠，一句佛號唸完，就接著觸摸下一顆佛珠。就這樣，一句接著一句，唸完了一〇八句，觸摸了一〇八顆佛珠，好像心上某個地方也被自己踏踏實實觸摸了一〇八遍。原本糾成一團的心思，竟被手上的佛珠撫平了。

「這種自己被自己觸摸，自己被自己安慰，重新獲得平靜的感覺，真的好奇妙。」雪雁想起，臨別前，達瓦拍著胸膛跟她說：「不要忘記，最重要的是自己這顆心。」在觸摸佛珠的同時，雪雁好像也同時觸摸到達瓦的心，她的心產生一種暖暖甜甜的悸動。

她把佛珠放在心上，昏沉沉進入了夢鄉，夢中依稀出現了達瓦模糊的身影。

四　對照鏡

我們既是鏡子，也是鏡中的那張臉。

——魯米

一早起來，雪雁的心裡，就跳出甲木薩對⊙的另一個解讀：「⊙是太陽的象形文字，代表光線。⊙也像我們的眼睛，用內在的眼睛，觸及一種光線……」

雪雁跳下床，趕往大昭寺廣場，她突然好想看公主柳旁邊那棵新生的柳樹，如何接收太陽的光線。

在拉薩，夏季的日落很晚，大約晚上八點太陽才下山；相對的，日出的時間也比台灣晚。清晨七點，雪雁低頭看著手錶，第一道光線總算從大昭寺廣場的右上方出現了。

她的視線沿著太陽光線，射向公主柳旁那棵新生的柳樹。頂端的柳葉，從樹梢探出頭來，接收了陽光所賜予的能量，出現了明亮的光暈。剛開始，只有前端的樹梢是光亮的，其他的枝幹都還在黑暗中沉睡。

清晨的陽光像慈母，小心翼翼移動身子，由前梢的樹葉，慢慢透射進入柳樹的枝幹，用自己的溫度喚醒每一片柳葉；再慢慢輕輕柔柔地由上而下，用自己的光亮滲入最底層枝幹的內部，最後整株柳樹因為陽光的透射而閃閃發亮——彷彿經過一夜睡眠，被清晨的陽光餵飽了能量，終於昂首挺胸，生氣勃勃地張開雙臂，向大地、向天空說早安。

雪雁體內的能量，隨著柳樹內的汁液一起湧動。清晨的陽光輕柔地拂過她的臉龐，使她忘卻昨晚的困厄，燃起新的力量。望著柳樹周圍，大批湧入的藏民匍匐在地上做大禮拜，雙手刷過地面夾雜著唸佛的聲音，此起彼落喳喳作響。很難想像，居然有這麼多藏人在濛濛亮的清早，像是完成每日必修的功課，自動自發地來到大昭寺廣場禮佛。看著柳樹由陰暗沉睡，到一層一層被陽光喚醒明亮，再對照周圍認真拜佛的藏民，雪雁心想，生命是有機會扭轉的。一個人透過修行，光亮就能一點一滴進入內心深處，照亮內心陰暗的角落。

雪雁摸著內心的痛楚，突然覺得那個老是啃噬她的黑洞，再怎麼不堪都不怕了。枯槁的公主柳是死寂的，但是她還年輕，像這棵新生的柳樹，是鮮活的，有能力往上生長。只要願意騰出空間，打開心，讓光亮照進來，沒有什麼過不去的。

煨桑爐的白色煙霧，依舊在爐內找尋各種出口，想盡辦法要從爐子裡竄出去，乘著輕風，順著太陽光線的滑動，竄過柳樹的樹梢，搔癢著每一片柳葉，柳葉笑吟吟地搖擺著，一閃一閃，笑鬧著。環繞大昭寺周圍的轉經人潮、準備出發去工作的人們，像一條大河在八廓街湧動著，一天的生活，就這樣開始了。

雪雁向店家買了拜墊，原本想跟著藏民一起在大昭寺廣場做大禮拜，但她發現自己迫不及待想從公主柳中獲取更明確的訊息，因為她已經抓到了進入文成公主內心世界的節奏。只要拿起柳條，隨著柳條產生的波動（這股波動似乎是文成公主的意念加上她自己的意念，彼此共振所產生的），而這波動會形成一股力量，自動引導雪雁畫出一幅圖畫。如果雪雁在柳樹下畫出的圖畫完全回應文成公主內在的真實，柳洞內就會出現和洞外一模一樣的圖畫。

她在柳樹下迅速畫出先前所畫的兩幅畫——「一個女孩，背對著一個男人，朝向另一個男人」和「一個女孩，站在一棟房子的前面」——然後問柳條，文成公主朝向的男人究竟是誰。雪雁把柳條放在女孩朝向的男人身上，把意念放在柳條上，牽引著她畫出更細膩的細節，一筆一畫地勾勒，果然畫出一個穿藏服的男子，答案呼之欲出。雪雁把柳條放進公主柳的坑洞，進入了柳洞的世界。

這次她所進入的柳洞，似乎和昨天有一點不同。原本那個像樹皮剝落的紋路，宛如根鬚般把整個柳洞包圍起來、像搖籃的洞口不見了，文成公主在一夜之間長大了，比昨天更像一個少婦，也更像藏人，連公主身旁的小樹芽都長高了。雪雁注意到有個和夢中一樣的虹光圈圍繞著小樹芽，白色桑煙則環繞著虹光圈輪轉著。

文成公主似乎一直在等她，思慮浮上臉龐，雪雁從公主眼中微微射出的光芒，感受到一種期待。她直截了當地跟文成公主說：「我懂妳的痛苦了，是愛與背叛的痛苦。」

文成公主的眼神突然蒙上一層憂鬱，蹙眉問道：「妳經歷了什麼事，懂得這種痛苦的滋味？」

雪雁說了出發前，她瞞著母親去找父親外面那個女人的故事。當她在訴說這個故事時，「一個女孩，站在一棟房子的前面」，還有昨天她畫的「一個女孩，背對著一個男人，朝向另一個男人」這兩幅畫，突然一起出現在地上，兩幅圖畫的命運好像緊緊相繫。雪雁看見，畫中女孩朝向另一個男人的影像清清楚楚地顯現。沒錯，是一個藏人，和她在柳樹下畫的畫一模一樣。

「為什麼妳會背棄自己的丈夫，喜歡這個藏人呢？」雪雁一直很想知道答案。

文成公主噙著眼淚反問：「我問妳，妳爸爸為什麼會喜歡那個女人？妳根本不懂什麼是愛。妳所理解的愛與背叛，是妳自己和父親的，卻不是我的。如果妳連什麼是愛都不了解，有什麼資格質問我呢？」文成公主的眼淚撲簌簌地從眼睛湧出，一發不可收拾，最後竟溢滿了整個樹洞。雪雁淹沒在水裡，失去了意識，從柳洞裡的奇幻世界，返回現實的世界。

雪雁重新回到柳樹下，她所畫的兩幅畫已經不見蹤影。和昨天一樣，她在洞內經歷這麼大的波動，洞外的藏人卻好像什麼都沒發生似的，繼續如常轉經、煨桑、磕頭。八廓街人來人往、熙熙攘攘，繼續按照自己的步調運轉，沒有因為她的悲傷而停止，也不會因為她的痛苦而失常。新生的柳樹依然蒼翠，白色的桑煙依舊裊裊升起，拉薩的太陽依舊金光閃閃。她望著枯槁的公主柳，悵然若失，心裡的困惑更多了。

愛，是什麼呢？第一次進柳洞，她激怒了文成公主；第二次進柳洞，她卻傷害了她。文成公主說得沒錯，如果她連自己都不了解，有什麼資格了解愛是什麼？雪雁突然想起甲木薩。她人去哪裡了？

雪雁四處搜尋，忽然在茫茫人海中，看見甲木薩站在大昭寺廣場，低著頭雙手合十，喃喃自語。雪雁飛奔過去，衝到她面前，定眼一看，才知道她認錯人了。

她失望地折返柳樹下，發現甲木薩竟然就在那裡。

「甲木薩，妳什麼時候來的？我正想找妳呢。」雪雁開心的眼神閃閃發光。

「是呀，妳想念我，妳的靈魂光線捕捉了我，我只好過來了。」甲木薩聳聳肩，一副無可奈何的樣子。雪雁突然有點失望。

「如果我沒有想念妳，妳就不來了嗎？」雪雁酸溜溜頂了回去。

「不能這樣子說呀！因為妳對我的思念，我變成妳生命的一部分了。同時，妳也成為我生命的一部分。」甲木薩說著，用手指著公主柳說：

「這就好比，妳有妳的祕密，文成公主也有她的祕密，妳們的靈魂光線透過這個祕密交融了。從此妳的祕密，變成文成公主的一部分，文成公主的祕密也成為妳的一部分。」

說到文成公主，雪雁把昨晚畫的畫，還有清晨在柳樹下畫的畫、進入柳洞的經過，一五一十告訴了甲木薩。末了，頗有感觸地問了甲木薩：

「愛，是什麼？我要如何才能理解文成公主究竟發生了什麼事？為什麼愛總是伴隨著痛苦、傷害和背叛？如何才能得到恆久不變的愛呢？」

甲木薩聽完後，並沒有像往常一樣馬上回應。她看了雪雁一眼，上上下下打量她一番之後，瞇著眼睛望著遠方，好像在尋求什麼連結。接著，她垂下眼，用雙手打了個手勢，置於胸前，然後閉上眼睛，嘴裡唸唸有詞，似乎在做某一種溝通。雪雁不明白甲木薩發生了什麼事，不安地繞著公主柳來回踱步，她擔心自己一心一意只想找到答案，說得太快，也問得太多了。

時間一分一秒從凝滯的空氣中滑過。雪雁抬起頭來仰望天空的雲朵，發現許多小雲朵似有若無地游移，隨著風的湧動，時而凝聚，時而分開，最後形成一個圖騰，好似夢中出現的ཨ——一隻老鷹在空中張開翅膀向她揮手。

「老鷹又出現了，這是一個信號，有什麼事要發生了。」雪雁在心裡叫喚著。

不知過了多久，甲木薩終於抬起眼角，注視著雪雁：「我可以教導妳。不過，妳必須和我做一個約定。」

「什麼約定？」

「妳必須答應我，不管將來發生什麼事，妳都不能恨我。」

「哪有這種規定？如果妳做了什麼事傷害了我，或者有一天我發現妳其實是一個壞人，我也不能恨妳嗎？」

「就是這個意思沒錯。」

「妳怎麼可以這樣？妳連我認為妳可能會變成壞人都沒有否認，教我要如何相信妳？」

「妳不用相信我。妳只要遵守約定，不要恨我就行了。」

「妳憑什麼要我不能恨妳？」

「因為一切都是妳自願的。」

「明明是妳把我的手放進柳洞裡，才會發生這麼多奇怪的事。」

「不是這樣的。是妳對柳樹產生好奇，發出渴望的波動，我才把妳的手放進柳洞裡。就連我現在站在這裡，都是因為妳想念我，我才會出現。學習什麼是愛之前，妳應該要先學習對自己負責才對。」

甲木薩嚴肅地板起面孔，鏗鏘有力、一字一句、斬釘截鐵回擊著雪雁。雪雁杵在樹下，張開嘴，漲紅著臉，本想要再說些什麼反駁，卻突然一個字也迸不出來。

甲木薩深深望了雪雁一眼，再抬頭仰望著柳樹。半晌，語重心長地說：

「永遠要記得，為什麼妳會來到這棵柳樹下。是妳，對柳樹的愛，讓枯槁的公主柳重新燃起活下去的意志。是妳，讓柳樹裡的小樹芽，重新復活了。」

雪雁的腦海，迸出小樹芽在柳洞裡，一次比一次長高的身影，還有圍繞著小樹芽的虹光圈，像來拉薩之前的夢境一樣，輕輕柔柔地撫慰著她，使得雪雁的稜角突然軟化了。

「如果我答應這個約定，有一天卻發現自己做不到，那該怎麼辦呢？由愛生恨的例子不少吧？一開始，愛都是美好的，誰知道，未來會發生什麼事讓愛變質呢？」雪雁想起父親，胸口又緊緊縮在一個痛點上。

「這個問題很簡單，妳只要在恨裡修行，就行了。」

「在恨裡修行怎麼會簡單？搞不好有一天我真的恨起妳來了，那可怎麼辦？」

「為這個恨，發一個願。這個願，必須利益妳，也利益其他人。然後，繼續妳的生活，照顧好自己，努力過好自己的人生。漸漸地，這個恨，就會轉化了。」

雪雁露出困惑的表情，這對她而言太抽象，無法理解。甲木薩進一步解釋：

「舉個例子來說，假如有一天，妳發現我是一個壞人，在懷恨的心還沒有把妳淹沒以前，趕緊在心裡發一個願。」

「這怎麼可能？一個人怎麼可能一邊恨一個人，一邊又為所恨之人發一個利他的願？」雪雁很訝異甲木薩居然這麼快就承認自己可能是壞人，她的確這樣懷疑著。

「不是為所恨的人發願，而是為妳心中所燃起的恨，為這個痛苦發願。譬如，如果有一天，妳真的發現我是壞人，妳可以發願去老人院當志工，教導出更多善良的老人，避免像妳這樣的年輕人被老人欺騙。

「只要妳想到我，燃起嗔恨心，就越投入教育老人這個志業。妳投入越多，妳對恨的注意力就會轉移，妳所投入的志業因為利益眾生，會吸引更多的愛來到妳面前；越來越多的愛，取代了妳心中的嗔恨，直到有一天，妳發現心中的嗔恨不見了，只有滿滿的愛，這樣的愛遠遠比妳以前的小愛更有價值、更有意義，妳會回過頭來感激我。

「記得，我還是在這裡，在柳樹下等妳，接受妳的感謝。」甲木薩的最後一句話，把雪雁逗笑了。甲木薩說得好像自己真的就是壞人似的。事實上，她心裡的確有這樣的矛盾，她並不是全然由衷地相信甲木薩，而是被一種莫名的拉力推動著，不得不相信她。

或許是這個緣故，她對甲木薩總有一種怎麼樣也抹不去的懷疑。「如果，我因為這個恨，表面上裝作沒事，卻在心裡偷偷詛咒妳呢？」

「不行，這嚴重違反我們之間的約定。妳恨一個人又詛咒她，最痛苦的還是妳自己。

如果有一天，妳恨我恨到吃不下、睡不著，甚至生病了，而我仍在另一個地方開心地活著，妳多划不來啊。」

甲木薩說完，先是帶著嘲諷的眼神，覷著眼對著雪雁微笑；不一會兒，不知想起什麼，突然捧腹哈哈大笑起來。

而站在一旁，原本帶著戲謔態度質問甲木薩的雪雁，反倒斂起笑容，認真端詳甲木薩。有個聲音告訴她，沒錯，就算有一天，她真的發現甲木薩是壞人，恨甲木薩恨到入骨，她相信甲木薩還是可以不受影響，活得很好。雪雁突然覺得恨甲木薩是一件很沒意義的事。

她仔細端詳眼前這個老婦人，湧上很多奇妙的感覺。甲木薩不能說是一個老人，她臉上恰似溝壑的皺紋，只是顯示她的年齡。她的內在有一股力量，遠遠超過任何一個老人，甚至超越像她這樣的年輕人。她時而慈祥，時而犀利，讓人恨得牙癢癢，卻又不得不佩服她的睿智和深思熟慮。她的眼睛似乎把所有的一切都看得清清楚楚，以至於她無論處在什麼狀態都能優遊自得。

「好吧，我答應妳。無論未來發生什麼事，我都不會恨妳。」雪雁想著，最終她還是被甲木薩莫名其妙地說服了。

「既然如此，就拿妳手上的柳條畫畫看吧，我想知道妳的潛意識想從愛裡學到什麼。」

雪雁故意用柳條在地上畫了一個和昨天一模一樣的圓，她想考驗甲木薩還可以說些什麼來說服她。

「這是一面鏡子。」沒想到，甲木薩連想都沒想就馬上脫口而出。

「怎麼和昨天說的不同？」雪雁努力保持鎮靜，掩飾自己的小驚訝。

「因為妳改變了，我也改變了！」甲木薩自信滿滿，朗聲回答，眼睛因為集中在地上的圓而射出一種光芒。

「每一分、每一秒，妳、我、周遭每個人，甚至樹上的葉子、地上的螞蟻、天上的雲朵、所有的一切，都以妳不知道的速度，很細微地悄悄改變。每一分每一秒的妳都在改變，今天的妳和昨天的妳已經不同，別人也是。只是妳不知道，有時也拒絕知道。妳要容許自己改變，也要容許別人改變，因為我們就是處於一個時時都在改變的狀態。」

甲木薩說這句話時，眼睛睜得好圓好大，就像一面鏡子，彷彿萬事萬物的變化都映照在她的眼裡，看得清清楚楚。

「有一些訊息，一開始妳並不清楚，等過了一段時間妳可能會從另一個角度來看待。妳的所思所想，甚至非常隱微的念頭，都會改變妳心裡的圖像。就算妳連續十天都畫同一個圖、同一個圓，也會呈現不同的筆觸、不同的訊息。」

甲木薩指著雪雁所畫的圓：「比較妳昨天和今天畫的。妳今天的圓畫得很篤實，一點都不猶豫，和昨天的圓完全不同。昨天的圓很空虛，筆觸是游離的，有很多妳不敢面對的事。從空虛到篤實，我大膽推論，昨晚妳面對了以前不想面對的事，以至於圓的線條變踏實、變深刻了。」

雪雁嚇了一跳，她並沒有跟甲木薩提到昨天鼓起勇氣在鏡子前解開釦子看了乳房的事，甲木薩怎麼會知道？她的心裡產生了矛盾的感覺，既想考驗甲木薩的能力，卻又害怕自己被她看透。

她本能地防衛自己，故意若無其事說道：「說來說去，都是妳主觀的想法。昨天有昨天的解讀，今天又有今天的解讀。昨天的我和今天的我，每一分每一秒都在改變，到底哪一個才是真正的我？」

「全部都是妳！」甲木薩用手指在空中畫了一個大圓，把雪雁圈在裡面，然後指著雪雁在地上所畫的圓：

「就像這面鏡子。鏡子，是妳內在的反射。昨天畫的乳房、一公一母互相交纏的蛇、內在的眼睛和太陽，還有今天畫的鏡子，都是妳內在的反射，這些全部都是妳。」

甲木薩說完，在雪雁的心尖上畫一個小圓。「這面鏡子，也是妳生命的對照鏡。妳喜歡的、討厭的、恐懼的、妳渴望又不敢追求的，以及妳所遇見的人事物，都像一面對照鏡映照在妳心裡，反映了妳內在的渴望或欠缺。這些渴望和欠缺都是妳的一部分，加總起來，全部都是妳。」

雪雁杵在原地，被一個大圓包圍著，同時內心又有一個小圓映照心裡的一切。她看著柳樹旁的煨桑爐不斷竄出桑煙，還有公主柳樹上大大小小的坑洞，腦海竄出好多畫面。

甲木薩反過來在自己的心尖上也畫一個小圓：「鏡子，有照見的能力，我們不只可以自己看見自己，也可以從別人的身上看見自己。我們所經歷的每一件人事物，最後都會像一面對照鏡，反射回到自己的身上，出現在自己的心裡。」

甲木薩一邊說，一邊在自己的心尖上不斷畫圓。或許是清晨太陽出來後，光線越來越強，雪雁瞇著眼，視線出現一種強烈的反光，彷彿甲木薩的心上真的有一面鏡子，而自己就在甲木薩的鏡子裡。

「所有映照在鏡子裡的影像都是自己。妳是鏡子，也是鏡子裡面的影像。」甲木薩說甲木薩察覺雪雁的表情出現了一些變化，慢慢放下手指：「說了這麼多，只有一個結論：誠實面對每個來到妳眼前的事物，看看映照在妳心裡的影像想給妳什麼訊息，才是妳要學習的。」

「看得太多，知道得太多，不是很痛苦嗎？就像我現在看見公主柳的傷痕，知道文成公主的痛苦，逼著自己面對一些事情，不是給自己惹麻煩了嗎？」雪雁的情緒突然有點激動，她開始後悔，如果今天沒有回到柳樹下，沒有遇到甲木薩，就不會引發這麼多痛苦。

「萬事萬物的背後都有原因，妳不會無緣無故看見公主柳的傷痕，如果時間點不對，緣分還沒來，縱使訊息來到妳面前，妳也不會發現，縱使看到公主柳也不會有任何連結。」

甲木薩像是在安慰雪雁，又像是在說給公主柳裡面的文成公主聽：「放心，只有彼此的能量相當，靈魂光線才會彼此連結。妳一定有足夠的能量面對，才會看到公主柳的傷痕。生命的遇合都有一個時間點，妳一定有足夠的能量解決來到妳面前的痛苦。」

甲木薩指著雪雁的心尖，再畫一個小圓；「如果出現在妳心裡的鏡像讓妳痛苦，那麼妳就要問，為什麼這個痛苦會找上妳？」

「好吧，文成公主為什麼會找上我？」雪雁把問題拋給甲木薩。

「文成公主是妳內在的反射。」

「為什麼文成公主會對我生氣？」

「那是妳的內在對自己生氣。表面上妳關心文成公主，關心她為什麼背叛丈夫愛上一個藏人，其實妳是在質疑妳的父親為什麼會喜歡那個女人。如果妳對一個人的關心是帶著內在的質疑，妳永遠不可能真正了解他。」

「好了，別說了。」雪雁面紅耳赤，感到難堪，她被甲木薩赤裸裸地戳破了。

甲木薩用眼神示意雪雁蹲下，一邊轉換她的情緒，一邊在雪雁畫的圓裡又加上一個小點，畫面又變成昨天的⊙。雪雁馬上把兩隻手環抱在胸前交叉，她抗拒著，不想再想起任何有關乳房或讓她痛苦的事。

甲木薩指著圓裡面的小點：「如果裡面的小點是妳，那麼——在小點旁邊再加上一個小點，變成(··)，妳直覺會想到誰呢？」

「父親。」雪雁的腦海突然迸出父親的身影。她明明不想再想起父親，卻偏偏在甲木薩問她的當下，猛然想起父親送給她的木雕鳳凰一直沒有刻上眼睛。

「圓，除了代表鏡子，也表示妳想要和圓裡面的人圓滿一段關係。或許在妳的潛意識裡，妳渴望和父親在圓裡和好，彌補兩個人過往的遺憾。」

「好了，不要再說了。我一點都沒有想要和父親和好。」雪雁激烈地反駁，一陣惱火，胸口疼了起來。

「學習用愛，而不是用恨來處理事情，就如同妳答應我的。」甲木薩站起身來，提醒雪雁不要忘記早上的承諾。

「我只有答應妳，不管發生什麼事都不恨妳，但我沒答應妳不恨任何人。我無法不恨我的父親，我恨他。」雪雁的情緒越來越激動，她想要馬上離開柳樹下。

「妳這個小孩怎麼那麼拗呀！妳不是要學習什麼是愛嗎？」甲木薩不肯讓步，她憤怒地盯著雪雁：

「早上妳問我，愛是什麼？為什麼愛總是伴隨著痛苦、傷害和背叛？如何才能得到永雪雁的心亮了起來，一切又回到原點，銜接到她來西藏的夢境。她問甲木薩：「為什麼柳洞和夢境裡，都出現了彩虹般的光圈？虹光圈代表什麼訊息呢？」

「噢，虹光圈傳遞的訊息太深奧了，就算我現在告訴妳，妳也無法理解。等妳真的學會什麼是愛，自然就會了解虹光圈想帶給妳的訊息。」甲木薩提到虹光圈時，閃過一種很微妙的表情，沒幾秒又收攝起面孔：

「對了，妳的柳條已經用掉幾個節點了？」

雪雁算了算，驚訝地發現，七個節點居然已經用掉五個，只剩下兩個。

「喔，剩下最後兩個機會，妳要好好把握，否則妳手上的柳條就變成一根普通的柳條了。我有事得走了。」甲木薩對著雪雁揮揮手，轉身離開後，走了幾步，又回過頭來，意味深長地提醒雪雁：

「相信生命，不要因為恨一個人而失去妳的愛，生命就會回過頭來照顧妳。」

雪雁點點頭，注視著甲木薩離去的背影，久久無法移動。來拉薩之後，甲木薩這個謎樣老人顛覆了她原本的世界。

當她目送甲木薩走入八廓街擁擠的人潮中，突然發現有一團桑煙緊緊圍繞著甲木薩。一反平常地，桑煙不是隨著甲木薩的身影越走越遠、越來越縹緲，而是越來越濃密地緊緊包圍住甲木薩。雪雁吃了一驚，她的目光緊緊追隨著濃煙移動的方向，忽然間，甲木薩被茫茫人海淹沒了，濃煙也在剎那間消失得無影無蹤。

王臣服

當我們將自己的注意力集中在某處或某物，會自發性地，創造出一種能量通道，一種由愛所創造的漩渦能量，透過這種通道，光就能進行傳輸。

——大衛．威爾科克

甲木薩消失之後，雪雁重新回到柳樹下，注視著旁邊煨桑爐冒出的滾滾濃煙。她想著，或許真正的祕密就藏在這個煨桑爐也說不定。

雪雁望著桑煙出神，看著大昭寺廣場拜佛的人潮，猛然想到，早上買的拜墊不知放到哪裡去了。

她四處搜尋，都沒看到拜墊的影子。心想著，丟掉了，大不了再買一個就好，只不過多花一點小錢罷了，可是自己珍愛的東西莫名失蹤，東西被偷這個事實，肯定會影響她禮佛的心情。她想到甲木薩對她說的，每一件事情發生的背後都有原因，每一個事件都是自己吸引過來的。墊子不會無緣無故丟掉，為什麼她要吸引丟失墊子的事件來到自己的眼前呢？或許丟失墊子的背後，有什麼訊息要告訴她也說不定。

她想起甲木薩離去前對她的提醒，學習和萬事萬物一起呼吸，做能量交換。於是，她試著深深吸了一口氣，把丟失墊子這個事件吸了進去。當她做了吸氣的動作時，竟然把自己變成了那棵受了傷的公主柳，像公主柳一樣張開毛細孔，把所有來到面前的事件吸了進去。接著，她想像心尖出現了像公主柳洞內一樣的虹光圈，讓這個事件所引來的焦慮猜疑，在虹光圈愛的能量中得到轉化和平息。她的胸口突然像夢中那樣感覺到一陣溫暖，有一股能量在她的心尖流動運轉著。

雪雁想起公主柳洞裡的小樹芽，有股直覺跳上她的心頭——拜墊一定找得到！就算沒有找到，一定有什麼在尋找拜墊的過程中等著她，就如同她每一次進入公主柳洞裡，發現小樹芽都會長高一些。她不見得真的了解文成公主，也不見得了解發生的每件事究竟要讓自己學到什麼，但只要發自內心地關注和探尋，生命的幼芽就會受到滋養，往上成長。

「我是公主柳，公主柳是我，我和公主柳合為一體。我是她，她是我，這就是甲木薩說的自他交換嗎？」剎那間跳上心頭的領悟，自然迸出的共鳴，使得雪雁不自覺又深深吸了一口氣，把所有的不安疑慮，融入心中的虹光圈，在光中轉化之後，又緩緩把氣吐出來，回報給這個事件感恩與感謝。

雪雁雙手合十，對著身邊的公主柳、周遭的小花小草，以及八廓街來來往往的人潮，默默說了聲感謝。這是一種很奇妙的感覺。丟失的墊子根本還沒找到，但雪雁卻出乎意料先對自己發生這樣的事件道出感謝之情，然後用手指在心尖畫了一個小圓，看看有什麼影像會進入她的鏡像裡。

雪雁朝煨桑爐左前方望去，有個大約十來歲的藏族男孩，吸引了她的目光。

他牽著一位老奶奶的手，一步一步從八廓街的巷子裡走出來，再緩緩往大昭寺的方向前進。或許男孩的年紀還小，第一次來拉薩轉經，老奶奶邊走還邊教他怎麼煨桑。男孩手上拿著麻織的袋子，裝著煨桑的松枝、青稞粉和穀粒，只要看到煨桑的白塔，就丟幾枝松枝，倒一點青稞粉，再撒一些青稞穀粒在爐子裡。老奶奶的背有點駝，綁著幾條夾雜紅藍綠絲線的稀疏長辮子，走路搖搖晃晃的。男孩牽著奶奶的手，時不時蹲下身子，側著耳朵，耐心聆聽奶奶的囑咐。奶奶怎麼教，他就怎麼做，一點也不含糊。

從祖孫互動的過程中，雪雁觀察到這個男孩雖然看起來像個藏族，卻不太懂煨桑的儀式，平常應該也不太接觸宗教，很明顯，他來拉薩禮佛純粹是陪著奶奶來的，似乎在幫奶奶完成心願。即使禮佛的姿勢有點生澀，但小小年紀所透射出來的純淨真誠、把奶奶當作佛一樣的尊敬體貼，卻和八廓街趴在地上做大禮拜的虔誠信徒一樣動人。

祖孫兩人緩緩朝大昭寺廣場移動，柳樹旁的煨桑爐是他們的最後一站。男孩不高，體格卻非常壯實，風吹日曬使得他的臉龐黝黑透亮，兩邊的顴骨露出藏族特有的緋紅，大大的眼睛散發著天真坦率的光芒，信賴而善良地盯著雪雁瞧，好像也注意到雪雁一直在關注著他。

雪雁和男孩打了招呼，問他是哪個地方的藏族。男孩說他來自日喀則，母親是藏族，但父親是漢人，從小在四川長大。他一邊回答雪雁，還不忘用眼角餘光注視著奶奶：

「奶奶的年紀很大了，一直想來大昭寺朝拜釋迦牟尼佛，這很有可能是奶奶此生最後一次來大昭寺禮佛。加上我一直在四川讀書，還沒來過拉薩，所以母親要我無論如何都要陪奶奶來一趟。」

說著，身旁的奶奶突然揮手，招呼雪雁到她身旁，叫男孩放了些青稞穀子在雪雁手上，要雪雁學著他們往煨桑爐裡丟；丟進去時，還要默唸六字真言「嗡嘛呢唄美吽」。

雪雁學著男孩，蹲下身子側著耳朵，一字一句聽著奶奶唸祈禱文，末了奶奶還緊緊握著雪雁的雙手，把她和雪雁的手緊緊握在胸前，用她的頭頂著雪雁的頭，唸了一串藏文的偈頌為雪雁祈福。雖然雪雁完全聽不懂偈頌的內容，卻深深被一位藏族老奶奶溫暖的情意感動而熱淚盈眶。

臨別前，雪雁想起了她做的夢，問了男孩：

「在西藏有沒有哪一棵樹下，可以看到大象背上騎著一隻猴子，猴子肩上揹著一隻兔子，兔子的頭上頂著一隻鳥，四隻動物相疊的景象？」

男孩起初有點困惑，轉過身子問了身旁的奶奶，奶奶聽不懂漢語，透過男孩翻譯，祖孫兩個人緊挨著身子竊竊私語。過了一會兒，他總算明白雪雁在說什麼，突然哈哈大笑起來。

「奶奶說，四隻動物相疊的景象，叫作『四合圖』，只有西藏寺院的壁畫才看得到，不會真的出現在大樹底下。」

雪雁臉紅了，感覺自己問了個笨問題。男孩和奶奶呵呵笑著，男孩還笑到噴出淚水才向雪雁揮手道別。

雪雁望著男孩牽著奶奶的手，緩緩走進大昭寺，她又想起丟失的拜墊，便繼續在大昭寺廣場擁擠的人海、每一個俯身趴下的腳下，一個一個角落細細搜尋。汗水一點一滴從她的臉頰流了下來，越來越炙熱的太陽讓她開始發暈，正想著就此作罷的當兒，卻見她的拜墊就躺在廣場的一角，一個藏族婦女正匍匐在上頭做大禮拜。

這個藏族婦女，似乎是從好遠的藏地來的，她身上穿著藏族婦女特有的彩色圍裙，頭上的辮子卻和拉薩當地的藏族婦女明顯不同。數一數，她頭上編成的小辮子至少有幾十條，每一條髮辮還等距排列地披散在背後；頭上還有三條橫披豎掛的寬飾帶，飾帶上綴飾著碩大的瑪瑙、琥珀、珍珠等各種飾品。這等盛重的打扮，似乎是特地隆重前來拉薩朝拜釋迦牟尼佛。

雪雁想起甲木薩說過：「所有映照在鏡子裡面的影像都是自己。把別人當作另一個自己，設身處地去為他們著想。」她思索著要不要把拜墊直接送給這位藏族婦女，或許她此時此刻就像自己一樣需要這個墊子。但是，又覺得這樣悶聲不響送給對方，免不了還是帶著一絲絲自己的墊子被別人偷走的疑慮離開。

她愣了一下，左思右想，還是硬著頭皮走過去，跟那位盛裝的藏族婦女說，這個拜墊是她的。藏族婦女有點不好意思，比了一下佛珠上的計數器，要雪雁等她拜完，再把墊子還給她。

雪雁點點頭，就在她身後等待著。這一等，二十分鐘過去了，藏族婦女居然還沒有拜完。雪雁環視四周，觀察來來往往的藏人，才發現有些藏人做完大禮拜後，會直接把拜墊放在廣場，讓下一個藏人或遠道而來朝拜的藏人使用，自己隨身的拜墊則用一個麻織袋揹在肩膀上。她才恍然大悟，為何她放在廣場的拜墊會突然不見，這個藏族婦女一定以為是前一位拜佛的藏人特別留下來給下一位藏人使用的。

約莫過了三十分鐘，藏族婦女終於拜完了。雪雁想問她究竟拜了幾拜，為何有那麼大的意志力，持續那麼長的時間趴在地上拜佛，藏人對佛的虔誠到底是如何湧現的？可惜這位藏族婦女不會說漢語，只是對著雪雁靦腆微笑，雙手合十，做了個感謝的禮敬。然後從布袋裡拿出一個小佛盒回贈給雪雁，接著雙手合十，再一次深深鞠躬，表達心裡的感謝，才揹著行囊緩緩走進大昭寺。

雪雁望著小佛盒，裡面有一尊非常美麗的菩薩，左手拈著烏巴拉花，左腳屈膝，右足卻微微伸出踏在蓮花上，像是慈愛的母親，隨時準備起身救度眾生。特別的是，這尊菩薩全身都是綠色的，有著像母親一樣慈愛的眼睛。

雪雁把小佛盒放在心尖。那位藏族婦女對信仰的虔誠，似乎灌注了某一種能量在小佛盒裡，她忽而感覺心尖溫溫熱熱的，有一股能量又開始運轉，像漣漪一樣放射出去，跟周圍藏民做大禮拜唸佛的聲音融合在一起。雪雁感覺到一種無邊無際的愛，又同時感受到一股收攝的力量，把所有能量回收集中在自己的心尖。

雪雁不自覺又深深吸了一口氣，彷彿全身吸飽了藏地特有的、某一種她還不會形容的，很純淨、很寬很廣的愛，連同先前藏族老奶奶為她持咒祝福的能量也一起收攝在她的心尖。

雪雁終於能夠體會甲木薩今日的教導。原來她心中除了有像鏡子一樣的小圓之外，環繞在她身邊，還有甲木薩所畫的、像漣漪一般放射出去的大圓。雖然她心裡埋藏著許多痛苦的記憶，但這些痛苦的影像並沒有妨礙她感受周遭的愛。痛苦的確存在，一直困擾著她，但她卻忽略了心裡還有一份更大的愛也一直存在。雖然她無法說清楚那份愛究竟是什麼，卻突然深刻體認到，自己不應該因為過去的痛苦，而狠狠把這份愛推開。

原來，一個人即使遍體鱗傷，還是可以感受到像漣漪一樣無邊無際的愛，這份愛不需要理由，甚至在東西被偷的當下也一樣存在。甲木薩說得沒錯，只要可以呼吸，就可以活著；只要可以活著，就有辦法透過呼吸轉換能量。最重要的是活著。活下去就是了。

雪雁突然好想用藏民的大禮拜表達她對這一切的感謝。她將拜墊重新在地上鋪好，望著周圍拜佛的人潮，卻不知如何開始。突然有個聲音，傳進她的耳裡：

「腳踩在這裡，墊子要朝向那邊，擺正。」她一抬頭，驚訝地發現，居然是達瓦。

他露出雪白的牙齒，閃耀著快活和幸福的笑容，雪雁的心撲通撲通跳躍著，臉上泛起了紅暈。本來約好後天才要和達瓦在小昭寺見面的，沒想到竟在這裡巧遇。如果當初她找不到墊子就失望地離開，就不會在這裡遇見達瓦。雪雁發現心尖的小圓，又像一個能量圈自己轉動起來。她給了達瓦一個燦爛的暖洋洋微笑。

「喔，妳變了。」達瓦故意朝著雪雁眨了眨眼睛。

「哪有？哪裡變了？」雪雁嬌嗔地回嘴，紅咚咚的臉頰，掩不住看見達瓦的喜悅。

「妳呀，變開心了。這就對了，活著就是要開心嘛。昨天在大昭寺看見妳，覺得妳好像有很多心事。」達瓦一邊說，一邊幫雪雁把拜墊重新擺正，馬上雙手合十，俯身做了個大禮拜。

「我來教妳怎麼做大禮拜。首先，要先學會雙手合十。」達瓦繞到雪雁身後，抓起她的左手，再把她的右手貼著左手，雙手合十以後，用自己厚厚的手掌包著雪雁的小手，再幫雪雁把凸出在外的拇指縮進去。

「藏傳的合十和漢傳的合十是不同的，藏傳的合十要把兩隻手的拇指縮進掌心裡。拇指代表我執。一個人的執著是最難放下的，把拇指縮進去，表示妳願意放下執著。」

達瓦厚實的雙手，輕輕柔柔包裹著雪雁纖細的小手，就像一個大圓包著小圓，兩個圓交疊在一起。之前甲木薩所說，一公一母兩條蛇交纏的影像，突然跳上雪雁的心頭。

雪雁臉上的紅暈，倏地蔓延到頸部，紅透耳根。大學時期，她曾經交過一個男朋友，卻始終無法和男友有任何親密接觸，以至於男友誤以為雪雁並不愛他而黯然分手。如今，這個才見過一次面的藏族男孩竟然如此輕易就牽起她的手。

雪雁猶豫著是否要把手抽回，但達瓦是那麼地誠懇自然，尤其是他的拇指往內縮進雪雁的掌心內，和雪雁的拇指緊緊相連時，手上的溫度從手到心直達雪雁的心尖。雪雁心尖的小圓又開始輪轉，整個人微微發燙，有一種東西開始加溫，產生變化。

「妳瞧，拇指縮進去，雙掌中空，看起來像不像一個花苞？」達瓦像個盡責的老師，繼續用他的大手包裹著雪雁的小手，把花苞放在雪雁胸前。他的臂膀依偎著她的身子，他的氣息吹暖了她的面孔，有一種東西靜靜湧動著。雪雁覺得難為情，達瓦倒是無所謂。

「妳猜猜，含苞待放的花苞，是為誰而開的呢？」達瓦放開雪雁的手，雪雁轉過身一瞧，看到達瓦把這個合掌後形成的花苞，放在額頭，低下頭，閉起眼睛，嘴裡唸唸有詞。半晌，他突然從背包拿出相機，展示裡頭的一張照片。

「妳看——」達瓦眼底的光芒，一閃一閃的，躍動著喜悅。

相片裡有個僧侶正在為昨天那朵格桑花澆水，陽光正好灑在格桑花的花瓣上，她幾乎可以看見那朵格桑花挺直著腰桿，喜不自禁的模樣。

「很幸運，早上去大昭寺，剛好捕捉到這珍貴的一刻。我準備繼續發表在攝影雜誌上呢！」

「喔，昨天你附上的情詩是〈見與不見〉，現在兩個前世情人真的重逢了，你打算再附上哪一首情詩呢？」雪雁的腦海迸出靈感的火光，「聽說西藏最有名的，就是六世達賴倉央嘉措的情詩：『那一世，轉山轉水轉佛塔，不為修來世，只為途中與你相見。』」

「這首詩的確打動了很多人，但放在藏地雜誌，太普遍了。」達瓦直率地搖搖頭。

「還是這一首，〈我放下過天地，卻從未放下過你〉？」雪雁說完，突然感到一陣心酸。

「噢，這種告白，對僧侶而言太袒露了。這不行的。」達瓦望著照片中的僧侶，圓睜著眼睛，擔心這種想像對僧侶太不禮貌了，把照片放在額頭唸了一段懺悔文。

「那麼，這首呢？『曾慮多情損梵行，入山又恐別傾城，世間安得雙全法，不負如來不負卿。』」

達瓦驚訝雪雁居然如此熟稔倉央嘉措的詩，他噗哧笑出聲來：「如果這真的是僧侶看見前世愛人的心情，那還是放在心裡好吧。否則讓愛苗繼續滋長，對僧侶和那朵花而言都是痛苦的。」

達瓦說著，雙手合十，把拇指縮進掌心：「不管是漢傳的合十，還是藏傳的合十，都是對每個來到面前的事物表達禮敬。哪怕是傷心的、生氣的、遺憾的，只要來到妳面前，一定都有某個緣分需要妳親自來償還。只要遇上了，好與不好，快樂與悲傷，妳都必須雙手合十，用禮敬的心去圓滿每一個來到面前的緣。」

達瓦望著照片中的小花：「不管出於什麼原因，小花和僧侶就是遇上了。為了圓滿這段情緣，我想在這張照片附上泰戈爾《漂鳥集》裡的一個小故事：

小花問太陽：『我想要敬拜您，用什麼方式比較好呢？』太陽說：『妳就安安靜靜、簡簡單單地，找到妳的純淨。』

「泰戈爾的《漂鳥集》，是一位外國遊客離開西藏時送我的詩集。當我翻開書，讀到這個小故事，竟莫名濕了眼眶。或許是這世間的情愛太複雜了，想見的人無法見，想愛的人愛不得，小花愛的明明是僧侶，卻只能對太陽傾訴內心的祕密。」

雪雁望著照片中的小花，小花心繫僧侶，但它的臉所仰望的，的確是太陽。她不得不佩服達瓦攝影的視角真的很獨到。

「噢，這個故事，是哪一點深深觸動到你呢？」雪雁上上下下打量著達瓦，心想，說不定達瓦和文成公主一樣，心裡都藏著不能愛的人。文成公主愛的是藏人，達瓦愛的人會是誰呢？

「是妳，觸動了我呀！」達瓦直截了當地說。

「我？」雪雁的心臟差點跳出來。

「是呀，昨天妳說的，格桑花在廟堂等待著前世的愛人，給了我很多觸動。一個人愛上了不能愛的人，哪怕愛的是一朵花，過度執著於這份感情，最後的結果都是痛苦的。」

「所以，昨天我說我會決絕地離開，為的就是減少彼此的痛苦。你還說我太極端了呢。」

達瓦搖搖頭：「一般人面對情愛的糾結，往往只會想要一個承諾和答案。但是，太陽並沒有要小花做出選擇，也沒有給它任何答案，只是要它安安靜靜回到內在的純淨，這是這個故事最動人的地方。回到內在的純淨，妳就能找到真愛。真愛裡面沒有任何雜質，沒有任何條件，愛一個人，愛到很真很純時，妳不會想從對方身上得到什麼，只是希望對方得到幸福。」

「我才不信！如果可以做到這樣，愛情就不會這麼複雜了。」雪雁直接打斷達瓦。她本來就不信任愛情，更無法相信這世間有什麼真愛。

「妳沒聽懂呢！愛情會這麼複雜，就是因為在愛中的人，不了解什麼是真愛。了解什麼是真愛，愛情就不會這麼複雜了。」

達瓦說完，雪雁馬上張開嘴想繼續反駁。不等雪雁出聲，達瓦一個箭步往前就轉身到

來。

「藏地的大禮拜和漢地的禮拜，最大的不同，除了要把拇指收進去放下執著之外，另一個不同處就是藏人的大禮拜是全身俯臥在地上。」

雪雁用力點頭。來到藏地的第一天，她就被藏人趴在地上的大禮拜完全折服，她一直無法明白，為什麼藏人要用這種方式禮敬佛陀。

「如同我剛才所說的，雙手合十是對所有來到妳面前的事物表達禮敬；趴下去五體投地，表示妳對命運加諸妳的一切，完完全全臣服。好的、不好的，惡的、善的，合理的、不合理的，明白的、不明白的，只要來到妳面前，都完完全全接受臣服。」

「不好的、惡的、不合理的、不明白的，也完完全全臣服嗎？這樣會不會太壓抑、太受苦？」雪雁感到吃驚。她重述一遍，確定自己沒聽錯。

「接受、臣服，當然不是讓自己受委屈、忍氣吞聲，而是藏人相信因果，就算是惡果與厄運，背後一定也有什麼原因，只是自己的智慧不夠，還無法覺察，才會造成今日的苦果。順著命運的流，從這個惡緣惡果，學習自己該學習的，磨練自己該磨練的，完成自己的功課後，就輕輕放下，不要有任何執著和罣礙。」達瓦說完，雙手合十，又將拇指輕輕收進掌心，放在額頭，唸了段經文。

「怎麼可能做到這樣？」藏人的信仰，深深震撼了雪雁。達瓦所說的，和先前甲木薩對她說的話，幾乎不謀而合，她知道自己完全無法做到。

「沒有人可以完全做到，但我們藏人時時提醒自己這麼做。就像大昭寺金頂上的鹿，我們的眼睛永遠凝視著法輪，遵照佛陀的教誨，謙卑、臣服，用善良的心理解命運的安排。」達瓦低著頭，雙手合十，做了好幾個大禮拜，又微閉著眼睛，繼續持誦「嗡嘛呢唄美吽」，彷彿身心靈都融入虔誠的寂靜，世俗的塵埃都不落在他的心上，只剩下純粹的相信和順服。

雪雁凝視著達瓦純淨的臉龐，被一種從來沒有過的撼動牽引著。達瓦上方的太陽，熾烈地射出光芒，穿過法輪，像一個螺旋，由內而外，直入雪雁的心田。她和達瓦被一個更大的圓輪暖暖包圍著。

時間緩緩順著圓輪流動著，一切都那麼平靜、自然，理所當然。雪雁突然領悟，生命若是臣服了，再怎麼曲折的人生都不需要再拐彎，順著生命的流，繼續往前走就行了。

雪雁深深吸了一口氣，心尖的能量圈又開始輪轉，耳邊聽著在大昭寺廣場前禮拜的藏人反覆唸著「嗡嘛呢唄美吽」。每唸一次，心尖的能量圈就像漣漪一樣，一圈又一圈地往外放大。遇到達瓦之前，她在大昭寺廣場感受到那一股無邊無際的愛，又再次在心裡湧現。

等到達瓦唸完佛號，張開眼睛，她忍不住問達瓦：

「你們嘴巴唸的那句佛號，是什麼意思呢？」她突然好想知道無邊無際的愛，和這句佛號有什麼關係。

「當妳反覆誦唸『嗡嘛呢唄美吽』，『嗡』就是把妳的身語意，轉化成佛陀的身語意；『嘛呢』是珍寶，藏人最珍貴的寶藏不是有形的財富，而是內在的善良和菩提心；『唄美』是蓮花，『吽』是保持連結。當妳持誦六字真言，就是提醒自己的身語意要像蓮花一樣，出淤泥而不染，保持一顆善良的菩提心。」

「嗡——嘛——呢——唄——美——吽——」達瓦帶領著雪雁，一個字接著一個字，反覆背誦，雪雁也盯著達瓦的嘴形，「嗡──嘛──呢──唄──美──吽──」一個字一個字，跟著發出同樣的音調。「嗡嘛呢唄美吽──嗡嘛呢唄美吽──嗡嘛呢唄美吽──」直到雪雁終於熟稔，可以像達瓦那樣流暢地發出「嗡嘛呢唄美吽」時，她的心頭突然一陣溫熱，馬上雙手合十，對著大昭寺金頂上的法輪，低頭默唸數次「嗡嘛呢唄美吽」。

達瓦凝視著雪雁雙掌合十所形成的花苞，眼底閃爍著喜悅的亮光。他走到雪雁的面前，用自己的雙手包住雪雁的花苞，低著頭默唸了一段經文。

雪雁望著兩個人雙手合體的小花苞，突然想起昨晚昏沉沉睡去，隱隱約約夢到達瓦的夢境，心裡跳了好大一下。

「怎麼了？」達瓦感受到她心底的猛然一震，鬆開她的手。

「遇見你的那個晚上，我做了一個夢，夢境裡，你說，要帶我去你最有感情、記憶最深的地方。我正要問你那個地方是哪裡，居然就醒了。」

看著雪雁有點懊喪的臉，達瓦露出開懷的笑容，促狹地盯著她的眼睛說：「這樣妳就繼續孵夢，就會知道那個地方在哪裡了。夢會告訴妳答案，妳要把夢做完才對呀。」

「如果，我在夢裡，知道你最有感情、記憶最深的地方，我需要告訴你嗎？」

「肯定的呀！」

「明明是你要帶我去的呀！怎麼變成我得跟你說你最有感情的地方在哪裡？」

「今晚，我就會跑進夢裡告訴妳的。」達瓦露出雪白的牙齒，爽朗地哈哈一笑：

「後天，我先帶妳到小昭寺去看另一個大輪子吧。那個輪子，是我們藏人的生命之輪。今天時間差不多了，後天九點我們約在這裡見吧，我帶妳去小昭寺。」

說著，達瓦雙手合十，對著大昭寺佛陀的方向，深深一鞠躬頂禮，又做了三個大禮拜，好像每日必做的儀式終於完成了，得以輕盈地揹起行囊返家。達瓦揮手向雪雁告別，示意她可以和周遭的藏人一起繼續做大禮拜。

雪雁按照達瓦所教，雙手合十，高舉至額頭，雙手置於眉心、嘴巴、心尖，最後跪下來，俯身趴在地上，做了她生平第一次大禮拜。

當她的額頭貼到地面，腦海中突然迸出她出發到西藏前，莽撞地跑到父親所愛的女人家，看到那個女人的那一眼，還有從小乳房謎樣的傷痕，感到一陣心痛。

望著縮進掌心裡的拇指，她想著，該是學習放下、好好面對自己的時候了。

六 回望

正視過去，不是作為一個容易受傷的天真少年，而是作為一個自立的專業人士。不是看自己願意看的東西，而是看不得不看的東西。否則你只能揹著沉重的包袱度過今後的人生。

——村上春樹

雪雁入住的青年旅舍，是一棟五層樓的藏式四合院，樓頂可以遠眺大昭寺的金頂，俯瞰八廓街的人生百態。

老闆娘朵拉來自陝西關山草原，是個曾到印度學瑜伽的藝術家。她在中庭布置了一個露天花園，種滿了紅色的玫瑰花。中間有一幅畫，畫中有一棵好大的樹，樹幹的支脈，連結著五個祕密通道。只要按下按鈕，打上房間號碼，就會自動連結到祕密通道，出現相對應的瑜伽姿勢。老闆娘朵拉收到訊息通知後，會到頂樓親自教授。

雪雁回到旅社，隨手按下按鈕，有兩個祕密通道的燈亮了。她爬上頂樓，視野一片開闊，遠離八廓街喧囂的人群，這裡可以居高臨下，眺望整個拉薩城。從天空往下望，八廓街的藏人院落都是採四合院群居，在飯店隔壁的院落中庭，有人洗衣，有人喝茶，有人曬被子，孩子的嬉鬧聲此起彼落。這種簡單、寧靜、單純的生活，一直是雪雁渴望的。

雪雁環視了一圈，發現整個拉薩城被群山環繞，就像一朵綻放的蓮花。雪雁雙手合十，唸了一聲「嗡嘛呢唄美吽」，突然感受到自己被群山緊緊環抱，一種從來沒有過的安全感，像一雙母親的手，緊緊環抱住她。

出於一種莫名的感動，雪雁跪了下來，向東西南北的山，做了四個大禮拜，磕頭說了謝謝，起身時，一種思念母親的思緒湧上心頭

雪雁的母親在台南水仙宮宮口的菜市場賣小吃棺材板。每天清晨，母親把鍋碗瓢盆和

製作棺材板的材料，放在四輪拖車裡，再用粗繩把拖車綁在摩托車身後。每逢假日不上學的日子，雪雁總是跳上摩托車後座，一大早就隨著母親到菜市場。

一走進母親的攤位，雪雁拿起刀子，幫母親把吐司切成三公分厚的麵包塊，再切去邊皮，放進油鍋裡油炸，直到出現酥酥脆脆的光澤，看起來像抹過亮漆的棺材，才從油鍋裡撈起。

接下來，母親用刀子挖掉表皮和麵包心，弄成盒子狀，再淋入事先以雞肫、雞肝、蝦仁、花枝、馬鈴薯、奶油糊燴煮而成的佐料，最後再蓋上麵包蓋。因為風味獨特，加上母親的大嗓門，很會招攬生意，棺材板在菜市場挺有口碑。

雪雁對棺材板一點食欲也沒有。看到棺材板總會讓她想起死人乾癟的面容，以及闔上屍體的棺木。裝在棺木裡的屍體，會不會漸漸腐爛，像母親淋上棺材板的佐料，黏黏稠稠地，最後長出蟲蛆，被啃咬得面目全非？每次雪雁想到腐爛的蟲蛆，總會想起父親醉生夢死的模樣。自從父親外遇後，為了避免和母親爭吵，總是喝到一身酒氣才昏沉沉地回家。

「嗨，小美人，又來幫妳娘做生意啊。」萬仔是父親的朋友，也是母親小吃店的常客。矮矮胖胖的身子，厚厚的大嘴，不自覺露出塞滿紅色檳榔渣的黃牙。每次吸吮著棺材板裡的佐料時，狐狸似的小眼睛，總是一面貪婪地打量著雪雁……

想到這裡，雪雁突然感到一陣噁心。她雙手合十，反覆持誦「嗡嘛呢唄美吽」，深深地吸了一口氣，把這個痛苦融入心尖的虹光圈裡，卻無法像先前丟失墊子時那麼容易得到轉化、平息。她感覺心裡卡著一塊大石頭，一口氣怎麼也過不去，悶得好難受。就在這個時候，她突然聽見有人在呼喚她。

「哈囉，妳是雪雁嗎？」原來是飯店老闆娘朵拉，提著一壺酥油茶上來了。

雪雁摀著胸口，臉色蒼白地回眸一笑。朵拉趕緊倒了杯酥油茶給她。

「怎麼了，是不是高原反應？喝一點酥油茶可以減緩頭痛噁心。」

雪雁輕輕啜了一小口，浮在酥油茶表面的油脂，潤滑了她乾裂的嘴唇。她舔舔小嘴，喝了第二口，暖暖鹹鹹的汁液，順著喉間滑到心尖，撫慰著糾結在胸口的氣結。她閉著眼睛，緩緩喝了第三口，先含在嘴裡，酥油茶滑潤的溫度在每一寸細胞間竄流著，使得雪雁整個身子暖了起來，胸間那股鬱結，也跟著舒展開來。她張開眼睛，露出笑眼看著朵拉，眼前這個充滿藝術氣質的老闆娘，正專注地觀察她的氣色，回應她一個寬心無大礙的微笑。

雪雁打量著老闆娘，猜測她的年齡大約三十幾歲，纖細的輪廓還依稀透露著青春時代的窈窕和美質。飄逸的長髮從中間梳開，灑落在臉頰兩側，粉粉的櫻唇抿成一抹微笑，清澈而明朗的眼睛，內斂而包容地關照每一個細節，讓人有一種信賴的歡喜。

「聽櫃台說，妳來自陝西，對家鄉的文成公主熟嗎？」雪雁希望能從朵拉的口中知道文成公主更多的訊息。

「當然熟啊！文成公主從西安嫁到藏地四十幾年，都沒回娘家，前些年西安廣仁寺還為文成公主雕塑新的塑像，把她從拉薩迎回娘家落葉歸根呢。」談及文成公主，朵拉的眼睛露出微笑，烏溜溜地流轉，好像知道很多故事。

「文成公主嫁給松贊干布，妳覺得她有得到幸福嗎？」雪雁逮住機會發問。

朵拉露出不置可否的表情，反問雪雁：「妳想想，十六歲，一個花樣年華、充滿少女情懷的年紀，就從長安嫁到拉薩。高原反應、語言不通，加上藏王松贊干布長年征戰都在外頭，還娶了五個老婆，文成公主排行第五，算是地位最卑下的小老婆。很不幸的，藏王娶了文成公主十年後就過世了。文成公主膝下無子女，還守寡長達三十年，晚年住山南，一個人孤苦無依……」朵拉一口氣說完，深深嘆了一口氣。

「松贊干布死後，文成公主大可回故鄉，何苦在藏地守寡三十年？」

「噢，妳問到重點了。」朵拉湊近雪雁，低聲應道。

雪雁趁機追問：「文成公主有沒有可能愛上當地的藏人？所以松贊干布死後，她也捨不得回漢地。」

「依女人的角度來看，這是極有可能的。」朵拉陷入一種猶豫的沉思，思忖著最適當的用詞：

「文成公主從小生活在人與人互相鬥爭的宮廷，嫁給藏王後，藏王娶了五個老婆，無法好好疼惜她，愛上善良體貼的藏人是有可能的。」朵拉的眼神看著遠方，整個人好像進入另一個時空，溜轉了一大圈，才又回過神來：

「文成公主嫁給松贊干布，並不是嫁給一個人，而是嫁給一整個帝國。或許松贊干布對她而言，是個不得不愛，也由不得她不愛的旅程。不是每個人都有辦法為自己的愛情做出最好的決定，愛情有時是無奈的。」朵拉一邊說，一邊拉出瑜伽墊，用慧黠閃亮的眼睛，做了個小結論：「正因為如此，我們才需要心靈的祕密通道，幫我們重新找回真愛。

「喏，看看屬於妳的祕密通道，是哪一個瑜伽姿勢？」朵拉說完，馬上把兩隻手往上高舉，左腳一抬，支撐在右腳大腿內側，做了瑜伽的樹式動作。

朵拉閉上眼睛，像一棵樹靜靜佇立著，進入一種人樹合一的寂靜。半晌，才睜開眼睛說：「樹和人其實很像，樹和人都是直立的，而且都渴望往上成長。做樹式可以先幫妳找到平衡，心穩了，才有辦法深入內心，找到通往愛的通道。」

「怎麼平衡？」雪雁依樣畫葫蘆地比畫著，差一點重心不穩，踉蹌跌倒。

「不要急。先像一棵樹靜靜佇立著，站穩了之後，保持頭部與兩腳跟的中點成一直線，找出身體的中軸線，就像找到生命的主軸，人生的方向就不會偏頗。」

朵拉一邊幫雪雁調整姿勢，一邊說明：

「樹式會幫妳打開和樹有關的記憶。左右腳互換交替，做了幾次樹式之後，坐在瑜伽墊上，盤腿靜坐，安安靜靜地呼吸。不管想到什麼，都不要抗拒害怕，盡量放鬆、放空，不要有任何預設，讓記憶隨著心自然湧動。這個時候，妳所對應的能量自然會帶領妳的潛意識，去妳最想去的地方。」

雪雁從來沒有想過，瑜伽也會觸動一個人的記憶。受到好奇心驅使，她馬上按照朵拉所教授的動作做了樹式，左右腳互換交替做了幾次之後，在瑜伽墊坐了下來。剛開始，她只是靜靜地吸氣，靜靜地吐氣，再慢慢將呼吸加深、加長，忽然間，她發現自己變成了一棵鳳凰樹，樹裡躲了一個小女孩。從鳳凰樹的枝枒，往無垠的田野望去，她看到一棟破舊的老房子，聽到父親和母親在屋裡爭吵的聲音。

雪雁深深吸了一口氣，忽然間，覺得胸口和嗓子裡有一種熟悉而劇烈的灼痛，把她整個人撕裂開來。她倏地張開眼睛，不忍再看。

「怎麼了？」朵拉坐到她的面前。

「我看到自己變成一棵鳳凰樹，樹裡躲了一個小女孩。」雪雁的眼裡閃著淚光，她知道，那個小女孩正是她自己。

「每個大人的心裡，都住著一個小孩。」朵拉搓著自己的心尖，「我的心裡也住著一個小孩，她現在十五歲了，還常常跟我說話。不知妳的小孩幾歲了？她想跟妳說些什麼呢？」

「十歲。所有快樂、悲傷和痛苦的記憶，都是在十歲這一年發生的。」雪雁捂著臉哭了起來。

朵拉拿出一張畫紙，用藝術家的直覺，熟練地畫了一棵鳳凰樹。鳳凰樹伸出雙手，把躲在它懷裡的小女孩緊緊抱住。雪雁看到鳳凰樹那一雙溫暖的手，好像自己伸出雙手撫慰著自己，突然覺得好多了。

朵拉看到雪雁的眉宇舒展開來，便畫了一個大圓把鳳凰樹和小女孩包起來，指著那一個大圓：「這是記憶的泡泡。妳的潛意識透過這一棵鳳凰樹，把妳帶回這個記憶。」

朵拉站在瑜伽墊上，將兩隻手往上高舉，腳一抬，再做了一次樹式：

「身體是活的，像一棵樹，會變化，會成長，會老化，也會受傷。我們所走過的歡笑、痛苦，說出口、沒說出口的軌跡，都會儲存在身體的每一寸細胞裡。當你做某個瑜伽體式，伸展妳的肢體，實際上，妳就是在打開身體，鬆動細胞內在的記憶，並試圖和它對話。」

朵拉說著，放下雙手，回到瑜伽墊上，拿起剛才那幅鳳凰樹和小女孩的圖畫，用一個更大的圓，把記憶的泡泡再包裹起來，塗上一層溫暖而有光的色調。

「我們一起來打開這個記憶好嗎？」朵拉的聲音細細柔柔的，暖洋洋的聲調裡，帶著一種讓人信賴的明朗。雪雁從圖畫裡的光影中，感覺自己被安全地包覆著，就像那天和達瓦在大昭寺，太陽的光線穿透大昭寺金頂上的法輪，所散發出來的光芒一樣。

雪雁敞開心，試著傾聽躲在鳳凰樹裡的小女孩想跟她說些什麼。卻意外地發現，她不曾注意，或早已被她遺忘，含藏在一個小孩內心的純真夢想，所帶來的力量，竟是如此巨大。

雪雁望著圖畫裡的小女孩，回到了那個記憶：

「剛開始，她很害怕失去父母，失去身邊的一切，甚至害怕破舊的老房子有一天會倒塌。但後來，她發現，只要爬到鳳凰樹，不管父母怎麼吵，老家怎麼破舊，家裡再怎麼窮困，她都有辦法在鳳凰樹裡讓自己死去，再重新活過來。」雪雁的淚光，在記憶裡閃爍著。

朵拉笑了：「小女孩在樹上做了什麼？」

「每次父母爭吵，她就逃離老家，爬到鳳凰樹上，想著父親說過的傳說：鳳凰木的羽狀複葉，是鳳凰身上的羽毛；樹上焰紅的花朵，是鳳凰引火自焚的火焰。躲在鳳凰樹叢裡的她，被團團鳳凰花包圍，就像被熊熊的火焰包裹，而所有的擔憂害怕，就像父親所說的，鳳凰浴火之後，一切都會在火苗裡化為烏有。於是，她想像自己在鳳凰花海中起火燃燒，把所有的不開心都燒成灰燼；接著，再把自己當作新生的鳳凰，從樹上跳下來。」

雪雁說著，嘴角漾起了笑容。她依稀記得十歲的自己，從樹上跳下來之前，會先摘下一朵鳳凰花，因為父親說過，傳說中的鳳凰只要以香氣為食便能存活。等雙腳穩穩落在樹下的草皮之後，她會把焰紅帶有黃暈的鳳凰花捧在手心，深深地吸一口氣，讓鳳凰花的香味流進她的鼻尖，讓新生的自己繼續活下去。接下來，她會把鳳凰花的花瓣折成彩蝶，放在胸前，拿出口袋裡的髮帶，重新把頭髮綁成細細長長的馬尾……

雪雁終於看見自己童年真正的樣子，那個還沒有被徹底摧毀，還沒有像公主柳一樣傷痕累累、年少純真的自己，有著尖尖的白皙臉頰，兩個小小的梨渦，即使穿著陳舊褪色稍嫌大的衣裳，仍然洋溢著異於一般女孩的神采。她的眉毛和頭髮一樣烏黑，又大又有表情的眼睛，透射著早熟而深邃的目光……

「儘管父親醉生夢死，但那個十歲的小女孩，卻一直帶著父親的夢活著……」雪雁說到這裡，一時語塞，淚水潸潸而下。

「樹式瑜伽所打開的，正是妳對原生家庭的記憶。」朵拉再次示範了樹式的動作，並把雙手往上拉舉：

「家，是我們最初的根。如果，妳想好好長成一棵大樹，就必須和生命的根鬚重新連結。

「妳的內在，就是妳的根。妳對內在的探尋越深，對自己的所恨所愛、情緒的來去了了分明，妳就能深入妳的內在，穩住自己，對外來的風雨如如不動。妳若無法連結，無法深根，就很容易隨風倒，情緒反覆不定。」

朵拉的話語，直接點出雪雁長久以來的盲點。她一直不明白，為什麼自己的情緒老是反覆不定。前男友就曾這麼跟她說過，她是個讓人摸不透的女孩，以至於他不知如何給出最好的愛來愛她。或許是她自己也搞不懂自己，很容易相信別人，卻又無法真正信賴，情緒起伏多疑。這個捉摸不定的源頭，有可能來自兒時的家庭。

「現在，妳可以做第二個瑜伽：海螺式。」

「海螺？」雪雁以為自己聽錯了。

「海螺式瑜伽，通常被稱為嬰兒式，因為這個姿態很像胚胎。」朵拉說著，屈膝跪在瑜伽墊上，臉部慢慢往下朝著地面，用上半身貼住下半身，直到額頭貼住地面；接著，把兩隻手臂向後伸，讓手背貼住地面。朵拉的樣子，的確很像在子宮裡等待長大的嬰兒。

「這個瑜伽動作，會幫助妳回到母親的子宮，繼續打開妳兒時的記憶。」朵拉回到屈膝的跪姿，卻見雪雁的眉宇閃過一絲痛苦的神情。

「海螺的形狀，像嬰兒的胚胎。一般寺廟都會把海螺裝滿聖水來祭神。做海螺這個體位時，妳可以想像自己重新變成胚胎，被母親的羊水溫暖包覆。或許打開這個身體的記憶，很多往事會像潮水般湧現，甚至把妳整個人淹沒。妳要記住一件事，不管妳來自什麼樣的家庭，被什麼樣的父母養大，經歷了什麼事，妳來到這個世界的最初都是神聖的，像海螺裝滿聖水一樣神聖。妳要重新珍愛自己，回到生命初始的神聖，把最初來到這世間投胎的愛，重新找回來。」

雪雁按照朵拉的引導，屈膝跪著，輕輕閉上眼睛，做了幾次深呼吸，慢慢地俯身，將額頭貼住地面，就像樹木的根鬚，伸向地下的深處，探尋最初的源頭。雪雁的記憶，再一次回到那棵鳳凰樹上。

她看到兒時的自己，爬到鳳凰樹上眺望黃昏的夕陽。鳳凰樹的花海，就像噴出來的火焰，把黃昏的夕陽點燃。這顆被點燃的火球，漸漸往西邊墜落、裂開，直到和天邊豔紅的雲彩交融成一片，彷彿整個天空都跟著鳳凰花起火燃燒。在熊熊烈火的火光裡，雪雁驚訝地看見兒時的自己，居然希望這一片火海把老家徹底燒毀。

這個充滿仇恨的回眸，使得雪雁驚懼地睜開雙眼，不敢再進入那個回憶。她明白了，那團火是她隱藏在心裡的憤怒。嬰兒式瑜伽打開了她內心最深的憤怒，她不願意成為父親和母親的受精卵，不願意回到子宮內成為那個胚胎。

「為什麼父親和母親這麼迥然不同的兩個人會生活在一塊？為什麼自己居然是這兩個人的合體？」她睜開雙眼，兩行熱淚從眼裡流了下來。

「愛與恨是一體的。恨的背後，是因為愛。回到父親給妳的愛，回到父親給妳的那個夢，帶著那個夢，帶著十歲的小女孩，繼續走下去。」朵拉溫柔地撫慰她，倒了一杯酥油茶給她喝，引導她做了幾次深呼吸，再做一次嬰兒式體位。

雪雁深深吸了一口氣，當她再次成為子宮裡的胚胎，彷彿聞到兒時鳳凰花的香氣，再一次找到新生的力量。這時，有一口古井，從她的腦海迸出來。

「從我有記憶以來，父親就一直跟我說起一口古井。」

「這口古井，和妳的父親有什麼關係呢？」朵拉問著雪雁，並要雪雁標示出，剛才圖畫中的鳳凰樹，和這口古井的相對位置。

「這是位於我的家鄉台南府城西海岸的一口古井。古井帶來水源，也帶動府城後來的繁華。父親早年喪父，是爺爺帶大的。他的爺爺曾在大井邊，以汲水挑夫為業。對年幼的父親而言，晚年爺爺躺在病床上，反覆訴說著府城大井的滄桑，並要父親以府城雕刻師為職志，不忘文化的傳承，影響了父親一生。」

「這樣子看來，妳的父親一直為爺爺給他的夢想而活；而妳，一直活在父親給妳的夢裡。」朵拉拿起筆，把圖畫中鳳凰樹的根鬚，繼續往深處蔓延，還在根鬚上面，寫下「爺爺——父親——雪雁」。

「現在這口古井呢？」朵拉想著，古井在心理上的意義，代表深層的情緒和記憶，這口古井一定和雪雁未來的命運有什麼連結。

「大井的井欄已經被拆除，覆上鐵蓋，埋在柏油路面之下。」雪雁回憶起當年的情景，「父親一直覺得，這一口古井活了三百多年，是台灣最古老的史蹟，如今卻變成無人理睬、外觀醜陋的鐵蓋，這對古井是不公平的。」

「生命的歷史，不管多麼古老，不管有沒有被看見，都不能這樣無聲無息消失。就算一個人後來歷經滄桑，面目全非，曾經努力活過的痕跡，也不應該完全被抹滅。」父親說這句話的神情，像一條印痕深深烙刻在雪雁心上。印象中的父親總是靜默寡言，喜怒不形於色，只有聊起這段歷史，才會感覺他罕見的怒火。

沿著父親微微發燙的火苗，雪雁的腦海岔出一條火光。她驚訝地發現，鳳凰樹的根鬚往下扎根，是為了尋找水源。植物的根鬚，不就是為了儲存水分嗎？鳳凰樹的根鬚，不停地往陰暗的地下深入，最後抵達的終點，居然是古井最深處的水源。

「生命和生命之間，本來就互相接通，互相連結。」朵拉隨著雪雁的回憶，把畫中鳳凰樹的根鬚，用筆往下延伸，和古井深處的水源連在一起時，看起來就像母親的臍帶和一顆胚胎緊緊相繫。

朵拉的眼睛亮了起來：「生命的源頭、滋養、依靠，全部來自於水。沒有水源，生命就無法存活。不管是母親的羊水、古井的井水、河流、湖泊或大海，都是為了餵養生命而存在。古井的水，所觸及的不僅僅是生命的源頭，還觸及了所有生命初始的記憶。

「井，就像記憶的深洞，儲存人類走過的記憶，這些記憶的軌跡，就是歷史。妳的父親是對的，生命的歷史無法被抹滅。我們來到這個世界，並不是一張白紙，而是帶著歷史。我們每一次來到地球投胎都帶著過去的歷史，承載著我們此生必須償還的業力。」

「什麼是業力？」

「業力就是妳累生累世活過的歷史印記。業力給了妳獨特的基因，賦予妳獨特的個性，讓妳以獨特的方式看待這個世界，也促使妳選擇了父母，遇見這輩子所有該遇見的人。」

「妳的意思是說，父母是我們選擇的？投胎之前就選好的？」

「正確地說，應該是妳們選擇了彼此。人與人的相遇都不是偶然，都是業力的糾纏和吸引。」

朵拉指著她所畫的圖，從鳳凰樹的根鬚，到後來的古井：

「樹木的根鬚，也是一個記憶庫，它們把所有的記憶傳輸到古井裡面，所以父親的古井和妳記憶的鳳凰樹是互通的。就像樹式這個動作。」朵拉再次把兩隻手往上高舉，抬起左腳，支撐在右腳大腿內側。

「樹的根，就是妳的腳，深扎於土地，但它的枝葉，就像妳高舉的手，不斷地往上伸展。每一個枝葉的毛孔，都像生命的小眼睛，接收各種生命的資訊並傳送到根部儲存。人最多只能活百歲，樹卻可以活好幾百年，甚至千年。想想，一棵千年老樹，儲存了多少人類歷史的記憶？當妳變成樹的樣子，又把自己還原成兒時的模樣與樹的根鬚連結時，妳會被樹帶入歷史的回憶——且不僅僅是妳自己，還包含每一個世代，所有人類共通的記憶。

「透過這些回憶，妳不妨試著問自己：『我是誰？我經過什麼事件長成現在這個樣子？

我想從生命歷史的回顧中得到什麼？』」

朵拉引導雪雁做了幾個深呼吸，雙腿交盤，眼睛微閉，安安靜靜做了幾分鐘的休息。

她提醒雪雁：

「記憶的閘門一旦被打開，回憶的波濤夾雜著過往的歡笑與哀愁，後浪推著前浪，不斷湧上心頭，有時怎麼收也收不住。若是記憶繼續浮現，不妨順著感情的流動，看見記憶要妳看見的。」

雪雁反覆回想和父親相處的細節，猛然又想起十歲生日那天，父親特地帶著她從家裡坐公車到台南，在大井頭下車。父親帶著她趴在地上，從大井的鐵蓋間隙往下看，在人來人往的馬路下方，果真看到水源汩汩流動。那種感覺很奇妙，就像一個人走了，人事已非，甚至早已被人遺忘，但他生前用心走過的腳步聲，卻依然留在他情感最深的地方「咚！咚！」地發出聲音，自我跳躍著。

「不管有沒有人記得，潺潺水流的聲音，就是大井曾經努力活過的證明。人的一生，總是要留下一點什麼，證明自己踏踏實實地活過。」父親像是喃喃自語，又像是在說給雪雁聽。接著，便帶著雪雁從大井頭，沿著昔日的府城大街——現在的民權路，一路步行至府城最高的鷲嶺上帝廟。父親早年就在上帝廟當神像雕刻師。

「雪雁，今天是妳十歲的生日。爸爸帶妳走的這一條路，是當年我的爺爺常常帶著我所走的路，也是爸爸最喜歡的一條路。」

「為什麼你和你的爺爺會喜歡這一條路？」

「因為這一段路，有爸爸和爸爸的爺爺共同的回憶，也是府城繁華的起源。很多事物的起源，都特別寶貴，讓人難忘。就像妳將來長大了，不管妳到多遠的地方讀書，多久沒有回來，妳都不會忘記妳生在哪裡、這條回家的路要怎麼走。」

父親說著，從口袋取出一隻木雕小鳳凰，放在雪雁的手心。「雪雁，閉上眼想像一下。整個府城地勢由東向西傾斜，把斜坡上幾個凸出的小山丘連結起來，就像一隻展翅欲飛的鳳凰。我們台南府城，是個鳳凰城呢。」

雪雁望著全身長有五彩斑斕的羽毛、長長的尾巴、擁有孔雀般亮麗花紋的鳳凰，忍不住尖叫出聲：「好美的鳥啊！」

「鳳凰是鳥中之王，象徵吉祥、美麗和高貴。雪雁，爸爸就妳這麼一個女兒，爸爸沒有錢，沒什麼可以給妳，只能送妳一隻木雕鳳凰，希望妳永遠記得，妳來自台南府城，妳的生命像鳳凰鳥一樣高貴。」

「爸爸，為什麼你送給我的鳳凰沒有畫上眼睛呢？」雪雁嘟起小嘴，用手指頭為木雕鳳凰畫上眼睛，「我的鳳凰沒有眼睛，什麼都看不見。」父親噗哧笑出聲來，蹲下身指著雪雁的心窩：「沒有眼睛往外看，就先用心靈往內看啊！

「爸爸雕造好的神像，必須經過一道開光點眼的過程，才真正擁有自己的神靈。妳還太小，等妳有一天覺得自己長大了，就替鳳凰畫上眼睛，讓它擁有自己的靈魂。」

「爸爸，靈魂是什麼？」雪雁實在不懂，父親為什麼總喜歡講這些虛無的道理。

「每個事物，不管有沒有生命，內在都有一個隱密的靈魂。只有它被看見、被了解，無形的靈魂才會化為有形的形體，開口說話。譬如我的爺爺曾經在大井頭一帶挑水維生，喝過清涼甘冽的大井之水，爺爺對大井有感情，大井的靈魂就進駐在爺爺心裡面。」

父親抬頭指著路旁的鳳凰樹：「日本人看見府城像鳳凰鳥的地理形勢，便引進了鳳凰木，讓無形的鳳凰靈氣化為有形的生命，遍布整座府城。妳看！鳳凰木的羽狀複葉，是鳳凰鳥飛翔的翅膀；鳳凰樹上焰紅的花朵，剛好供給鳳凰重生的火能。鳳凰花盛開時，熊熊的火焰燃燒，就像新生的鳳凰從烈火中重生，奮力再起。鳳凰城的地理形勢和鳳凰樹的靈氣，孕育了咱們府城獨特的靈魂和生命力。這是別的城市沒有的，只有我們自己的土地上才會有。」

雪雁聽過大井潺潺的水流聲，又喜歡爬鳳凰樹，父親口中的這段歷史，隱隱約約在她幼小的心靈種下了種子。她仰著頭問：「爸爸，你有自己的靈魂嗎？」

「我們府城這隻展翅的鳳凰，鳳凰的心窩就在府城的最高處——鷲嶺上帝廟。爸爸在上帝廟學習雕刻神像，就像在鳳凰的心窩裡，雕刻自己的靈魂。」父親指著前方的上帝廟，眼神閃閃發光。

「爸爸，媽媽會和你的靈魂說話嗎？」雪雁用小手指頭不停地畫圈圈，想為木雕鳳凰畫上眼睛。

父親低下頭，靜默半晌：「雪雁，靈魂帶著愛而來，但愛會帶來痛苦和折磨。愛很複雜，等妳長大，遇到一個可以走進妳靈魂深處的人，也許妳就會懂。」

「爸，你沒有回答我的問題。媽—媽—會—和—你—的—靈—魂—說—話—嗎？」雪雁大聲地重複一次，很認真地一字一字慢慢說。

父親還是沒說話，摸摸雪雁的頭，默默牽著她一路走向上帝廟。

雪雁屈膝跪著，額頭貼著地面，像一個嬰孩，在回眸中看見父親真正的樣子，她的胸口好悶、好痛。

朵拉抱抱她的肩膀，雪雁的回溯，也觸痛了她對父親的思念。

「我的父親已經過世了，很羨慕有父親的人。父愛，有時像太陽，一不小心太烈了，就會把子女燙傷！以前我總是躲父親躲得遠遠的，直到有一天父親不在了，才發現自己原來那麼需要像太陽一樣的父愛！」

朵拉說著，又拿出筆，順著剛才所畫的鳳凰樹根鬚往下延伸，和古井深處的水源連在一起，形成一條母親的臍帶和胚胎緊緊相繫後，又畫出一隻展翅的鳳凰竄出地面，鳳凰的心窩就在鷲嶺，也就是雪雁父親靈魂的所在。

「喏，這就是妳通往真愛的祕密通道。」朵拉說著，指著圖畫中母親的臍帶和胚胎緊緊相繫之後，還不斷往深處蔓延的鳳凰樹樹根。

「從這條祕密通道找到妳的母親，回到妳母親給妳的愛裡，重新長成妳自己。」

東西，不要苦哈哈的，讓別人看不起。」

「媽，妳自己留著吧。」雪雁握著母親的手，把錢塞回母親的口袋。母親用力搖搖頭，又掏出錢硬塞進雪雁的口袋，驀地摸到雪雁一直放在口袋裡的木雕鳳凰。

「這是妳爸給妳的嗎？」母親隨手厭煩地扔在地上，「這些木雕哪值什麼錢呢！」

「媽，妳拜的神，不也是爸爸雕的嗎？」雪雁心疼地噙著淚水，彎下身拾起木雕鳳凰，用溫熱的手心撫摸鳳凰的心窩。

「雪雁，神是神，妳爸是妳爸。這些年大家都蓋大厝，只有我們家還住在破破的老房子，妳爸若學別人做點生意，我們家早就翻身了。」

雪雁並不認同母親的話，她從不覺得貧窮是種恥辱，反倒喜歡坐在板凳上觀看父親雕刻神像。父親專注的神情，從手到心，就像在雕刻一個有生命的藝術品。一塊不起眼的木頭，經過父親鏤刻，每尊神像慢慢有自己的造型、個性，如同父親說的，有了自己內在的靈魂。木雕神像和父親之間，似乎存在著微妙的連結，父親若沒有那樣的美感和愛，就無法雕刻出那麼高貴獨特的神靈，就像父親送給雪雁的鳳凰一樣。

雪雁從回憶中再次張開眼睛，發現父親在她心頭上的重量，竟遠遠超過母親。穿過原本的嗔恨、誤解，重新和生命的根鬚連結，她才發現，連現在她在博物館當特約編輯，對一些古老的文化產生興趣，也是受父親所影響。

「樹的根鬚儲存了人們的很多祕密，所有妳遺忘的、不敢面對的，它都默默幫妳儲存在根鬚裡。它等待著，什麼都不說，只是靜靜俯視著妳。直到有一天，妳終於有勇氣打開深藏於內心的祕密，只要妳靜靜來到樹下，誠實面對自己的心，妳會發現，妳想要的答案早就在樹的裡面。」

朵拉起身又做了一個樹式，示意雪雁再跟著她做一次。

雪雁看見朵拉高舉的雙手，突然想起當初她來到大昭寺前看到枯槁的公主柳，就是被一雙手的幻影所吸引。枯槁的公主柳樹上有個早已枯萎的凸出枝幹，好像是一雙歷經滄桑的手。如果說，父親的手喜歡雕刻，母親的手則喜歡刷洗。雪雁的心被撞了一下，心中湧現的畫面，突然跳到母親知道父親外遇的隔天清晨。

一大早起床，雪雁聽到母親在浴室盥洗，接著到門埕刷洗大油鍋的聲響。

「媽，我來——」雪雁從床上一躍而起，跑過去搶過母親的刷子，自顧自地蹲下身賣力刷起來。

「妳這小孩，先去吃早餐。這油垢不是妳有辦法刷的。」母親大喇喇搶過雪雁的刷子，把她拉到一旁，又回到原地繼續刷洗。

雪雁順手幫母親抹去盥洗後嘴上殘留的牙膏，看見母親哭腫的雙眼，突然湧上一陣心酸，叫了聲：「媽——」

「有什麼事吃完早餐再說。」母親頭也不抬，賣力刷著油鍋的汙漬，好像全力和某種汙垢奮戰。

「媽——」雪雁深深吸了口氣，猶豫了一會兒，決定還是說出心裡的話：「不管發生什麼事，我一定會養妳到老的。真的！」雪雁末了還特別加重語氣，彷彿唯有這樣子說，才能減輕母親的痛苦。

母親被雪雁突如其來的話語重重一擊，倏地紅了眼眶，卻假裝沒聽見似地繼續埋頭刷著油垢，半晌，才抬起頭，故意輕輕擰著雪雁的腳：「別說些沒用的話。快，快去吃早餐。」

「唉喲！好痛喔。」雪雁調皮地閃躲跳開，跑去廚房拿起碗筷，夾些醬菜到碗裡，稀哩呼嚕扒了幾口稀飯，用舌頭抹抹嘴，便跑到後院找了另一隻鐵刷，準備到門埕幫母親刷洗，卻在後院花圃旁發現幾隻緩緩爬行的蝸牛。

雪雁蹲下身，故意用手指頭逗弄小蝸牛的觸角，小蝸牛嚇得縮進殼裡，一動也不動。「殼，是你們的負擔，也是你們的庇護所呢。」雪雁摸摸小蝸牛的殼，小蝸牛的殼質地細膩，不像大蝸牛殼因歷經風霜而顯得粗糙。

雪雁觀察後院的小蝸牛已有一段時間，小蝸牛慢慢長大，外殼也跟著一起長大，甚至殼破了還會自行修補。雪雁發現蝸牛不只吃植物的嫩葉、嫩芽，連腐壞枯萎的葉子也照吃不誤，似乎為了存活，什麼苦都能吃，唯一不能放棄的就是身上的殼。

等雪雁回神，回過頭去門埕找母親，卻已不見母親的身影。抬頭一看，母親竟拿著陶土碗，在老家的屋頂上幹活。

雪雁轉過身，趕緊跑到後院，爬上龍眼樹，小小的身子努力帶勁往上爬，爬到和屋頂同高度，可以和母親說話的樹梢為止。

「媽——小心點，別摔下來。」雪雁在龍眼樹上大聲吆喝母親，又拉開嗓門探問：「媽，妳在屋頂正脊黏上陶土碗，要做什麼用呢？」

母親放下攪拌灰泥的棍棒，用食指「噓」地長長一聲，才壓低聲音告訴雪雁：「我想妳爸大概被狐狸精迷住了，才會變成這副德行。昨天我去請示王爺，又請道士來家裡作法，消災解厄——」母親環顧四周，確定四下無人，才小心翼翼取出口袋裡的香灰：「妳爸現在總是喝個酩酊大醉才回家，趁他不醒人事時，偷偷讓他服下這包香灰，加上我在屋頂黏上王爺加持過的陶土碗，為我們家鎮災避邪，或許妳爸就會回心轉意。」

「媽——那沒用的。」一陣痛苦霎時充塞雪雁的胸口，一股莫名的衝動，促使她不停沿著龍眼樹的枝幹往上爬，爬到最高處。望著破舊的老家，還有母親蹲在屋頂上黏陶土碗的身影，雪雁想起父親的容顏，不禁撫著胸口熱淚盈眶。

「記憶，就像妳父親心中的古井，需要用力清理，才能把淤泥倒出來，讓生命的明晰從心底的深井重新透射出來。」朵拉看著暮色已近，要雪雁躺下來休息，做最後的收功。她把瑜伽墊重新鋪好，說道：

「仰臥，全身放鬆，雙手放在身體兩側，掌心朝上。深深吸一口氣，想像自己還是那棵樹；吐氣時，細細去覺察自己的頭、肩膀、背部、臀部、大腿、小腿、腳跟，都隨著吐出來的氣流融入地面，就像樹木的根扎進泥土裡面一樣。

「吸氣時，讓呼吸深深流進妳的體內；吐氣時，全身放鬆，彷彿自己全身融化變成泥土的養分，讓妳生命的根鬚隨著妳的呼吸更深入地往下。」

雪雁按照朵拉的方式，深呼吸了幾次，突然覺得自己好累，似乎在做生命回溯時耗掉了太多能量。

「每一次做完瑜伽或生命回顧，妳都要躺下來這樣休息、調息。妳躺著，就像妳即將死去，即將做生命最後一次呼吸。在吐出最後一口氣時，妳想像自己的身體、頭、肩膀、背部、臀部、大腿、小腿、腳跟，都隨著吐出來的氣流融入地面，化為塵土，全然放下。」

「我好想睡，我可以這樣睡著嗎？」雪雁問。

朵拉搖搖頭：「最好不要。一個即將死去的人，最後一刻的意識最好是清醒的。清醒地活，也清醒地死，才是最美好的告別。」

七　心的波動

有時我們走得太遠，以至於忘記為什麼出發。
這就是為什麼，有時候，我們必須停下來，問問自己，是否還記得當年的初衷。

——紀伯倫

反了。倒是文成公主旁邊的小樹芽逐漸抽高，還長出幾片綠葉。唯一不變的，還是那道虹光圈，像之前一樣守護著小樹芽，白色桑煙則環繞著虹光圈繼續輪轉。

原本閉著眼睛的文成公主，聽到雪雁的腳步聲，微微張開眼睛，似乎等待著回答雪雁的最後一個問題。

「我知道答案了，妳背對著松贊干布，愛上一個不能愛的藏人。那個藏人究竟是誰呢？」雪雁直截了當說完，信心滿滿望著地上。沒想到，這次居然沒有出現和柳樹下一模一樣的圖畫。她愣住了。

「妳沒有對自己誠實。」看起來有點憔悴的文成公主，眉毛一挑，話一出口，又像個全身長滿尖刺的女孩。

「我畫的是妳，又不是我。」雪雁本能地反擊。她實在不懂，為什麼她老是惹惱文成公主。

「妳今天想畫的圖，真的是這幅畫嗎？」文成公主淡淡冷笑著，帶著一種冷酷的嘲諷。雪雁啞口無言。她在畫松贊干布時，明明想起父親，卻無法畫出父親。

「妳無法對自己誠實，就無法看清楚自己；無法看清楚自己，就無法看清楚別人。一個無法看清楚自己，也無法看清楚別人的人，根本無法了解自己，更沒有資格去了解別人，談論別人。」

文成公主劈哩啪啦把話說完，末了還重重拋下一句：「妳無法誠實，是因為妳不夠勇敢。」

文成公主狠狠瞧了雪雁一眼，不給她任何辯駁的機會，轉過身，竟變成一隻鳳凰鳥，瞬間起火燃燒。這隻鳳凰鳥，和雪雁的木雕鳳凰一樣，因為沒有眼睛，在火焰裡痛苦地哭嚎，找不到出口。雪雁眼前一片黑，彷彿也失去了眼睛，跟著聲嘶力竭地大叫。因為過於痛苦，幾乎讓她昏厥過去。

等她醒來，已經回到柳樹下，和上次一樣，只有自己的內心在痛苦翻攪，一旁的藏人根本毫無所覺。她感到孤單、心碎。她清清楚楚知道，甚至看見，那把火燒的並不是文成公主，而是燒向她自己。說自己看見，是個很奇怪的用詞，當時一片黑暗如何能看見？可是她明明在黑暗中失去眼睛，卻清清楚楚看見所有的景象。這究竟是怎麼一回事？

雪雁就像經歷一場劇烈的震盪，全身失去力量，她的心似乎還停留在柳洞裡，急促地喘息著。她頹然坐在公主柳下，靠著樹幹，看著天空的雲彩零零落落在天空灑了一大片，好像和她一樣，莫名其妙就被炸成碎片。她摸摸自己的心跳，這樣的混亂和當初來拉薩之前，見到父親外面的女人靜姨那一眼似乎有點像。她緊閉著雙眼甩開記憶，不願再想起這個女人，卻又憶起當初的混亂在夢中的虹光圈中竟得到轉化和平息。於是，她深深吸了一口氣，想像自己像柳洞內虹光圈的小樹芽，被虹光圈的愛緊緊圍繞著，胸間又燃起一股新的能量，就像兒時父母吵架時，她總是爬到鳳凰樹上，想像自己是在烈火中重獲新生的鳳凰。

她再度想起父親。究竟是什麼原因，讓她今天在畫松贊干布時，竟會想起父親？文成公主怪她不夠誠實，那麼，如果她畫出父親，這幅畫會變成怎麼樣呢？

「甲木薩！」她的腦海迸出甲木薩的身影。如果甲木薩在這裡，一定有辦法抽絲剝繭，理清她心中的混亂。

她四處搜尋，卻沒在柳樹下和大昭寺廣場看見任何蹤影。眼睛一抬，又看到一團濃濃的桑煙往八廓北街緩緩移動。雪雁決定跟蹤這一團濃煙，或許會找到甲木薩也說不定。

雪雁的腳步，跟著濃煙往八廓北街移動，一個藏族婦女趴在八廓街上做大禮拜的神情姿態吸引了她的目光。在八廓街轉經做大禮拜的藏人非常多，但這位藏族婦女跟其他藏人最大的不同，是她穿著一身素樸的黑衣，打著赤腳，綁著兩條長到腰際的辮子，辮子跟她的臉頰和眼睛一樣烏黑，只有腰間繫著藏紅色的腰帶，除此之外沒有任何裝飾。她全身上下散發出一股堅韌、平靜、勇敢，一種徹徹底底、無所懼怕的氣魄，深深撼動了雪雁。

在這位藏族婦女身上，似乎不僅僅只是對信仰的虔誠，還有一種深入骨髓、滲入血肉的堅韌，長出了無比強大的力量。那股力量，是全然的堅信，不摻雜任何雜質，展現出過人的意志，即使有人拿著刀橫在眼前，都無法阻止她趴在地上緩緩前進。

她的終點是哪裡？一個人對信仰堅信不移到極致時，會不會像這位藏族婦女一樣，赤手空拳，什麼都可以不要；就算你要她的命，她也無所謂。她什麼都不保留，你要什麼統統可以給你，卻沒有任何人可以真的從她身上奪走任何東西。

就在雪雁入神之際，從另一條巷子走出了一群老藏人，他們身上揹著竹簍子，插著各種圖騰的旗子，浩浩蕩蕩進入了八廓街。這些圖騰毋寧是精神性的，一樣展現出無與倫比的能量。如果前面那個藏族婦女展現的力量，是個人的，那麼，這一群老藏人所展現的，便是集體的力量，兩者都是從深深的定靜透射出來極度凝聚集中的精神意志。

這種高度凝聚、集中的狀態，平常只有在軍人身上才看得到。不同的是，軍人的精神是被訓練、被教導，甚至是被高壓強迫塑造出來，是外在的武裝，但這群老藏人不是。他們的高度凝聚是自發的，是內在自然的流露，從個人的內在集中再和群體的每個人連結，最後凝聚起來所產生的集體力量。這種力量，即使斬斷其中一個環節都沒有影響，因為每個人都是獨立完整的高度集中。

「我希望自己也可以這樣活著。堅韌、平靜、勇敢，帶著堅忍的精神活著。」雪雁在心底吶喊著，像是對剛才在公主柳中自己不夠誠實、不夠勇敢的懊喪追悔。她常常覺得，生命底層好像有一種東西，若有似無地在心裡呼喚著她。明明已經在眼前，卻又莫名其妙地錯過。

她不知道這群歷經風霜的老藏人來拉薩做什麼，但一定跟薩嘎達瓦的佛月有關。也許是來完成慶典的某個儀式，而這個儀式，需要藉助這群老藏人的精神力才有辦法完成。

因為過度關注這群老藏人，雪雁忘了繼續追蹤那一團濃煙。當她四處張望搜尋時，突然看到甲木薩就在公主柳下方坐著。

「甲木薩！」她興奮地跑過去，「為什麼我想妳時，妳都剛好在？」

「我說過了，妳想我嘛！」甲木薩像以前一樣氣定神閒，用眼睛掃射了雪雁一圈，最後把目光定在雪雁的眼睛。

甲木薩直視著雪雁，用一道光線射入雪雁的眼底。雪雁突然被定住了，看見自己清清楚楚映現在甲木薩的眼底，如如不動。

「眼睛是一個人內在的靈魂、身上的心燈。如果妳想念一個人或想要了解一個人，只要用內在的眼睛專心地凝視他、想念著他，兩個人的靈魂光線就會互相連結。」

雪雁想起剛才那一群老藏人，還有那一位堅韌平靜的藏族婦女，當她再次想起他們時，全身的感官不知不覺也跟著往內收攝，進入剛才她眼睛所見那一股全然專注的能量裡，和他們再次產生連結。

她豁然明白甲木薩的意思。當她專注想著那群老藏人，不管是近距離面對面，還是遠距離的回憶，只要腦子發射出念頭的光波，哪怕只是小小的意念，都能讓雪雁和那群老藏人的靈魂光線在回憶的瞬間連結，產生能量的共振。

「那麼——剛才在公主柳洞，為什麼能在黑暗中看清楚一切？」雪雁心中靈光一閃，她明白了，「是父親！」

父親說過：「木雕鳳凰沒有眼睛往外看，就先用心靈往內看。」在鳳凰浴火燃燒、極度痛苦的當下，她不知不覺用瞬間浮上心頭的意念和本能，和父親說過的話產生連結，並用內在的眼睛觀看所有的一切。那隻在火中燃燒的鳳凰其實是父親，他失去內在的靈魂等同失去眼睛，因為找不到外面的出口，只好把自己關閉在暗室。沒想到，她不想在公主柳下畫出父親，卻用這樣的形式看見父親的痛苦。

雪雁凝視著甲木薩，再次注意到她眼裡射出的光芒。或許第一次在公主柳相遇，甲木薩就已經用眼睛的光線和她產生連結。

「重點是要專心。專心才會讓能量收攝，抵達對方的深處。妳的眼睛——」甲木薩停下來，再次看著雪雁的眼睛。

「妳的眼睛，總是能專注地觀察，像空中的老鷹從高處俯視凝望，從事物的表面到內裡，深深地看見，直接進入別人的心裡。妳應該把這種專注力拿來面對自己的內心，更深地看見自己，而不是把這種專注力拿來鑽牛角尖、陷入情執。一個人老是陷入無明的煩惱，就等於像瞎子一樣，什麼都看不見，即使自以為看見了什麼，也都是錯誤的。」

雪雁從甲木薩眼睛的光波，注意到她眼裡的虹彩，隨著外面的光線若隱若現地幻化著。她凝視著虹彩裡的幻影，又想起父親雕刻時總是專注看著木頭長達好幾個小時。她一直很希望自己可以像老鷹那樣飛離這個家庭，卻沒想到，她身上專注的力量，居然傳承自父親，而她的眼睛居然可以像老鷹一樣自高空俯視。她不只像自己所愛的，也像自己所恨的。原來，心裡所愛、所恨的事物，都早已活在自己身上。

雪雁別過眼，躲開了甲木薩的視線，她總是有意無意想避開家裡帶給她的糾結。

「今天我在公主柳樹下畫了一幅畫，到了柳洞裡，文成公主又生氣了，她說我根本看不清楚自己，也看不清楚別人。」

「因為妳的雜念太多，妳心裡的鏡子藏了太多汙垢了，妳得學習淨化那些汙垢才行。如果妳專心又心無雜念，會看得比以前更清晰、更深入，甚至看見別人看不見的東西。」

「要怎麼淨化？」雪雁突然想起母親清理汙垢的那雙手，表面上好像在清洗，卻不曾清理過她自己的心，母親從來沒有誠實面對和父親之間的問題。父親也一樣，只是用酒精麻痺自己，一直沒有勇氣在母親和靜姨之間做出選擇。

雪雁猛然一驚，原來她和父母親一樣，都不夠誠實，也不夠勇敢，以至於問題一直停留在原地，年復一年，從她十歲到現在二十五歲，一家人居然在這個痛苦中糾結了十五年。

「藏地有一門觀修的法門，叫自他交換，可以引導妳淨化內心的煩惱，療癒文成公主情感的傷痕，幫助妳解開文成公主的祕密，甚至幫助妳找到永恆不變的愛。妳還記得吧，妳說妳想要找到恆久不變的愛。」

「就是妳上次教我的，把別人當作另一個我。我是他，他是我，互相交換的意思嗎？

「轉經，不是盲目地走路、繞圈子，隨著妳的業力流轉。藏人一邊轉經，一邊轉動佛珠，是以佛為中心，轉動業力，跳脫輪迴啊。」

雪雁一臉尷尬：「要怎麼轉動業力？」她記得朵拉昨天也說到業力。

「業力，就是妳的念頭產生波動，所發射出去的靈魂光線。」甲木薩收斂起笑容，「輪迴的糾纏，就是這些靈魂光線的糾纏。妳所愛的、恨的、執著的、懷疑的，都會透過業力的波動發射出靈魂光線，反反覆覆產生各種幻象糾纏著妳，讓妳的生生世世一直輪迴。」

雪雁感到困惑：「一個人不是應該要集中念力去得到自己想要的事物嗎？思念、想望和渴望都會讓人產生念頭，吸引想得到的事物來到面前，這不是妳一再教導我的嗎？」

「沒錯。如我之前所說，妳就像一面鏡子，業力，就是出現在妳鏡子裡的鏡像，不管是妳想的、妳看的，只要出現在妳生命裡的影像，都是妳的業力。問題是，妳所思念、想望的，用妳的念頭有意無意連結而來的，都一定是好的嗎？妳想好的，就連結好的業；妳想不好的，就連結不好的業啊。」

甲木薩的表情又嚴肅起來，眼睛瞇成一條細線。雪雁發現自己在甲木薩的眼裡消失了。

「只要有心想、有念頭，心裡有影像就會發射出靈魂光波互相糾纏，這些糾纏會帶來各種幻象。幻象裡有愛、有恨、有痛苦、有矛盾，有很多自己說不清楚、也不明白的東西。總結來說，這些幻象不管好還是不好，都是妳的業力。」

「如此說來，一個人要跳脫業力，根本不可能。一個人，不可能沒有思想，也不可能沒有思念，我們多多少少都有一些牽掛，放在心裡。」雪雁又開始追根究柢。

「學習放下。把妳心中最執著的影像，一件一件寫下來，練習放下。只要心裡的執著變少了，妳心裡的影像也會跟著變少。妳的心清淨了，妳發射出去的靈魂光波吸引到妳面前的事物也會跟著清淨。」

「放下很難的。不是說放下，就能放下。」

「不難的。如我一再告訴妳的，把自己當作一面鏡子。」甲木薩又在雪雁的心尖畫了一個小圓。

「緣來了，有個人出現在妳的鏡子裡，表示妳和他之間一定有什麼需要償還。有一天，兩個人的緣分沒有了，那個人走出了妳的鏡子，消失了、不見了，表示妳該還的業都還清了，妳也跟著一起放下就沒事了。」甲木薩不管說什麼，好像都很輕鬆容易。

「哪有那麼容易？就是放不下才會痛苦。有妳說的那麼簡單就好了。」

「真的很簡單。把生命當作鏡子，緣來了，鏡子裡面有個人出現了，做好妳自己的本分，償還妳必須償還的。緣盡了，鏡子裡面的人走出了鏡子，消失了、不見了，妳就隨他去，放下就是了。經常對鏡子做這樣的練習，妳就會懂得怎麼隨緣。」

「如果——」雪雁的心頓了一下，吸了一口氣，決定勇敢說出來。

「鏡子裡面的人消失了，痛苦卻永遠留在鏡面上，怎麼抹也抹不掉，該怎麼辦呢？」雪雁想起來拉薩的第一天，終於鼓起勇氣，對著鏡子正視乳房的傷痕，痛苦卻沒有隨著乳房離開鏡子而消失。

「傻孩子，一個人一旦離開鏡子，鏡子裡不就什麼都沒有了嗎？妳會痛苦，是因為妳緊緊抓著曾經出現在鏡子裡的幻象不放。放下，就沒事了。妳若一直執著，鏡面就會產生汙點；鏡面的汙點越來越多，妳就會越來越看不清楚自己，也看不清別人。」

雪雁想起柳樹洞裡文成公主的嗔怒，還有大昭寺文成公主乳房的陰影。

「教我如何把鏡子裡面的汙點放下吧。」

「還記得我們之間的約定嗎？」

「什麼約定？」

「不管發生什麼事，妳都不能恨我。」

「為什麼妳這麼擔心我會恨妳？難道妳不是好人嗎？」雪雁終於把心裡的疑惑說了出來。

「我是好人或壞人有那麼重要嗎？好人將來有可能會變壞人，壞人有一天也有可能會變成好人吶。」

「妳上次說過了，就算我恨妳，妳還是會快快樂樂地生活。恨妳並沒有什麼用。」

「我希望妳學習對自己負責。」

「我知道了，妳出現了，我的鏡子有妳，妳就是我的業力。」雪雁調皮地說。

甲木薩笑了。「我們是彼此的業力，業力就是我們的輪迴。」甲木薩故意在空中畫了好多個圓圈，然後收斂起笑容：

「輪迴是很可怕的，生生世世，無窮無盡。有時候，兩個人的業力不是只有一世，而是很多世，生生世世的業力加總起來，我們稱作阿賴耶。阿賴耶儲存妳生生世世的記憶，就像是一個倉庫，每一次妳來到地球投胎，都會從這個儲存生生世世記憶的倉庫裡發射出妳的靈魂光波，尋找妳想尋找的人。」

雪雁忽然明白了。朵拉說過，我們來到這個世界不是一張白紙，而是帶著歷史。業力就是累生累世活過的歷史印記，這個業力讓我們選擇了父母，遇見我們想遇見的人。

「如果用電腦作比喻，這個儲存妳生生世世的記憶體，就像電腦自動備份的硬碟，記載妳生生世世的所愛、所恨，甚至連自己都沒有覺察、非常細微的起心動念，都一絲不漏自動備份在妳的阿賴耶檔案資料庫裡。

「如果妳的身體是電腦主機，妳的靈魂就是無線網路，可以超越身體的限制，像無線網路一樣超越時空，產生各種無形的連結。阿賴耶就是妳的靈魂光波，只要妳動了小小的念頭，阿賴耶就能從檔案資料庫發出帶有能量的光波，和妳想要尋找的人事物產生超時空的連結。

「在妳出生以前，妳的所愛、所恨、所思、所感，妳所經歷的一切，都早已儲存在妳的阿賴耶檔案資料庫。現在的妳，妳的五官、容貌、妳所經歷的人生、幸與不幸，都是妳自己從阿賴耶檔案發射出靈魂光波，和其他靈魂的光波糾結後產生各種幻影所創造出來的劇情。簡單地說，妳是妳自己所創造出來的故事。」

雪雁大吃一驚：「難道我來到西藏，是我自己從阿賴耶所儲存的記憶倉庫裡，發射出靈魂光波，把自己帶到這裡？」

「沒錯，阿賴耶所發出的靈魂光波，就是業。當兩個人的靈魂光波開始糾纏，阿賴耶所儲存的記憶就會催化出各種劇情，如果妳跟著那些劇情起波動，妳累生累世所愛、所恨、所執著的各種愛恨情仇，都會從阿賴耶識的倉庫裡湧現，引發妳的各種痛苦。

「妳必須為自己的痛苦負責。是妳自己決定要把什麼東西放進自己的阿賴耶裡，就算經過很多世，妳忘記了，妳還是必須為自己所儲存的阿賴耶負責。不管妳遇到多大的痛苦，都是妳的念頭發出靈魂光波和他人的靈魂光波產生連結，並糾纏出各種影像。不管妳記不記得，只要業力來了，妳都必須自己負責。都是妳自己創造出來的。」

「妳的意思是說，就算妳是壞人，也是我的念頭創造出來的。我必須為自己負責。」雪雁覷著眼，分不清楚自己是故意這麼說，還是真心這麼想。反正她知道，甲木薩一定會百分之百說「對」。

「對！」甲木薩果然不出雪雁所料，馬上豎起大拇指說「對」，還補上一句：「妳一定要知道，是妳自己的念頭創造出我是壞人的故事和劇情，跟我可沒關係。」甲木薩說完，自顧自笑了起來。

雪雁又好氣又好笑。「為什麼妳從來不否認妳可能是壞人？」

「當我站在妳面前，妳的鏡子裡面有我，我的鏡子裡面有妳。我是妳的業力，妳也是我的業力。當一個人出現在妳的鏡子裡，不管那個人是好人，還是壞人，都代表妳們之間已經有了業力的糾纏。不一定是世俗所認定的壞人才會帶來痛苦，表面看似好人的兩個人聚在一起，因為業力的波動互相折磨起來也是很要命的。何必去執著誰是好人、誰是壞人呢？人與人相遇，都只不過是為了償還和了業而已。」

甲木薩的好口才和明晰的思辨力，再次讓雪雁啞口無言。

「接受所有來到妳面前的事物，那都是妳自己召喚來的。接受業力，讓業力通過，業力消了，就沒事了嘛。」

甲木薩灑脫地攤開雙手，臉上充滿遊刃有餘的自信。甲木薩的豁達和智慧，正是她的魅力所在，即使雪雁常常暗地裡懷疑她是不是壞人，還是忍不住一次又一次和她見面說話。

「難道業力是無法改變的宿命嗎？一場車禍斷了一條腿，一個意外失去一個孩子，也只能認命地接受業力嗎？」雪雁想著，如果父親外遇，還有萬仔叔叔的出現，都是命中注定一定會發生，她還是會感到難過和生氣。

她以為這個問題會讓甲木薩陷入沉思，沒想到甲木薩益發犀利地解開她的困惑，她反問雪雁：「妳不接受，就可以讓死去的人活過來嗎？接受業力，只是接納發生在妳生命中的所有事件，妳用嗔恨心接受業力，跟妳用平靜的心接受業力，兩者當然是不同的。譬如一個女人被男人拋棄了，她接受這個業力卻自我折磨、自我否定，跟她接受這個業力卻重新改造自己，創造新的生活，是兩種迥然不同的結果。接受業力，並不代表消極地接受宿命。就算一個人命中注定被自己所愛的人拋棄，這個業力即使無法改變，通過業力之後，依舊可以創造新的人生。我們永遠是自己人生的創造者。」

「難道不能在業力通過之前，或業力正在發生時，避免業力帶來的災難嗎？」如果可以重來，雪雁還是寧願什麼都沒有發生。

「可以的。如如不動，業力就無法影響妳，或者將災難減到最低。」

「要怎麼樣才能如如不動？」

「用真心，不要用妄心。」甲木薩依舊在雪雁的心尖畫一個小圓。

「什麼是真心？什麼是妄心？」

「真心不動，妄心妄動。」甲木薩說著，閉著眼睛坐在公主柳下方，像個入定的僧侶。

雪雁突然感覺心輪又開始轉動。自從她遇見甲木薩之後，心中就有個能量圈在轉動。

有時她不免懷疑，甲木薩是不是使出了什麼幻術？

雪雁指著自己的心輪：「為什麼我的心窩總有一股能量在轉動？這是真心，還是妄心？」

「都是妳。真心是妳，妄心也是妳。真心和妄心是一體的，只是一個是真的妳，一個是假的妳。

「真心，是妳心裡的那面鏡子；妄心，則是妳的鏡子中出現的影像。妳是鏡子，也是鏡子裡的影像。鏡子裡面只要出現影像，都是妳自己驅動了業力帶來各種影像的糾纏。放心，就算妳老是用妄心，妄想紛飛，引來各種痛苦的幻象，也沒有離開妳的真心。」

甲木薩依舊坐在樹下，像入定的僧侶，如如不動。她的嘴巴發出聲音，卻感覺不出她有任何波動。

「真心，是妳心裡那面鏡子。鏡子是妳的本體，它的功能是照見萬物，外在的影像沒有這面鏡子，絕對顯現不出來，鏡子和鏡中的影像是無法分開的。所以我說，真心是妳，妄心也是妳。真心和妄心是一體的。

「這就好比，有人來到妳的心裡，鏡子有影像進來了，妳用真心照見了，妳的真心明白，這是妳和那個人的業力產生影像在波動。妳了然於心，卻像鏡子本身一樣定靜清明，不隨著外面的影像起舞。等到業力通過，影像消失了，妳還是妳，妳的鏡子還是一樣定靜清明。這就是真心隨緣，心不動。

「反過來說，如果有人進入妳的心底，緣來了，妳的鏡子出現了影像，妳的心隨著業力起了波動，那便是妳的妄心在妄動。緣盡了，那個人離開了妳的鏡子，妳對那個人還念念不忘，就會在鏡子裡面留下汙點，儲存在妳的阿賴耶記憶；一旦儲存在阿賴耶裡，放不下，業力的波動就會產生糾纏，生出更多的劇情來互相折磨，妳的鏡子便累積越來越多的汙點，就會看不清楚自己和別人。所以，我才勸妳凡事隨緣，緣起緣滅，都是業力的波動，都是妄心。真正的本體是妳的鏡子，妳要珍惜妳的真心才對。」

「妳說的，我明白了。可是——為什麼，我來西藏遇見妳，妳幫我畫了一個圓之後，我的心窩就有一股能量，像圓圈般開始轉動？我很清楚知道，是遇見妳之後才開始動的。難道妳使了什麼幻術嗎？」雪雁想著，與其在心裡一直懷疑甲木薩，倒不如痛痛快快說出來。

甲木薩哈哈大笑：「是妳的心造成那些波動，怎麼能怪我？那些波動，就算妳沒有來西藏也會轉動，只是妳平常沒有察覺而已。當鏡子出現波動，出現影像的糾纏，業力就開始運轉。讓那些影像從妳的鏡面通過，不要有任何執著。就像我剛才教妳的，緣來了，某個人出現在妳的鏡子裡，接受他來到妳的生命裡所引起的各種影像，接受妳的業。有一天，如果緣盡了，那個人走出了鏡子，不見了，妳的鏡子依舊是鏡子。鏡子如如不動，妳依然還是妳。」

雪雁心裡舒坦多了，她驚覺最要緊的還是面對自己的問題：「執著太重的人，怎麼努力都放不下，怎麼辦？」

「回到真心就是了。」

「為什麼我感覺不到真心？」

「妳的真心被妳的妄心遮蔽了。妳對鏡子裡的影像有太多執著，妳一執著，妳的鏡子就會產生汙點。把妳的妄心，把鏡子上面的汙點統統擦掉、統統放下，妳就會看到自己的真心了。」

不知為何，甲木薩越說，雪雁的心越發疼痛起來。

「妳會心痛，是因為妳執著太多過往的記憶放不掉。妳一直用妄心在生活。

「妳要提醒自己，阿賴耶所儲存的都是妄心。如果妳跟著鏡子裡的影像妄動，一直緊抓著鏡子裡的影像念念不忘，產生各種欲望、情緒，業力的糾纏就會越來越多，妳就會越來越痛苦。」

甲木薩的話語好像尖銳的爪子，她越說，雪雁的心就越痛。甲木薩喜歡單刀直入，一箭穿心，在許多時刻，她對甲木薩的確又愛又恨。她老覺得，甲木薩故意引發她內心的痛苦。

「真心是妳，妄心也是妳，妳用真心還是用妄心，會處於不同的能量狀態。這個世界像妳這樣的傻女孩其實非常多，陷入親情和愛情的情執，用妄心把自己過得亂七八糟，真是自討苦吃。」甲木薩說著，嘲笑起雪雁，最後還自己捧腹哈哈大笑。

雪雁故意不服輸地板起面孔：

「妳老是怕我會恨妳，說不定有一天不是我恨妳，而是妳恨起我來了，甚至恨我比我恨妳還要多出好幾百倍。業力太複雜了，誰也說不準。」

「不會的。就算妳恨我，把我殺了，我也不會恨妳。我的阿賴耶沒有恨的光波，不會和妳糾纏共振。我用的是真心，妳用的是妄心；真心裡頭沒有嗔恨，也沒有執著，妳的妄心遇到我的真心，根本無法起作用。」

甲木薩依舊充滿自信，她的智慧散發出來的火光，總是讓雪雁瞬間轉念，引出好奇心。

「妳的意思是，當我對妳發出嗔恨的光波，妳本身沒有任何嗔恨，我的靈魂光波就無法和妳糾纏？」

「沒錯！」

「妳是怎麼辦到的？」

「真心不動。真心沒有任何波動，當妳對我起嗔恨心時，只要我如如不動，完全不放在心上，妳的靈魂光波對我就沒有任何作用。妄心只跟妄心起作用，如果妳的阿賴耶儲存了嗔恨的種子，當妳接收到別人嗔恨的光波，妳就會和別人的嗔恨心共振糾纏，妳的妄心被攪動，就會衍生出各種痛苦的劇情來折磨自己。」

「照妳這麼說，如果阿賴耶有忌妒心，就會和別人的忌妒心共振；如果阿賴耶有傲慢，就會和別人的傲慢共感；如果阿賴耶有貪愛，就會和別人的貪愛糾纏。人的一生不就沒完沒了地糾結痛苦？」

「就是的！所以業力來糾纏時，妳不能用妄心，要用真心。真心不動，業力就不起作用。妳的心不動，就沒有任何劇情來共振糾纏，凡事就能平靜度過。」

奇怪的是，甲木薩越說「不動」，雪雁心窩的能量圈就轉動得越來越快。雪雁搓著心尖的小圓：「很多道理都知道，但偏偏還是妄動。」

「妳又回到原點了。業來了，就接受。該來的都會來，也讓它來，不管它引發了阿賴耶什麼記憶，妳都接受。妳的阿賴耶有嗔恨的光波，引發了妳對嗔恨的糾纏，妳就藉這個機會把隱藏在阿賴耶裡面的嗔恨釋放出來。嗔恨的業力被釋放，阿賴耶裡沒有了嗔恨，嗔恨的

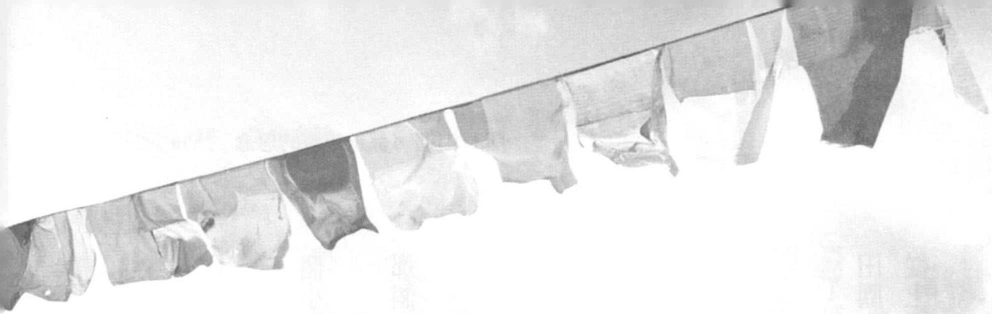

八 生命之輪

現在的你，就是以前的你的相繼。但是未來的你是什麼樣的？只要你有心，無論什麼樣的你都可以成真。你要什麼，就會得到什麼。無論你現在擁有什麼，都是因為你要它才會來。

——斯瓦米拉瑪

達瓦露出雪白的牙齒，全身的細胞都發出喜悅的樂音。他故意抓雪雁的語病，說：「藏人天生的快活，當然是天生的啊，藏人天生就是這麼快活。因為天生就這麼快活，即使在誦經，心裡也開心滿足，讓妳以為他們在唱歌。」他哈哈一笑，瞇起笑眼繼續說：

「有句話說，藏人一出生就會唸『嗡嘛呢唄美吽』，會說話就會唱歌，會走路就會跳舞，會喝水就會喝酒。」

說著，他從巷弄拐進一戶民居的後院。民居的主人看來是達瓦的朋友，達瓦向他借了廚房，打開瓦斯爐，先放點酥油在鍋裡融化，再倒入青稞酒，稍微攪拌煮開，最後放了一點糌粑粉和粗奶渣，攪拌之後，濃郁香醇的青稞甜酒就出爐了。

達瓦倒了一杯給雪雁喝，酸酸甜甜的奶味甜酒，有酥油的滑潤。達瓦喝著，唱了一首藏歌。

「在那東方高高的山尖，每當升起那明月皎顏，瑪吉阿米醉人的笑臉，就冉冉浮現在我的心田。」

這是倉央嘉措著名的情歌〈瑪吉阿米〉，家喻戶曉，連雪雁都會哼唱幾句歌裡的藏文。雪雁喝了一點酒，身子和心情都鬆開了，跟著達瓦坐在後院大聲哼唱起來。她的腦後紮了一束馬尾，繫了一條紅緞帶，跟達瓦盤在頭上的髮辮及辮間的紅色絲穗一起左右搖擺。

「達瓦，倉央嘉措真的像傳說那樣，在深夜裝扮成平民百姓，走出深宮寺廟，去酒館找他的情人約會嗎？」

「不是這樣的。如果妳懂藏文，就會知道瑪吉阿米真正的意思。瑪吉的藏文是未生、未染，意思是聖潔、純真、無瑕；阿米，是阿媽，在藏文是母親的意思。瑪吉阿米指的是聖潔的母親。母親對藏人而言，是偉大聖潔的化身。在藏地，美麗的度母也常以純真的女孩化現。

「就藏人的角度而言，倉央嘉措寫的情詩，不是愛情，而是法情。〈瑪吉阿米〉這首歌，不是跟情人約會，而是思念美麗的母親，尋找聖潔的度母度化眾生。

「當然，世俗的人比較浪漫，會把這首詩解讀為，倉央嘉措尋找一個像母親一樣純潔的情人。就像——」達瓦停了下來，微醺的眼睛望著雪雁。

「就像——小花和僧侶的故事。」雪雁以為達瓦又想藉由僧侶和小花的故事，說服她對愛情的觀點。她藉著酒精，更直截地說出她的真心話：

「達瓦，小花就算真的是僧侶的前世情人，今生也不必在愛中委曲求全，它應該離開僧侶為自己而活才對。」

「不是這樣的，我的意思是——」達瓦臉紅了。他停下來，喝了杯青稞酒，把話含在嘴裡猶豫著，閉著眼睛把酒吞進去之後，又張開嘴巴，停在空中，說了「就像——」兩個字，又突然沒了下文，默不作聲。

「就像什麼呢？」雪雁上上下下打量著達瓦，納悶他怎麼了，一點也不像往常的他。她故意站起身來，假裝生氣地說：「你再不說，我就不聽了喔。」說著，頭也不回往前走了幾步。

達瓦往前追上雪雁，一時情急，終於從嘴裡迸出久久沒說出口的話：「倉央嘉措那首詩，就像我們兩個的前世。」

雪雁沒想到達瓦居然會這麼說，她的臉紅了，避開達瓦盯著她看的眼睛，往前走到隱藏在民居後院旁的一間小寺廟，故意拐彎說：「說不定前世我是你的母親，一個藏族的阿媽，終於遇到——」

「不是這樣的。我的意思是說，我們的前世就像倉央嘉措那首詩，一定也是互相尋找，互相思念，今生才會相遇。所有的相逢，都是因為靈魂的思念。」達瓦一股腦兒把話全部說了出來。

雪雁的心被達瓦攪動了，嘴角的小梨渦跟著藏不住的情意溜了出來。她感到害羞、感動，卻又不敢揣測多餘的意思。她和達瓦才剛認識，達瓦是一個明朗、單純，裡裡外外通透善良的藏族青年，而藏族的起心動念都是佛，相信人有前世今生，前世有緣，今生才會相遇。藏人的情感真摯，或許他對每個來到藏地的漢人都會如此真摯地剖白。雪雁在心裡胡思亂想，正想著要怎麼回答達瓦，忽然間，她的眼睛正前方，就在寺院的牆上，出現了一幅壁畫。

有一隻大象站在樹旁，背上騎著一隻猴子，猴子肩上揹著一隻兔子，兔子頂著一隻鳥。雪雁睜大眼睛，居然就是之前看到書封上的四隻動物：大象、猴子、兔子、鳥。

她忘了前一刻的尷尬，開心轉過身跟達瓦說：「我夢過這幅畫，這一幅圖畫是我夢中的思念，你知道它說的是什麼故事嗎？」

達瓦走上前，定睛一看：「這張圖是四合圖。這個故事，所有藏人都耳熟能詳。它的由來是這樣的。

「在一棵大樹旁，大象、猴子、兔子和鳥起了爭執，爭論誰才是真正的老大。於是每個動物都說出和身旁的大樹相遇的情景。

「鳥說：『我才是老大。因為我吃了果子，吞下種子，又從大便排出來，種子後來才長成這棵大樹！』

「兔子點點頭，搶著說：『這顆種子發芽後，長出葉子，我還舔過葉子上面的露珠哩。』

「猴子接在兔子後面，繼續說：『這棵樹苗長大後，我還常常爬到樹上，摘下果實，飽食一餐呢。』

「最後輪到大象，牠只好說：『噢，看來我是最後到的。我來到這裡時，這棵樹已經長得跟我一樣高了，我在樹下乘涼，真的很舒服。』

「於是，按照年紀大小順序，鳥最年長，其次是兔子、猴子、大象，從此大家一團和氣、和樂融洽。所以藏族稱這個圖叫『四合圖』，又稱『和氣四瑞』。

「這幅圖恰好說明，藏人的快樂是因為內心和諧，每個人都能找到自己適當的位置。這種內心的和諧，根源於藏人很尊敬長輩，長幼有序，孝敬父母。」

雪雁心想：「或許我的不快樂，是因為我的內在不和諧吧？夢境中的圖畫，應該是要我找到內在的和諧，和父母和好，重新找到自己的定位。」她環顧四周，突然發現小廟裡有許多神，圓睜著眼睛，腳踏著屍體，手上提著骷髏頭，看起來非常駭人。

「那是憤怒尊。」達瓦走上前恭敬頂禮。

「為什麼藏地有這麼可怕的神？」雪雁問。

「一個人過得不快樂，是因為內心累積了很多不好的情緒。憤怒尊可以引出一個人內心所有的負面，並加以驅趕。祂們也是佛法的護法神，外表看起來很可怕，但內心很慈悲。」達瓦說著，雙手合掌，嘴裡對著憤怒尊唸唸有詞，做了一個祈禱。他的表情若有所思，好像跟剛才倉央嘉措那首詩有關。

雪雁還不知道如何面對達瓦剛才所說的，靈魂從前世今生帶來的思念。這一直是她匱乏的，她不知如何將濃烈到有點重量的感情，滲入她的心間，相依相偎。她對這樣的感情感到陌生、不安與焦慮。或許她從來沒有真正愛過任何一個人，甚至不知如何愛自己。她總是用逃避的方式把來到她身邊的愛輕輕推開，甚至裝作什麼都不知道，悄悄轉身逃開。她對達瓦感到些許抱歉，卻不知如何開口解釋。許多複雜歉疚的心思在她的內心盤旋，最後她選擇用另一種方式來關心達瓦。

「我們漢地的神都很和善，沒有這樣的神來驅趕我們心中不好的情緒。如果有心事，該怎麼辦呢？」

「當我們感受到內心不安、煩躁，會先專注數息，減緩不安。如果數息五次、十次、十五次、二十次，還是一直很浮躁，會用一種『呸呼吸法』。」達瓦馬上做了幾次深呼吸。

「呸？這在我們漢地是不屑的意思。」

「這個『呸』是對著自己，不是對著別人。『呸』是對自己執著在不安的情緒感到不屑。」達瓦在寺院外稍遠一點的隱密處，找了張長椅做了示範。

「先吸一口氣，把舌頭頂住牙齒後面的上顎，接著猛然、果決，像雷鳴一樣，瞬間發出『呸』的短促音。這種感覺就好像是對自己宣示，下定決心要把所有不安、憤怒和負面情緒都透過這一聲『呸』全部釋放出來。連續做幾次之後，心裡就會比較舒坦。『呸呼吸法』可以搗毀內心的執著，驅除任何雜念。」

達瓦真的在一旁為雪雁做了示範，發出幾次「呸！」的聲音後，突然閉上眼睛，專心唸佛。接著在唸了一連串經文之後，走到寺院前，雙手合十做了三個大禮拜，便帶著雪雁離開，安安靜靜地不再說話。

達瓦一邊走路，一邊推著手上的佛珠，默默在心裡持誦佛號。偶爾遇見熟人叫喚他的名字，點頭打完招呼後，又繼續唸嘴裡那句佛號，直到進入小昭寺，拜見八歲釋迦牟尼等身像❶，再一次做三個大禮拜禮佛之後，才帶著雪雁在寺院院子南側的長凳上坐下來。

達瓦那雙明朗而清澈的眼睛，又像以往笑盈盈轉動著，好像通過呸呼吸法、專注唸佛和做大禮拜，他的心事被一聲又一聲的「呸」釋放出去，再從一聲又一聲的佛號，被佛菩薩從另一個世界帶領回來。像甲木薩說的，從妄心轉回真心，回復原本爽朗快樂的他。

雪雁一路走來，默默跟著達瓦，看著他專注唸佛的神情，再次被藏人虔誠的信仰所感動。然而不論她怎麼做，怎麼跟著唸佛號，被藏人感動了多少次，內心總是缺少了一點什麼，不夠踏實。

---

❶釋迦牟尼八歲等身像：尼泊爾赤尊公主嫁給藏王松贊干布時，從加德滿都帶到西藏。原供奉於大昭寺，後移至小昭寺。小昭寺主殿原主供文成公主從長安帶來的釋迦牟尼十二歲等身像，大昭寺主殿原主供尼泊爾的赤尊公主從加德滿都帶來的釋迦牟尼八歲等身像，藏王松贊干布過世後，遵照金城公主的旨意，讓大昭寺和小昭寺的釋迦牟尼等身佛像進行了調換。

「達瓦，你這麼尊敬佛，時時刻刻都在唸佛，這世界真的有佛嗎？」雪雁望著達瓦，說出長久以來的疑惑。

「當然有。」達瓦點點頭。

「真的有佛的話，你可以把佛陀叫出來，給我看一下嗎？」雪雁故作輕鬆，半開玩笑說道。

「在這裡。」達瓦直指雪雁的心窩，他的力道和姿勢，幾乎和甲木薩一模一樣。

「我感覺不到。」雪雁搖搖頭。

「真的？」達瓦露出驚訝的神情。

「真的。」雪雁不想欺騙達瓦，否則她跪拜的，永遠只是一尊雕像而已。她向達瓦坦白：

「我父親是神像雕刻師，我母親對神很虔誠，初一十五一定到廟裡燒香拜拜，可是神佛從來沒有保佑我的父母，他們常常吵架，過得很不快樂。從小，我聽著父母吵架的聲音，盯著父親所雕塑的神像，初一十五跟著母親到廟裡求神問卜，常常困惑著：神在哪裡？佛真的存在嗎？為什麼這世間有這麼多痛苦？就算你是一個善良的好人，仍然避免不了痛苦。虔誠一如我父母的信徒尚且無法從神佛身上得到力量，更何況是常常懷疑神佛是否存在的我呢？對一個心裡沒有佛、沒有信仰的人，禮佛拜佛的意義何在？」

雪雁的一番告白，讓達瓦陷入了沉思。對藏人而言，一個人心裡沒有佛，是一件不可思議的事情。

達瓦雙手合十放在眉心，低著頭閉目沉思了一會兒，便抬起頭來，對著雪雁說：

「佛，不是外在的雕像。真正的佛不在外面，而在妳的心裡面。」

「在哪裡？我們不都是拜佛，求佛庇佑我們嗎？」

「不在外面，在妳的心裡。」達瓦再次指著雪雁的心窩。「佛住在妳的心靈深處，一個安安靜靜、放下任何執著分別妄想的地方，一個什麼東西都沒有、卻很純淨喜悅的地方。」

「如果佛住在我們的心裡，為什麼要拜外面那個佛像？」雪雁還是感到困惑，佛就是甲木薩所說的真心嗎？

「外面的佛像只是佛的化現，真正的佛在心裡。佛像只是提醒我們，不要忘記佛陀的教導。」

「佛陀教了你什麼？」

「等一下在轉經道旁的牆上，看到那個生命之輪，妳就明白了。」

眼前突然有幾個小喇嘛，牽著幾個藏族老人，穿越排隊的人潮，一拐一拐地朝八歲釋迦牟尼佛等身像的正殿移動。

達瓦跟雪雁解釋，在拉薩會專門為老人開闢綠色通道。

「綠色通道？」

「綠色是通行的象徵，讓藏族老人不用排隊，就可以直接到佛前見釋迦牟尼佛。如同和氣四瑞，西藏真的非常照顧老人，尊敬長者。」

達瓦帶著雪雁往轉經道移動。小昭寺比大昭寺的規模小，寺院的轉經道也小，但即使是狹小的轉經道，還是有不少藏人擠在狹小的空間，後人接著前人的腳跟，就地做大禮拜。就算是行動不便的老人，在兒女的攙扶下，無論如何也要想辦法跪下來跟佛陀磕一次頭。

來到藏地之後，每天都會聽到藏人趴在地上，雙手刷過泥地的聲音。不分男女老少，不分晨昏，「嗡嘛呢唄美吽」的誦音此起彼落，像輪子般不停轉動，一個接著一個，一代傳一代，永不間斷。雪雁驀地了解這就是傳承。

「對藏人而言，生命像一個圓，生生死死，不停地輪轉。藏人的時間不是直線，而是圓形。」達瓦指著轉經道牆上的生命輪迴圖。

雪雁走上前一看，有一隻大怪獸用嘴巴咬住這個生死圓輪不放。她問達瓦，那隻怪獸代表什麼？

「妳自己。」達瓦指著雪雁的心。

「幹嘛把自己畫成怪獸啊？」雪雁無法理解。

「只有自己，才會把自己變成怪獸啊！每個人都要為自己負責。」達瓦說這句話時，讓雪雁想起甲木薩。

「誰會那麼傻，把自己變成怪獸？」雪雁覺得這隻怪獸，一定隱藏著特別的意義。

「如果妳咬著執著不放，就會把自己變成怪獸。這就好比一個人太執著、太痛苦，就會把自己變成怪物，做出可怕的事情。六道輪迴，就是從執著變現出來的。」達瓦很訝異雪雁竟然對這隻怪獸這麼有興趣。

雪雁想起甲木薩的教導。「如果把執著放下呢？」

「放下執著，六道輪迴就消失了。這是佛陀對我們最重要的教導。」達瓦露出笑容。

「那麼，六道輪迴到底是真的，還是假的？」雪雁感覺自己發現了一個大祕密。

「對執著的人來說，輪迴是真的；對放下執著的人來說，輪迴是假的。」達瓦驚訝雪雁的洞察力，一般人都相信輪迴、沉浸在輪迴裡，而雪雁卻直接看見那隻怪獸，知道怎麼斷輪迴。他指著最內圈的三隻動物。

「所有的執著，都是從這三隻動物變現出來的。蛇、豬、鳥這三隻動物，代表人的三種執著：貪、嗔、癡。」

雪雁第一眼就看見那條蛇，直覺蛇一定代表嗔恨；鳥代表貪愛；最後那一隻豬，就代表愚癡吧？

她把自己的想法告訴達瓦，達瓦覺得她很有慧根。她卻苦笑著，因為她三種執著都有。

這似乎是她的旅程：交纏的蛇是父親和靜姨，還有童年的謎團讓她感到嗔恨；鳳凰鳥和老鷹讓她貪愛；個性多疑、反覆不定的情緒，讓她像那隻豬一樣充滿愚癡。她不知如何對達瓦坦露她的過往，反倒覺得像達瓦這麼善良快樂的藏人，應該不會有什麼事讓他牽掛放不下吧？

廟堂流淌著一股熟悉的味道，雪雁深深吸了一口氣，突然想起了一件事。她盯著達瓦，抿著嘴角，眼睛專注收攝在某個點上，兩個小梨渦又從嘴角浮現。

「怎麼了？」達瓦一邊看著雪雁，一邊又細細觀察今天注意到雪雁嘴角的那兩個小梨渦。他好像有點懂了，似乎在雪雁開心靦腆、抿著嘴角壓抑感情時，兩個小梨渦便會若隱若現在嘴角，顯露出她真正的情感。這一次見面，他突然注意到雪雁五官各種細緻的變化。她的眼睛總是充滿各種表情，跟她問不完的問題一樣多；鼻梁秀挺，似乎是故意削尖了來襯托她這雙有故事的眼睛。

時，其實我也深深觸摸了那個『我所想要成為的我』。

「從『我不是那樣的人』到『我是一個怎樣的人』，在想讓別人更深一層了解我的同時，我也更加明白『我想成為一個怎樣的人』。

「誤解、傷害和混亂，不見得是壞事。有了這個領悟，我開始整理花園，望著被雜草淹沒的田園，我開始努力回想，以前的花園是什麼樣子？現在我想要變成什麼樣子？我開始剪斷我不要的，留下想要的，在修剪的同時，我不只找回本來的自己，甚至變成更好的自己，而我的花園也變得比以前更漂亮了。」

「太好了！」雪雁豎起大拇指，為達瓦感到開心。後來想想不對，應該要把拇指縮進去，放下執著才對。她趕緊把手放到身後，重新把拇指縮進掌心裡面，雙手合十，把花苞放在額頭，恭恭敬敬地獻給達瓦，倏地把達瓦逗笑了。雪雁沒想到達瓦和她一樣，都有一座花園。她想著和達瓦走進夢中花園的那個自己，夢中的她所流露出來的情感，似乎比她本人還真實。

她試著敞開自己，說道：「我也有同樣的經驗。有一年，我撒了一整片波斯菊種子。或許是過度埋首工作，疏忽了對花的照顧，有一天我走進花園，竟然發現所有的波斯菊都枯萎了。正當我傷心自責時，卻發現花園某個角落有我從來沒有注意到的波斯菊種子，已經悄悄抽出新芽。」

達瓦若有所感，說道：「我們總是因為緣滅而傷心，卻不知緣滅，有時也帶動了新的緣起。」

「真的是這樣！長出新芽的波斯菊，好像在安慰我，緣滅時，輕輕鬆開、放手，等待新的緣分發芽，生命會繼續流動、更新，冒出新的火花。」雪雁的心版亮了起來，她的花園，好像跟著達瓦的花園一起連動。

達瓦又指著牆上的生命輪迴圖：「妳的故事恰好說明，生命就是生生死死、死死生生。枯萎的花，嫩綠的芽，都是波斯菊生命的一部分。就好像，過去的我在某個地方死了，卻又在某一處蛻變出新的自我。舊的我，新的我，表面上看來不同，但其實都在同一條生命的流裡。所謂的花開花落，只是隨著因緣流轉，不同的階段有不同的樣子罷了。」

「夢中的花園，真的和我們現實中的花園好相應呀。」雪雁繼續回憶她的夢，「夢境裡去佛寺的那一段，我還記得，菩薩跟你，也跟我，講了很多話。整個寺院充滿佛光，包圍著我們。」

「我們會在大昭寺相遇，就代表我們一定有佛緣。」達瓦瞇起眼睛，望向遠方，好像在搜尋什麼記憶。

「佛菩薩說話，不是真的說話，而是用一種光，一種意念——或者說，是用一種感應在和我說話。」雪雁想起甲木薩曾說過，自己的心裡和別人有同樣的東西，才會和別人感應共振；如果自己沒有，根本無法和別人交感。雪雁突然感覺佛光就在她自己身上。

「這個夢真有意思，後來呢？夢境還告訴妳什麼？」達瓦聽著，充滿了期待。

「夢境跳來跳去。有一個片段，你獨自走到佛前凝望著佛菩薩，心尖突然出現一道光，那個光束能量很集中，好像暗示著，你一旦知道自己想要做什麼，就會全力以赴。」

達瓦訝異地張大眼睛：「今天我剛好帶了三張最喜歡的照片給妳看呢。」

雪雁接過照片一看，照片中的達瓦閉著眼睛，雙手合十，背後有一座山。蔚藍的天空下，巍峨的雪山峰頂，像被撒了一層金粉，在陽光的照射下綻放出金黃色的光芒。她想起甲木薩的教導，想像自己就是達瓦，融進了這座山裡，跟著達瓦做了一個虔誠的默禱。

「說說看，妳看到了什麼？」達瓦相信雪雁的洞察力，一定可以看到些什麼。

一個靈感跳上雪雁的心頭。「你跟這座山的連結很深，我從這張照片看出來了。這是什麼山？」

「康區最有名的卡瓦格博峰。」

「卡瓦格博對你說了好多話。」雪雁凝視著山的光芒。

「說了什麼？」達瓦顯得格外期待。

「後面的山呈現三角形，而你雙手合十的中指，一點也不差，剛剛好支撐了三角形的神山往上的尖角。」雪雁從照片中三角形山的尖角，畫了一條中軸線，剛好落在達瓦的中指上。

「這代表你內在有一種企圖心，想要像三角形的尖角一樣，有目標地往上突破。我說對了嗎？」雪雁突然產生一種自信，她真的如甲木薩所說，有深深看見一切事物的能力。

達瓦睜大眼睛，仔細一看，揚起嘴角，哈哈大笑。「當初朋友幫我拍照時，倒是沒有發現呢！妳真了解我。那陣子，也就是我剛才說的，半年以前，我對自己的攝影作品很不滿意。每次發表作品，心情都很低落，的確很需要三角形的力量，往上突破。」達瓦調皮地比了個三角形。

雪雁受到鼓勵，信心大增，接下去說她眼中所見：「不管是拍照的人或是你擺的姿勢，有意還是無意，都像一幅畫，透露出生命想給你的資訊。宇宙會跟我們內在的渴望同步，把你最需要知道的訊息顯化給你看。」雪雁發現，甲木薩教給她的東西，已經深入她的心。

達瓦深有同感：「我在西藏的山林長大，對藏人而言，山是有靈性的，山表面上不動，但其實什麼都知道。藏人常常會轉山，繞著神山佛塔轉圈，唸佛燒松枝煨桑，祈禱世界和平，六道眾生離苦得樂，最後一個才能許自己的心願。」

「你對卡瓦格博許了什麼願望？」雪雁很想知道，是什麼目標成為達瓦往上突破的動力。

「每個人這輩子來地球，一定都有自己最想完成的事。卡瓦格博是一座金字塔形的雪山，在藏區被視為八大神山之首。佛經曾經提到，康藏一二八處大聖地和一〇二二處小聖地的守護神，會在藏曆的水羊年降臨在卡瓦格博聖地內安住。我這輩子最想完成的事，就是回故鄉守護卡瓦格博的山林，把家鄉的美拍下來。」

達瓦又取出了兩張照片。

「許完這個願望，我張開雙手，對著從天空灑下來的光芒唸了一段經文後，厚重的雲層中突然灑下了一道光芒。」

雪雁看著照片，把自己當作老鷹在高空俯視，對這兩張照片透露的訊息突然了然於心，她大膽分析：

「你雙手高舉呈Y字形，另一張照片，從天空灑下來的光芒剛好也出現Y字形。Y字形的光芒，剛好停在卡瓦格博三角形神山的尖角上。」

達瓦接過照片仔細看了一下，他先前沒注意到這些巧合。

甲木薩對雪雁的教導，一次又一次跳上心頭。「每一次我們來到地球投胎，我們的靈魂會從阿賴耶的記憶體裡，發射出靈魂的光波，尋找同頻率的光波。那個光波，可能是你所愛的人或是你想完成的天命。Y字形的光，就是你靈魂的光線。你的光從天上灑下來，來到這個地球，剛好落在卡瓦格博三角形神山的尖角，顯化成高舉雙手Y字的你。你的天命，就是守護神山，活出山的力量；只要你活出三角形往上突破的力量，就可以完成你的天命。

「這三張照片，剛好呈現你從天上來，落地在地球，完成天命的過程。你對西藏的愛與對家鄉山林的祈禱，真的得到了神山的應許。」雪雁說完，一股暖流流過心頭，她被照片裡流洩出來的愛所感動。

達瓦感動地把這三張照片放在心尖，閉起眼睛，虔誠地唸了一串佛號。

唸完後，他又朝著佛陀的方向，恭敬地把照片放在頭頂上呈給佛陀，然後低著頭喃喃自語唸了一串經文，並趴下去做了三個大禮拜。

他轉過身，像上次的藏族老奶奶那樣握著雪雁的雙手，把雪雁的手和他的手緊緊握在胸前，接著默唸了一串藏文偈頌為雪雁祈福。最後還雙手合十，把拇指縮進掌心裡，同樣把花苞放在額頭，獻給雪雁，跟她說了謝謝。

雪雁發現達瓦的眼睛紅了，閃動著淚光。他深深凝視著雪雁，好像心裡藏著很多話，欲言又止。雪雁的臉紅了，她別過眼，轉移達瓦的視線，指著牆上的生命輪迴圖，故意說：

「我們都曾在六道輪迴，有可能當過親人，說不定也曾經當過一座山、一朵花或一棵樹，搞不好，我還曾經是一條魚，被你當食物吃進去過呢！」

達瓦哈哈一笑，胸有成竹地說：「妳絕對不會是一條魚，因為我——不喜歡吃魚。」

雪雁跟著笑出聲來。原本只想開開玩笑，卻沒想到，達瓦突然止住笑聲，一臉認真地說：「我倒想過，如果我們都當過動物，妳應該會像一隻——」

「一隻什麼？」雪雁跟著好奇起來。

「老鷹。」達瓦斬釘截鐵地說。

雪雁驚訝地張大眼睛，沒想到自己今生喜歡老鷹，前世自己也是一隻老鷹。難道前世和今生的氣味也會相吸嗎？

「如果我是老鷹，那你會是什麼動物？」雪雁很想知道，在達瓦的心裡，他們的前世是什麼關係。

「馴鷹人。」達瓦還是那麼篤定，超乎雪雁意料之外。

「喔，沒想到我居然被你馴服了。我可沒那麼好養呢！」雪雁調皮地眨眨眼睛，半開玩笑想要輕鬆帶過，兩個小小的梨渦，輕輕在嘴角若隱若現地滾動著。達瓦看著雪雁嘴角的小梨渦，好像被什麼東西深深觸動，再一次握著雪雁的雙手，把雪雁的手和他的手緊緊握在胸前，又默唸了一串很長很長的偈頌為兩個人祈福。末了，低下頭，輕輕地跟雪雁說：「妳是我心裡的老鷹。所有的相逢，都是靈魂的思念。」

說著，他凝視著雪雁的眼睛，久久沒有移動。時間突然停止了，停駐在達瓦凝視雪雁的眼眸，有一種新的感情，深深的思念，在達瓦眼眸裡的影子重新萌芽。雪雁的心跳得好快，她早就覺得今天的達瓦跟先前不太一樣。甲木薩說過，眼睛是一個人內在的靈魂，如果你想要讀懂一個人，就要深深看進他的眼底。

雪雁不敢進入達瓦凝望她的眼神裡，那是一種超過她負荷的靈魂思念。她害怕、也承受不起，更擔心有一天達瓦知道她童年的過往和乳房的傷痕，會感到失望，離她而去。

九 召喚

一個人的意念，有能力回到從前發生事件的時刻，影響已經發生過的事件，改編自己對當時情緒的反應和生理狀態。

意念一旦點燃，就會永遠活著。

——琳內・麥克塔格特

回到飯店，雪雁躺在床上望向窗外，對照隨風飄逸的旗幡，注意到遠方聳立不動的高山。環繞著拉薩城的高山，見證了拉薩的繁華與滄桑，它究竟儲存了多少記憶，沒有人知曉。她的眼睛真切所見的，是山的靜謐與不動，歷經多少心酸，它都不動。

雪雁自問：「我是否也能像山一樣，不再隨著情愛和過去的痛苦起伏，不再起任何波瀾。靜靜地，就只是靜靜地讓所有翻攪從身上滾過，不再留下任何痕跡。」她搖搖頭，知道自己目前還做不到。

她想起，甲木薩一再提醒她，「接受業力，接納所有發生在自己生命裡的事件，都是自己召喚來的。」她的大腦知道，卻無法真的做到。

做不到，是因為她不敢回到最痛苦的那一刻。她還有恐懼、憤恨與懷疑。

今天，她想著，如果她勇敢一點，面對了、接納了，會不會知道童年所經歷的那些痛苦，究竟要召喚什麼來到她身邊。

「如果所有的一切真的都是自己召喚來的，最終到底召喚了什麼，才是自己要去揭開、關心，甚至好奇的。那些痛苦只是個引子，為的只是引出後來的召喚。」想到這裡，有一股力量生出來了，雪雁馬上從床上跳了下來。

她做了樹式，再一次連結童年鳳凰樹的根鬚，走進她一直不敢探看的記憶。她憶起朵拉所說的：

「用樹式打開身體的記憶之後，把心靜下來呼吸，觀照自己身上有哪些地方需要照顧。身體所引發的疼痛跟情緒，都在提醒我們面對一些事情，有些可能是自己遺忘的，也有可能是自己不想去碰觸的。

「找到身體的痛點，探看痛點的情緒帶著什麼記憶鎖在身體裡。接受那個痛，痛到無法忍受時，深深吸一口氣，把氣帶到那裡，給那個痛能量，然後聽聽那個痛想跟妳說什麼，讓鎖在身體裡的記憶，從疼痛的地方釋放出來。」

雪雁安安靜靜坐了幾分鐘，明明只是吸了幾口氣，眼淚卻不知不覺滑了下來。她靜靜讓眼淚滑落，被風吹乾，再滑落，再被風吹乾，直到淚水乾了，她深深吸了一口氣，把能量帶到下腹部；接著再深深吸了一口氣，把能量帶到胸口，然後拿出佛珠，像達瓦一樣唸一聲佛號，就觸摸一顆念珠，撫平自己的雜念。

接著，她趴在地上做了嬰兒式的體位，再度把自己還原成一個小孩。

十歲那年，某個黃昏，萬仔帶著一筆錢來到雪雁家裡。陰暗斑駁的大廳，只有雪雁就著昏黃的小燈挑菜。萬仔用一雙犀利的眼睛，滴溜溜環顧家裡一周，從口袋掏出一筆沉甸甸的鈔票說：「雪雁，這是妳媽向叔叔借的。妳們的日子太辛苦，不還也沒關係。」雪雁紅著臉靦腆地接過錢，腦海浮現母親喜孜孜數著鈔票、如釋重負的模樣。

萬仔順著雪雁拿錢的手勢，抱起雪雁，說道：「爸爸媽媽常常不在，妳一定很孤單吧。」他陶醉地瞇起眼，摸著雪雁的髮梢，捏捏她的臉頰，沒一會兒，突然脫下外衣，直呼好熱，又急切地抱起雪雁，拉起她的衣服：「妳小時候的印記還在呀，當時應該把妳賣給我才對。」他的身子急躁地壓著雪雁，上上下下不停扭動，好像一團硬硬的肥肉在雪雁身上蠕動。雪雁痛苦地流下眼淚，想推開萬仔，卻被巨石壓在下方無法尖叫出聲。

「砰！」驀然一聲巨響，「誰？」萬仔嚇得彈跳起身，倏地打開大門，衝向外頭探頭察看，外頭已了無蹤影。萬仔慌亂地掃視一陣，等回過頭來，雪雁早已把大門反鎖，躲進房間。

萬仔用力敲門，用身子撞擊想把門撞開。他繞到屋外，走到雪雁房間外的玻璃窗旁，貪婪的眼睛穿過玻璃黏著雪雁的身影，哈著氣、喘息著……

隔天去學校。

「這是女生的子宮、卵巢，喏，孩子就是從這裡生出來的。」老師指著黑板上的掛圖，同學間掀起一陣尖叫，班上幾個男生開始竊竊私語，用異樣的眼光偷偷瞄著雪雁。

回家的路上，雪雁一個人低著頭，默默流下眼淚，前頭傳來男孩嘻嘻哈哈的聲音，擋住了她的視線。

隔壁鄰居、同班同學阿治輕蔑地瞟了雪雁一眼：「妳爸爸在外面有小老婆，妳又像個妓女賣身，一家人怎麼都那麼不要臉！」其他男孩朝雪雁丟了幾顆石頭。

「你亂說！」雪雁漲紅了臉，緊握拳頭，全身上下不停顫抖。

「還說沒有？昨天阿嬤要我去妳家買麵條，我看到妳被壓著，手上還拿著錢。」阿治說著，把另一個男孩壓倒在地上，扭動著，幾個男孩笑鬧著，跟著起鬨。

「別說了！不是你講的那樣！」阿治話還沒說完，雪雁便拿起書包，往阿治身上一砸。阿治氣得握起拳頭反擊，把她推倒在地，「臭婊子，不要臉！」朝著地上的雪雁吐口水，踢了幾腳，才悻悻然離去。

雪雁倒在地上，抹去臉上的口水和淚水，掙扎地站起身子。她拿起地上的書包，走了幾步，猛然抬頭，卻瞧見巷弄裡的一面舊牆被寫上：「幹！雪雁。」

一陣羞辱穿過雪雁的眼，她憤怒地拿起地上的石頭，瘋狂朝那面牆壁猛砸，使勁地砸，用盡全部力氣不停地砸，像一頭失去理性、發狂的野獸，想把整面牆砸爛、推倒。撕心裂肺的痛苦像顆炸彈瞬間把她身上每一寸細胞都炸成碎片。

雪雁死命用手壓住牆上的大字，使勁敲打，止不住的淚水也洗刷不了那面牆帶來的恥辱。她猛然拿起石頭往牆上雪雁兩個字猛砸，使盡生平最大的力氣把雪雁兩個字砸碎，只有砸碎自己的名字，恥辱才會從牆上一片一片剝落。

不知過了多久，雪雁兩個字終於支離破碎，她的生命從此也裂成了碎片。雪雁失魂落魄地返家，神色黯淡地坐在廳堂等著母親歸來。她望著門外，眼角泛著淚光，心裡卻想念著父親。比起母親，父親才是真正懂雪雁的人。只要看到雪雁驚懼受傷的眼神，即使她什麼都不說，父親也會明白有個惡魔正要逐步啃蝕她的靈魂。

遠方傳來熟悉的車聲，母親提早收工，一進門，一瞧見雪雁，就眉開眼笑從雜亂的袋子取出一面鏡子：「雪雁，今天在菜市場我給妳買了個漂亮的小鏡子。女孩子嘛！總要打扮打扮，別像媽——」接著就瞇著笑眼，把鏡子推到雪雁眼前。

「我不想看到自己。」雪雁撇過臉，驀地用手把小鏡子用力推開，小鏡子順勢飛出，碎了一地。

「妳這是幹嘛！」母親暴怒地跳腳，卻瞧見雪雁雙眼紅腫，淚水撲簌簌地從眼角湧出。「妳這小孩，是不是哪裡不舒服？」母親一下子消了氣，緊張地摸著雪雁的額頭，摟著她坐進廳堂的椅子。

「媽，我的頭好痛。我——」雪雁擤著鼻涕，哽在喉嚨的話語不知如何說出口，支支吾吾一陣，才艱難地說：「媽，今天學校老師對我們說女生的月經，還有怎麼生小孩的事。」母親的臉瞬時變了顏色，低聲咕噥：「嘖，別說那些骯髒的事——」隨即起身拿掃帚掃著玻璃碎片，「雪雁，有個好消息，萬仔託人帶話，過幾天他會再帶一筆錢來——」

沒等母親把話說完，雪雁就放聲尖叫：「媽，叔叔很壞，他對我——」

「他對我們很好啊！」母親白了雪雁一眼，「妳今天怎麼搞的，亂說些沒營養的話。媽媽沒讀什麼書，知恩圖報四個字倒還看得懂。妳爸爸的工作沒了，沒有萬仔的錢，我們的日子怎麼撐下去？」

「可是，媽——」雪雁張大嘴巴，激動得滿臉通紅，「媽——小時候，我真的被賣了嗎？發生了什麼事？為什麼從小我的胸口就有一條一條的傷痕？」

「那是妳小時候貪玩，不小心跌倒造成的。這個問題妳已經問過太多次，以後別再問了。媽媽知道妳頭痛不舒服，要不要去看醫生？」雪雁搖搖頭，轉身跑回房間抽抽噎噎哭著。她不知如何向母親重述她的羞辱，只能蒙著棉被哭，直到哭乾了淚水，昏沉沉睡去。

雪雁躺在床上，模模糊糊又夢見鳳凰，牠在空中不斷哀鳴，五彩斑斕的羽毛一根一根莫名脫落。牠使勁拍打、呼救，痛苦地呻吟、盤旋，力圖用嘴啣起一根根美麗的羽毛，卻仍眼睜睜看著自己的羽毛一根根從身體剝落、四處飛揚，最後失魂地剩下光禿禿的軀體，變成一隻醜陋的怪蟲，啪一聲墜入府城的大井。大井裡傳來淒涼的哭聲，母親在哭，父親在哭，她也在哭，甚至連府城大井也在哭。

一種椎心刺骨的疼痛，穿透雪雁整個身子。雪雁從夢中痛到醒來，想起父親，她下了床，悄悄打開房門走到客廳，卻見父親像往常一樣醉得形容枯槁，不省人事。

雪雁蹲下身，摸著父親的滿臉鬍髭，這熟悉又陌生的臉龐，額上粗糙的皺紋，像一道又一道割在心上無言的傷痕。雪雁緊緊握著父親的手，輕輕在耳邊叫了聲：「爸——」父親毫無意識，嗯啊了幾聲，轉過身又呼呼大睡。

「爸——我好害怕、好難受。」雪雁拿出口袋裡的木雕鳳凰，用鳳凰的心窩撫著父親的胸口，忍不住趴在父親身上哽咽失聲。

十歲之後，雪雁的眼眸蒙上了陰霾。她再也無法相信任何人，變得多疑、極端。童年沒解開的謎底，不曾說出口的傷痕——當時沒說，不知怎麼說，也沒有人可以說，日復一日，似有若無地視而不見，逐漸少了攤開再看的勇氣。淚水不流了，傷痕的血跡凝固變了形，結成一把枷鎖，鎖住了愛，也鎖住了自己。

回到最心碎的那一刻，雪雁的淚水像海水一樣潰堤。她想起達瓦教她的呸呼吸法，把所有的痛苦，用力發出呸的聲音，全然地釋放出來。她覺得噁心、想吐、骯髒，跑去廁所吐

爾驚鴻一瞥，卻是真真實實的存在。

回到山上，雪雁跑到鳳凰樹下。深秋的鳳凰樹掉光了葉子，光禿禿的枝幹已經一無所有，只有幾根刀柄似的豆莢，零零落落掛在鳳凰樹上。

雪雁想起父親，心裡浮現上帝廟後殿、觀世音菩薩慈母般的臉龐，還有用盡力氣想撐起廟堂的小娃兒泥塑。一股衝動，讓她爬上鳳凰樹，眺望遠方那棟囚禁她心靈的老家。她摘下樹上一根刀柄似的豆莢，用力一揮，裡面的種子嘩啦嘩啦掉了一地。

就在種子從豆莢口掉出來的瞬間，她突然聽到老鷹在遠方的山頭發出清脆響亮的叫喚聲；接著，幾隻老鷹從山頭飛出，張開寬大的翅膀凌空翱翔，彷彿在告訴雪雁，抓得住、看得見、可以張開翅膀飛翔的夢想，是真實存在的，只要你願意召喚它，它就會來到你面前。

「你所尋找的東西，它也在尋找你。」雪雁想起，來拉薩之前夢中出現的ཨ。雪雁想起甲木薩說她的眼睛像老鷹，可以高空俯視，直入人的心靈；而達瓦說她的前世是老鷹。達瓦究竟知道了什麼？會不會她所經歷的痛苦，最後就是要召喚老鷹來到她面前？老鷹究竟要把她帶到哪裡去？

她希望老鷹能帶著她去找尋童年那段失落的記憶。那是她最後一個旅程了。

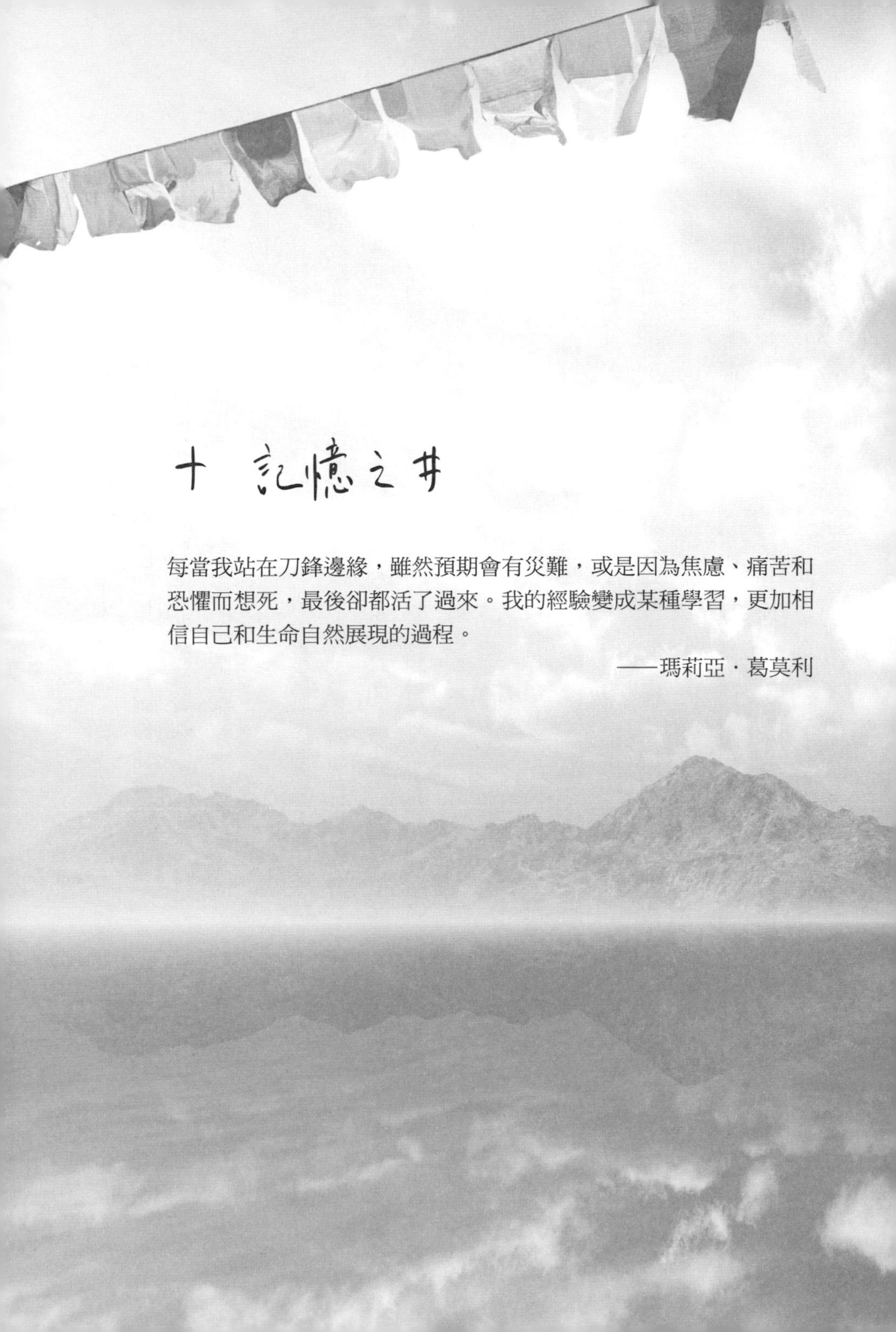

十　記憶之井

每當我站在刀鋒邊緣，雖然預期會有災難，或是因為焦慮、痛苦和恐懼而想死，最後卻都活了過來。我的經驗變成某種學習，更加相信自己和生命自然展現的過程。

——瑪莉亞・葛莫利

柳條的七個節點已經用完了，甲木薩說過，只要節點用完，柳條就會變成普通的樹枝。她要去哪裡尋回童年遺忘的記憶呢？雪雁懊惱著。

她猛然想起來拉薩之前的夢境，老鷹載著她來到西藏，最後停駐在大昭寺的金頂上。她想像自己就是那隻老鷹，通過老鷹的眼睛，牠所環視的，應該是八廓街的街景。或許在八廓街的某個角落，可以找到線索也說不定。

她隨著八廓街轉經的人潮走，被一棟顯眼的黃房子吸引，房子的旁邊有一間古秀拉書店。她進去找了一本瑜伽書。她記得朵拉說過，瑜伽有各種姿勢——樹式、橋式、山式，還有鷹式……她想知道，瑜伽的鷹式，可以打開身體哪一段的記憶。

沒想到，書上竟寫著：「老鷹，是神的信使。」看到神，想到父親，再想到無神不拜的母親，一股心酸與淡淡的思念，浮上她的心頭。

來拉薩已經一段時間了，即使她想狠狠飛離那個破碎的老家，對愛充滿複雜的矛盾，對母親仍有一種放不下的牽掛，雖然母親從沒有真正了解過她。母親急躁的個性，老是無法好好聽她說幾句話，但雪雁仍然能從她煮的每一口飯、每一道菜餚，從她雜亂撕裂的生活，感受到她想奮力活出一點什麼，為的只是想給雪雁更好的生活。

走出書店，對面就是一家藏麵館子。走進藏麵館，老闆娘和母親一樣有一雙巧手，先燙麵，過一下冷水，接著拌一點清油，加入備好的蔥、調料和切成小粒的水煮氂牛肉，再澆上一勺氂牛骨熬出來的高湯。雪雁吸吮著湯汁，想起第一次進大昭寺，文成公主的雕像手裡拿的是一個碗，不知大唐公主嫁來藏地，是不是真的有洗手作羹湯呢？雪雁吃得津津有味，稀哩呼嚕一下子就把整碗藏麵吃得精光，隨口問了老闆娘。

老闆娘噗哧笑出聲來，煞有其事地說：「松贊干布修建大昭寺，帶來拉薩的繁華，才有後來的八廓街。後來，他也在八廓街建了兩座法王宮給自己和后妃住。聽說裡面還有文成公主用過的石鍋和石灶呢。」

「在哪裡呢？」雪雁的好奇心又重新燃起。

「八廓曲街二十四號。」老闆娘說完，想了一下，又補了一句：「法王宮的東邊，還有拉薩很出名的甜水井，傳說泉水來自大海的龍宮，當年藏王和后妃喝的水，都是從這口井裡打來的。」接著，老闆娘突然壓低聲音說：

「聽說公主柳的根鬚往地下扎根，最後抵達的終點，是這一口甜水井最深處的水源。」

老闆娘繼續湊近雪雁的耳朵，說：「聽說甜水井是龍王守護的神水，可以喚回我們遺忘的記憶。過去大昭寺傳召大法會，喇嘛都必須喝下這口古井的神水。修行者喝下神水，是為了修行，我們尋常老百姓可不能亂喝。」

「怎麼走？」聽到可以喚回遺忘的記憶，雪雁整個眼睛都亮了起來。

「從公主柳向北走，拐個彎，有一座民居院落，門牌上寫著八廓曲街二十四號，再往裡面走，就會看到一棟兩層樓的古屋，聽說就是松贊干布以前的法王宮。這是我好幾年前的印象，我們尋常老百姓是不會到法王宮去的，更不敢喝井裡的水。」

雪雁迫不及待，立刻前往八廓曲街。奇怪的是，八廓曲街有二十號、二十二號、二十六號，就是沒有二十四號。她決定走進二十六號的一間古玩店，詢問店員二十四號在哪裡、有沒有看過法王宮。

店員是個漢人，答道：「去年一直都是二十四號，但不知為何今年突然被改成二十六號。內部大整修，我沒聽過法王宮，更沒聽過有什麼甜水井。」

雪雁不死心，又問了一個做大禮拜的藏族年輕人。他說；「有的，還在，就在前面小巷子旁的老房子，直接上二樓就是了。不知道的話問在地公安也行。」

雪雁問了公安，也上了巷子旁邊的老房子，又問了在地的藏人，都沒有人知道松贊干布的法王宮和甜水井跑到哪裡去了。雪雁有點氣餒，暗地裡揣測，會不會文成公主根本不想住在法王宮，她是第五個小老婆，或許住在那棟房子也不好過吧！

雪雁環顧四周，在什麼也沒找到的當下，父親說的「用心靈往內看」這句話，又浮上雪雁心頭。她本能地把眼睛往內收攝，忽然間，她明白了。尋訪甜水井，一定要跟公主柳的根鬚連結。

老闆娘說過，公主柳的根鬚抵達法王宮的甜水井；雪雁又想起朵拉為她畫出的祕密通道，台南府城的古井和鳳凰樹的根鬚也是緊緊相繫。樹的根鬚是一個記憶庫，樹與樹之間的根鬚在地底下其實都互相連結。她相信，在最深的底層，公主柳和鳳凰樹的根鬚一定也是相連的。所有樹木根鬚的終點，都觸及水源。這樣推理，古井和古井的水源，在最深處也是相通的。所有的水源都相通，都觸及生命母體的源頭，儲存了生命最初始的記憶。

只要她有辦法在心裡連結鳳凰樹的根鬚，跟著蔓延的根鬚抵達府城的古井，一定有辦法同步找到甜水井。

她像兒時一樣，把自己當作鳳凰樹，用內在的眼睛，沿著鳳凰樹的根鬚邁開步子。八廓街裡，小巷弄錯綜複雜，一不小心就會迷路。雪雁胸有成竹，因為從鳳凰城的心窩上帝廟到古井的路，正是兒時父親帶著她所走的路，她一輩子都不會忘記這條回家的路。

鳳凰的心窩在上帝廟，位於府城最高處鷲嶺，就好比法王宮。府城古井位於西海岸，雪雁忽然覺得甜水井應該要往西走，而不是老闆娘說的往東走。雪雁循著兒時記憶中的街道，鳳凰樹的根鬚，一種心靈的本覺呼喚，引領著她往西彎進一條老巷子，此時八廓街吵雜的聲音突然安靜下來。這條巷子沒有名字，巷子口有一個招牌，寫著：「內有藏獒，勿進。」

雪雁吸了一口氣，把腳步放慢放輕，走到巷子的盡頭，突然看見夢中的虹光圈，圍繞著古老的水井，就像之前在公主柳洞內守護著新生的綠芽一般。古井周圍插滿了彩色經幡，堆了好多祈福的石頭，撒了好多青稞穀粒和糌粑粉，旁邊矗立著一間小小的石頭屋。

雪雁揉揉眼睛，想把虹光圈看清楚，屋裡卻突然衝出一隻四眼獒犬，對著她齜牙咧嘴，凶狠地狂吠。雪雁完全來不及反應，嚇得愣在原地，緊閉著眼睛，以為獒犬會撲將上來，狠狠咬她一口。

耳邊傳來一個女人的聲音：「進來吧，妳通過了獒犬的測試。獒犬的眼睛，可以辨識出一個人心地的善惡。妳是個好女孩。」

雪雁張開眼睛，虹光圈不見了，只剩下斑駁古井靜靜地發出微光。她走進屋子，眼前出現的女人，擁有深邃的雙眼、一頭鬈曲長髮、黑到轉成褐色的皮膚，看得出歲月已經在她臉上刻下深深的痕跡。桌上有一顆水晶球，她就像傳說中神祕的吉普賽老人。那頭凶狠的四眼獒犬，忽然間變成溫馴的大狗，靜靜趴在她腳邊。

雪雁盯著藏獒，心有餘悸地問眼前的老婦人：「為什麼妳的藏獒有四隻眼睛？」

「不是四隻眼睛，是本來的兩眼上方，有一對淺色的大圓斑。這兩道圓斑被藏人形容

「不管妳看到什麼，都必須勇敢。妳必須承諾，不管妳在那段記憶裡發生了什麼事，妳都願意從愛的觀點來看待這段記憶，並且**寬恕在那個記憶裡傷害妳的人**。」

「好，我答應妳。」雪雁深深吸了一氣。

「現在，喝下杯子裡的水，輕輕閉上眼睛，在心裡做一個禱告，然後把雙手放在水晶球上，請求那段空白的記憶重新顯現在水晶球中。

「妳必須記住，所有的記憶，不管多麼痛苦，都有其因果，妳必須對自己誠實，為自己的記憶負責。因此，當所有涉入這段記憶裡的人出現在水晶球時，妳必須放過自己，也放過對方。唯有對自己誠實，真實的記憶才會從水晶球中如實顯現。」

雪雁點點頭，喝了一口水之後，閉上眼睛，做了禱告，然後用雙手撫觸水晶球。有一股溫溫熱熱的能量，從水晶球內跑到雪雁的手上，沿著手臂，竄流到她的心上。雪雁的心輪又開始轉動，她突然覺得心跳得好快。

「水晶球的影像出現了。妳可以跟著我看這一段遺失的記憶，也可以閉著眼睛，由我幫妳讀出水晶球的影像。」老婦人看著水晶球。

雪雁選擇閉上眼睛。她的耳朵，傳來老婦人眼睛所見。

「有一個長頭髮，露出高高顴骨的女人，敲了妳們家的大門。當時妳大概四、五歲，她抱著妳走出大廳，坐上停在門外的車子。」

雪雁微閉的雙眼流下了眼淚。

「這個長頭髮的女人下了火車之後，把妳帶到深山的一間屋子裡，跟一個瞇著小眼、長得像狐狸一樣矮矮胖胖的男人，在屋子裡談一筆交易。」

「什麼交易？」雪雁用牙齒咬住嘴唇。

「不知道，水晶球沒有顯現。」

「為什麼我一點記憶都沒有？」

「妳睡著了，什麼都不知道。」

「後來呢？」

「那個男人把妳抱起來。」

「他做了什麼？」

「跟他交易的人到了，他準備把妳抱到門外交給他們。」

「結果呢？」雪雁開始啜泣。

「妳身邊的守護靈突然出現了，在緊急時刻，擋住了那個男人。」

「守護靈是什麼？」

「我們每個人來到這個世界上，身邊都有守護靈守護著我們。可能是一個貴人、一個小天使、一隻馴鹿、一隻鳥……祂們會做不同的化現。」

「我的守護靈是什麼樣子？」雪雁重新燃起希望。

「一隻老鷹。」

雪雁破涕為笑，「再來呢？」

「老鷹在空中盤旋哀鳴，那個男人不小心跌了一跤，把妳摔在地上，整個身體都是傷，尤其是胸口，流了很多血。」

「為何我一點記憶都沒有？」

「妳進入了深沉的睡眠，一直沒有醒過來。」

「後來誰救了我？」

「深山裡附近的居民，聽到了聲響之後，跑進屋子救了你。在最危險的時候，壞人的目的並沒有達成，妳身邊的守護靈保護了妳，護送妳安全回家。放心，當時什麼壞事都沒發生。好了，妳可以張開眼睛了。」

雪雁的雙手離開水晶球，像是做了一個好長的夢，終於返回現實，懸掛在心頭二十年的謎題，終於真相大白，她感到如釋重負。原來，什麼可怕的事都沒有發生，壞人什麼目的都沒有得逞，像一個差一點墜落山崖的人，終於在最後一刻有驚無險保全了自己。她終於可以好好放下，重新拿回人生的所有權

雪雁好想哭，又好想笑。她好想跑，奮力地一直跑、一直跑，從西藏的山頂，跑回台南的老家。她想張開雙手，擁抱故鄉的鳳凰樹，感謝山上的老鷹、大樹、小花小草，再沿著鳳凰樹的根鬚，一路跑回府城的古井，趴在古井的鐵蓋上，再一次聆聽它水流潺潺的心跳聲。然後沿著古井，沿著民權路，一路往上跑，一直跑，跑到府城最高處的鷲嶺，跑到鳳凰城的心窩上帝廟，感恩上帝廟後殿的觀世音菩薩守護了她，感恩這條回家的路——她終於到家了。她好想大叫，她終於走出了童年的謎！

雪雁開心地準備離開，吉普賽老婦人卻盯著水晶球，要雪雁留步。

「妳的守護靈是一隻老鷹，或許那對妳是一個天生的印記。每個人來到這個世界，在宇宙都有一個天生的印記，這個天生的印記，有一組相對應的星際密碼。妳可以給我出生年月日嗎？」

一聽到老鷹，雪雁想到達瓦，又露出甜甜的小梨渦。「我的生日本來是一九九五年五月三十。後來發現媽媽當年晚報戶口，正確應該是一九九五年五月十一日。不過我的身分證還是維持一九九五年五月三十日。」

吉普賽老婦人拿出一本宇宙日曆，按照雪雁給的出生年月日，找出和宇宙日曆對應的數字：

「按照妳身分證上的一九九五年五月三十日，妳的星際密碼，一九九五年的年份對照數字在宇宙是147，五月的月份對照數字是120，『年的數字＋月的數字＋妳原本出生日期的數字』，應該是147+120+30=297。

「因為宇宙日曆只有260個單位，所以妳的星際密碼是297-260=37。」

吉普賽老婦人又翻開宇宙日曆，用37這個密碼翻查所對照的命運圖騰，最後終於算出來了：「妳的星際印記是kin37光譜紅地球。」

「什麼是kin37光譜紅地球？」雪雁很好奇。

「kin是星際印記，37是妳的命運數字。每一個星際印記，是依據妳的出生年月日，從宇宙的對應位置，找出妳今生的命運和人生課題。kin37光譜紅地球，是妳父母晚報戶口，後天的家庭帶給妳的。

「kin37光譜紅地球：『光譜』的課題是放下。妳來到這個家庭，這個家庭帶給妳的人生課題是放下。

「至於如何放下，就要跟『紅地球』學習。從這個印記看來，如果妳能和大自然的花草樹木連結，就可以幫助妳放下陰影，活出原本美好的樣子。」

雪雁在心裡發出驚嘆，怎麼會這麼巧？她所連結的，正是家鄉的鳳凰樹和拉薩的公主柳。命運真是不可思議。

接著老婦人繼續翻開宇宙日曆：

「如果依妳本來的出生日一九九五年五月十一日，妳得到的數字是147+120+11=278／278-260=18。妳的星際印記是kin18超頻白鏡子。這是妳先天的星際印記。」

「什麼是kin18超頻白鏡子？」雪雁再次驚訝得幾乎說不出話來，鏡子不就是她在公主柳所畫的圓嗎？

「超頻，是要妳找到自己所擁有的最大力量。鏡子，是反射，觀照自己，接納自己的黑暗面，不要讓負面的情緒蒙蔽自己。如此，妳才能明晰地照見自己，擁有自己真正的力量。」

「kin37光譜紅地球是我，還是kin18超頻白鏡子是我？」

「兩個都是妳，一個是先天，一個是後天，兩個印記都影響妳。妳真正的印記應該是kin37光譜紅地球加上kin18超頻白鏡子，兩個印記加起來才對。

「如果kin37+kin18=kin55，這個綜合的印記是——」老婦人翻開宇宙日曆，尋找相對應的命運圖騰。

「天哪！居然是kin55電力藍鷹！」老婦人忍不住尖叫出聲，笑著說：「經過命運的某些變數，宇宙用一種比較迂迴的方式，把妳變成一隻老鷹，而且是一隻可以穿越時空，穿越各種次元，具有內在的靈視力，力量很強大的電力藍鷹。

「電力，指的是為生命提供最好的服務，也就是利他之心。每一個痛苦背後，都有隱藏的祝福，妳先天的印記，加上後天家庭帶給妳的際遇，最後會把妳鍛鍊成一隻強大的老鷹。」

「怎麼會那麼巧，又是一隻老鷹。我的守護靈是老鷹，星際印記也是老鷹。我的守護靈原來就是我自己。」

「所有的巧合，都不會是單純的巧合，而是互相召喚。」老婦人說，「過去發生什麼事都不重要，人活著都需要一個痛苦的鍛鍊，最後是為了找到並完成自己這一世的天命。妳要珍惜這個老鷹的印記，那不是普通的老鷹，妳得花一點時間去找到電力藍鷹真實的意義。」

雪雁雙手合十，向老婦人說謝謝。老婦人把雪雁送到門口，再一次叮嚀：

「活在這個世間的人，有苦有樂，有愛有恨，有各種生離死別，沒有一個人不是千瘡百孔的。不是痛苦的記憶毀掉一個人，而是怎麼解讀痛苦的記憶毀掉一個人。所以，唯一能打倒自己的只有自己，絕對不是任何痛苦和創傷。

「妳是妳自己的守護靈，妳是妳自己的光，將來也是個用光行使能量的人。妳這趟來西藏，穿越了時空，是為了找到妳的根因。」

「什麼是根因？」

「生命的根和為什麼要來拉薩的原因。」

「喔，當初我來拉薩，就是夢到一隻老鷹載著我來拉薩，停在大昭寺的金頂上。」

「對了，每個星際印記都有屬於自己的力量動物。電力藍鷹這個印記的力量動物，就是大昭寺金頂上凝視法輪的鹿，當妳失去力量時，便可以從金頂上的鹿找到力量。」

有人來了，四眼獒犬又從屋內衝出來。雪雁退後了兩步，對牠扮了個鬼臉，以從來沒有過的輕鬆腳步，離開了石頭屋。

達瓦和雪雁約在羅布林卡旁邊的小公園見面。

雪雁一走過來，達瓦發現她特別穿了一條藏紅色的裙子、一雙高筒及膝的長靴，顯現她柔中帶剛的個性美，嘴角揚著開心的微笑，連手上佛珠的顏色也改變了，出現一種自然的光澤。

「發生了什麼事，讓妳看起來這麼開心？」達瓦對雪雁眨眨眼。

「今天，我為自己找回一個謎樣的記憶。」

達瓦看著雪雁嘴角漾起的漣漪：「記憶，本來就像個謎啊。說有嘛，好像有，說沒有嘛，好像又沒有。記憶，在有和沒有之間，本來就有很多謎樣的變化。」

「從小，我就被一個若有似無的記憶困擾著。腦海裡常常出現一個陌生的阿姨，把我帶到很遠的地方去。我的記憶定格在被阿姨帶上火車的那一幕，接下來發生了什麼，腦海裡完全一片空白。我很想解開，卻很害怕。解開了，萬一真相是自己無法承受的，那該怎麼辦？」

「這對妳，肯定是痛苦的。」達瓦想起第一天遇到雪雁，那時總覺得她很不快樂。

「對我而言，那段記憶的空缺，就像心裡破了一個洞。那個洞，很像填空，我填上什麼，就是什麼。我想了好多種可能，每一種可能，都為這個謎樣的記憶帶來某一種結果。不管我怎麼想，沒有一個結果能說服自己不再去思考，就像生命的拼圖，永遠缺了那麼一塊，無法完整。」

「為何不問妳的父母？」藏人天天和父母在一起，和家人很親，達瓦無法理解雪雁的處境。

「每一次我問我的父母，他們都只是回答，我被鄰居帶出去玩了一天，之後又被帶回來了，除了跌了一跤、身體留下一些傷痕，什麼事都沒有發生。或許，連他們也不知道我究竟被帶到哪去了。他們有自己的煩惱，他們自己的心上也破了一個大洞。」雪雁苦笑著。

「那麼——今天，我暫時當妳的父母好了，妳有什麼疑問都可以問我，由我來幫他們回答。」達瓦在雪雁的心尖畫了一顆大大的愛心，「喏，我幫妳把那個缺口補上。」

儘管雪雁已經從吉普賽婦人的水晶球裡得到答案，但她並沒有拒絕達瓦這份心意。成為達瓦的孩子，肯定是幸福的。

「說吧，既然是家人，什麼都可以說。」達瓦挺直身體，盤腿坐在公園的長椅上，把手雙疊擺在大腿上。他對雪雁滿是故事的眼睛，早就充滿好奇。

「我很想告訴我的父母，當年的我，雖然年紀很小，並非什麼都不懂。有些記憶儘管模糊，還是有幾個清楚的片段烙印在我的腦海。我從很小的時候，就知道我母親對這件事有所隱瞞。」

「譬如呢？」

「雖然我不知道那個陌生阿姨是誰，但她的五官我約略還記得，她並不是我的鄰居。我記得當時她帶著我坐上火車，坐過一站又一站，從黑夜到白天，又從白天到黑夜，點點滴滴，瑣碎的片段就像拼圖一樣，一小塊一小塊地在記憶的裂痕中補上它該有的位置，雖然不夠完整，卻有一個模糊的輪廓。有個聲音告訴我，我被帶走了好幾天，並不是如母親所說，只是被帶出去玩了一天而已。」

「聽起來，妳記得的事情，比妳自以為忘掉的還多。只是怎麼面對那段記憶，才是妳真正的痛苦。」達瓦理智地分析。他越來越能理解，為何第一次見到雪雁她會如此不快樂。

「我一直想跟我父母說，他們作為我的父母，當年雖然無法保護我，但還是有責任把事實真相告訴我，而不是編一個謊言來欺騙我，讓我帶著謎樣的記憶活著。」

「或許對妳媽媽而言，那段記憶也是一個痛苦的謎，或許她真的不知道妳後來被帶去哪了！對一個母親而言，擔心自己的孩子發生什麼事卻找不到真相，她的痛苦比妳更深也說不定。一個母親對傷害孩子的惡人，肯定是無法原諒的，如果她真的知道真相的話，搞不好不知累積了多少怨恨悶在心裡難受，也許妳才是世界上唯一可以幫助妳母親放下這份痛苦的人。」

「我？」雪雁一直以為自己是唯一的受害者，卻沒想到母親的痛苦可能更甚於她。

「嗯，沒錯。」達瓦又在空中畫了一顆心，放在雪雁心上，「喏，回台灣之後，用這顆心，幫妳的母親把那個缺口補上。」

雪雁仔細思索達瓦的話。的確，每一次問起媽媽那段空白的記憶，隱隱約約，她都可以感受到母親不想面對的痛苦。但是，這個世界上，除了問媽媽，她還可以問誰呢？

「父親呢？」達瓦對雪雁的家庭好奇，他想找出雪雁不快樂的根源。

「他經常不在家。他在外面有……」雪雁停了下來，又覺得對達瓦沒有不能說的話，於是直言，很小的時候，父親在外面就有另一個家庭。

「如果妳父親愛妳的話，他的痛苦一定更甚於妳的母親。因為他除了和妳母親有相似的痛苦之外，又多了一層自責。每一次想起妳失蹤幾天的記憶，他都會責怪自己沒有好好在家保護妳，這樣的自責，若沒有人幫他解開，是多麼可怕的折磨啊！說不定妳才是那個可以幫助妳父親從自我折磨中得到救贖的人。」

「我？」雪雁再次被達瓦的觀點震懾了。

「嗯，沒錯。」達瓦在空中畫了第三顆心，放在雪雁心上，「喏，回台灣之後，用這顆心，幫妳的父親把那個缺口補上。」

來拉薩之前，雪雁只想趕快逃離破碎的老家，從來沒有想過，她還可以為父親做些什麼。她一直以為父親的醉生夢死，只是為了逃避面對他和母親感情的難題。

「妳一直以為自己無能為力，是因為妳被自己的痛苦淹沒了。如果妳從痛苦走出來，願意放下，妳就有更多能量去幫助妳的父母。」達瓦說完，又在天空畫了一顆心，放在雪雁心上，「喏，給妳力量。別悶在心裡，把內心想對父母說的話，痛痛快快地說出來！」

「還有一個祕密，我從來沒有告訴任何人。」

「說出來吧，今天我是妳的父母呢。」

「高中時，我到城裡讀書，有天經過一間醫院，那時我大概十五歲吧！我鼓起勇氣自己走進去看了醫生，請醫生告訴我，我的身體為什麼會有這些傷痕。結果，醫生問了我一些問題，我完全答不出來，我的心裡好難過。」

「什麼問題？」

「醫生問我，童年是不是有受到什麼虐待？那些傷痕，是受到嚴重的虐待，才可能會產生的印痕。」雪雁哭了起來，「我完全答不出來。我的童年究竟發生過什麼事，造成我身體的疼痛和傷痕？我從來沒告訴過任何人，包括我的父母，他們從來不知道，我在高中後就自己去看過醫生，知道自己童年一定受過什麼虐待。」

達瓦抱住了雪雁，「對不起，作為妳的父母，我一直沒有好好照顧妳。如果重新再來，我一定會在妳最危險的時候，好好保護妳。」

雪雁一直哭一直哭，她哭倒在達瓦的懷裡，像一個小孩。她以為上次在廁所吐掉所有記憶的汙穢，已經把沒有哭完的眼淚全哭出來了，沒想到還有這麼多眼淚藏在自己不知道的地方。她把眼淚全部傾倒出來，突然覺得自己好累，從來沒有這麼有安全感、這麼放鬆、這麼自在地說出心裡的話。雪雁哭著、哭著，竟累得倒在達瓦的懷裡，昏沉沉地睡去。

醒來後，達瓦還把雪雁抱在懷裡。她害羞地站了起來，訝異自己在達瓦面前竟然記得那麼多事，甚至多過那個吉普賽婦人用水晶球幫她解讀的記憶。達瓦說的沒錯，她記得的遠比她自以為忘掉的還要多，或許是她對達瓦完全不設防，以至於更深層的記憶從潛意識跑了出來。那個吉普賽婦人說過，唯有對自己誠實，真正的記憶才會釋放。她突然對什麼才是她童年的真相感到懷疑。

「好多了嗎？」達瓦若無其事，好像發生什麼事都沒關係，也無所謂。他只希望雪雁重捨生命的歡笑。

「嗯。剛才不小心睡著了，睜開眼睛那一瞬間，好像曾經缺了一角的我，把受傷害時沉睡的小雪雁重新找了回來。如今她重新張開眼睛和我合體，我終於變成完整的自己了。也許，我從來沒有和父母坐下來，說出自己的傷、自己的痛。原來，坦白自己的脆弱，為自己的過錯說一聲抱歉，也是一種愛。

「謝謝你成為我的父母，幫我完整那個一直空缺的洞。我應該要為了我身邊愛我，還有我愛的人，好好活下去才對。」雪雁說完，雙手合十，拇指縮進去，把放在胸前的花苞，獻給了達瓦。

達瓦往前握緊雪雁的小花苞，把雪雁的手緊緊握在胸前，默唸了一串非常長的藏文偈頌，反反覆覆唸了很多回之後，又坐在公園的長椅上，微閉著眼睛，唸了好久好久的佛號。雪雁的心，似乎也在達瓦的佛號聲中，漸漸平息，恢復平靜。

達瓦張開眼睛，雪雁好奇地想知道，他今天唸的藏文偈頌含藏著什麼樣的內容，為何會那麼長。

「我為妳童年的傷害、為妳的父母，還有為那個把妳賣掉的人祈福。」

「你不需要為把我賣掉的人祈福。」

達瓦搖搖頭：「他不知他犯的罪以後會得到多麼嚴重的果報。我為他所犯的罪祈福，希望他今生可以覺悟懺悔，向妳道歉。」

「來不及了。前年，他就車禍過世了。這個世界唯一知道我童年所有謎底的人已經走了。」

「啊，他還來不及對妳道歉，就遭遇橫禍。」達瓦低頭默唸了一串佛號，又趴下去做了三個大禮拜。

「他根本不值得任何人同情。」雪雁的心裡還是很難受。

「希望他來生做個好人。」達瓦繼續低頭唸佛。

「他來生成為一個怎麼樣的人，已經跟我沒什麼關係了。」

達瓦的想法和雪雁不同，「他今生不知道懺悔，來生會突然變成好人嗎？人死了，不是什麼都沒有。生命是相續的，如果來生他依然是個壞人，鐵定有人會繼續受傷害。

「妳痛恨的，其實不是他這個人，而是妳和他之間的業力。業力消失了，他給妳的痛苦就會消失，也不會和他有任何糾葛。人人都有佛性，佛性就像我們心裡的明鏡，惡業就像鏡子上的汙點，只要教會那個傷害妳的人把惡業洗淨，真心懺悔，他就會變成一個好人。

「那麼多的藏人，在大昭寺佛前做大禮拜，並不是只為了自己。藏人在持咒唸佛之後，會在心裡做自他交換，把別人所做的惡業從左鼻孔吸進來，再把自己的祝福從右鼻孔吐出去傳送給對方。剛才，我就是用這種方式，為妳童年的傷害、為妳的父母，還有為那個把妳賣掉的人所造的惡業祈福。

「我為傷害妳的人祈福的同時，就是在為妳修福。希望他來生再遇到妳時，有機會彌補他所犯的過錯。」

雪雁默默聽達瓦說完，突然從憤怒轉為悲傷，嗚嗚咽咽，掩面哭泣起來。

達瓦張開臂膀把雪雁摟在懷裡，任由雪雁的淚水再一次肆意漫流，直到她意識到自己的淚水沾濕了達瓦胸膛。她的臉頰泛起了紅暈，抬起頭，用嘴巴對著達瓦的胸膛吹了好幾口氣，想把衣服吹乾。達瓦摀著胸膛咯咯笑了起來。

他牽起雪雁的手，說：「為了慶祝妳今天重生，找回完整的自己，我為妳跳一支舞慶祝。」達瓦拉起雪雁的手，唱了一首藏歌，跳了一曲西藏舞蹈。

雪雁的雙頰熱辣辣的，她的手腳無法協調，卻跟著達瓦蹦蹦跳跳，感染了達瓦的快活。往事已矣，萬仔叔叔也過世了，過往的一切已經無跡可尋，而所謂的傷害似乎只存在她的心裡。假如有一天她也發生意外走了，所有的痛苦會不會也隨著她的離世，彷彿不曾發生過？只要自己能放下，會不會什麼事情都跟著一起消失。傷心沒有了，痛苦也沒有了，就只是做了一場夢，留下若有似無的痕跡。

她想著，不由自主停下腳步，雙手合十，把拇指收進掌心，低著頭做了一個默禱。

達瓦悄悄轉身到雪雁身後，用他的雙手包住雪雁的小手，把拇指縮進兩個人的掌心，在雪雁的耳邊唱了一首密勒日巴的道歌：

「此生如夢水中月，執此為實諸苦生，見彼如幻三昧生，應觀此世如夢般。」

雪雁驚訝地轉過身，「為什麼你總是知道我在想什麼？為什麼我們那麼熟悉，就好像我們真的曾是家人一樣？」

「我們當然很像。」達瓦揮揮手，「妳看我們一樣都有兩隻手、兩隻腳。」他拉起雪雁的手，用手碰碰雪雁的腳。

「我們一樣會聽、會看、會哭、會笑。」他拉拉雪雁的小耳朵，用手輕輕撫觸雪雁的臉類。

「有人對我們微笑，我們感到開心；有人傷害我們，我們感到難過。我們都希望快樂，不要痛苦；渴望健康，不要生病——」達瓦撿起地上的樹枝，畫了一個佛寺常看到的如意結。

「所有的人，都有相似的情感和渴望。就像寺院的如意結，每一個都環環相扣，每個人的內在，都有一種永恆的聯繫。尤其是妳和我，不僅僅只是像家人，甚至比一般人，更——」

達瓦說到這裡，突然解開他的上衣，露出肩膀。「從小，我的肩膀就有一個胎記。」

「是個爪子！」雪雁尖叫出聲，一種奇妙的情感撲上她的眼，忍不住伸手去撫摸那個爪子。

「為了解開這個爪子的意義，我去了拉姆拉措湖。在西藏有個傳說，只要凝視拉姆拉措湖的湖面，就可以看見一個人的前世今生。

「到了拉姆拉措湖之後，我露出肩膀的印記，盯著湖面，忽然間，湖面出現了一隻老鷹的影像。我看到我的肩膀停了一隻老鷹。緊接著，一陣風吹過湖面，產生了一陣波動，等波動停歇，老鷹消失了，我在湖面看見大昭寺的公主柳下，有一個女孩在那裡等我。

「第一次在公主柳看見妳，我就知道，妳就是那個女孩。」達瓦的眼睛又出現靈魂深處傳來的濃濃思念。

「你怎麼知道我就是那個女孩？」雪雁凝視著爪子，帶著眼裡的淚光，深深走進達瓦的眼底，她的光和達瓦的光緊緊纏繞在一起。

「妳的眼睛像老鷹一樣，總是在尋找什麼，充滿謎樣的眼神。」達瓦拿出一條項鍊，項鍊上有一個老鷹圖騰，掛在雪雁的脖子上，「妳是我一直在尋找的老鷹。在我的心裡，最有感情、記憶最深的地方，就是肩膀的這個印記。」

雪雁嬌羞地低下臉，突然想到有個禮物想送給達瓦。她從背包裡取出一本書，抱在胸前。

「你還記不記得，我們第一次在大昭寺相遇，那一朵愛上僧人的格桑花。你離開以後，吹來一陣風，花瓣掉了一地。我撿了一片，夾在書裡，現在送給你當紀念。」

達瓦將花瓣小心翼翼放進口袋。他發現夾花瓣的書，是一本詩集，裡面有一首詩。

我發現書裡有一朵小花
它枯萎，失去芬芳，被遺忘
於是我的心中不由得
充滿了種種離奇的遐想
它在哪兒開放？開在什麼時候？
是哪一年的春天？它開了多久？
是陌生人還是朋友把它摘下？
夾進這本書是什麼緣由？
是為了紀念情意綿綿的幽會？
還是紀念命中注定的別離？

也許是在獨自散步的時候
採自濃蔭下面，或荒僻的野地？
是他，還在世？是她，還健在？
如今哪裡是他們棲身的家？
也許他們都已經枯萎
就像這朵不知來由的小花？

「好傷感的詩啊。」達瓦吸吸鼻子。

「只是剛好夾到那一頁嘛！」雪雁嘴角的梨渦若隱若現，像是歲月悠悠，最後留下的那一抹若有似無的痕跡。

「這是俄國詩人普希金寫的一首詩，不知為何我特別鍾愛它，也許它象徵著情感的枯萎和生命的無常。」

雪雁指著天上的雲朵，說：

「達瓦，你有沒有注意到，拉薩的天空，總有團團的白雲互相追逐。我看著它們互相尋覓，也互相守候；有時融在一起似乎濃得再也化不開，但一陣清風吹來卻又輕盈得不著痕跡，變成縷縷白煙各分東西，好像什麼也沒發生過似的，各自展開新的旅程。說不定，有一天，我們也會像——」

「不會的。」達瓦打斷雪雁的話語，轉身到雪雁身後，抓起她的左手，再把她的右手貼著左手，雙手合十，像往常一樣用自己厚厚的手掌包著雪雁的小手，再把自己凸出在外的拇指和雪雁的拇指一起縮進彼此的掌心裡。當兩個人的花苞再度合體，達瓦緊緊環抱著雪雁，久久不願鬆手，直到落下的淚水終於和雪雁轉過身來的嘴唇融在一起。

達瓦在雪雁的耳邊一遍又一遍低喚：「我的老鷹，開開心心地活著，答應我，好好地活下去吧。」

十一 愛的情網

不要躲避愛，去經歷它，體嘗它所有的苦痛。是的，你會很痛，但是當你在愛中的時候，痛是沒有關係的。
事實上，那些痛會使你更加有力量。有時候那真是痛得不得了，但那些傷口的存在是必要的，它們激發你、挑戰你，好讓你清醒一點。所有危險的處境都是必要的，它們讓你更加警覺。

——奧修

朵拉發現雪雁談戀愛了。「妳愛過人嗎？」雪雁反問朵拉，她的臉熱辣辣的，達瓦對她而言像個夢。在夢裡，煩惱和惱人的現實彷彿都不復存在。也許是害怕夢醒，她和達瓦從來不去觸碰那一吻裡的激情和迷惘，只是像家人一樣互相關心，每天通電話，噓寒問暖；偶爾一起吃飯，到珠峰看星星，到羊湖看日落，一起騎腳踏車遊拉薩河。她的心漲滿了迷幻的幸福，忘了童年的哀傷，也忘了越來越逼近的歸鄉日期。

「有，我深深愛過一個男人。這間旅店就是為他而開的。」朵拉倒也大方坦白。

「愛上一個人，是什麼樣的感覺？」這是個笨問題，但除了達瓦，雪雁從來不曾對任何男人敞開心。

「愛，是一種思念。妳做什麼都想著他，天天想和他在一起。」

「天天想在一起的愛，跟家人之間的愛，有什麼不同？」

「問這種問題，就知道妳面臨愛不愛、到底要不要繼續愛下去的難題了。如果一個男人吻了妳，把妳捧在心上，卻無法給妳感情的承諾，保持著若即若離的曖昧，那麼，這個男人背後一定有什麼難處，妳可別愛得太傻。」朵拉調侃地看了雪雁一眼。

朵拉一語打中雪雁的心坎，或許她和達瓦都被一層愛的薄紗網住了。她知道，達瓦把她當作親近的家人，就像他肩膀上的老鷹那樣形影不離，他們的心是如此相近相親。可是，她的心底明白，那不全然是愛情，而是一種愛情、友情、親情混淆在一起，很難說清楚的感情。她迷惘了。她渴望愛情，卻又害怕愛情；她生命的缺陷太多，還有一些隱藏在內裡的自卑沒有完全剔除，她害怕自己配不上達瓦，更害怕自己只是渴望填補童年愛的缺口，才自以為愛上了達瓦。

她沒有勇氣和達瓦談愛情，卻又不想離開他，天天想和他在一起。達瓦呢？他是否也有同樣的痛苦和迷惘？

雪雁猶豫著，不知要怎麼跟朵拉說清楚；既然很難說清楚，索性把話吞了回去，換了另一個問題。

「妳為那個男人開了這間旅店，後來他有成為妳的伴侶嗎？」雪雁發現，住進旅館的這段日子，從來沒見過朵拉口中的這位愛人。

「沒有。他離開我之後，就再也沒有回來。」朵拉淡淡地回答，竟看不出任何哀傷。倒是雪雁為自己的唐突感到抱歉。

「剛開始當然很難過，無法釋懷。直到有一天——」朵拉接下來所描述的情節，讓雪雁驚訝不已。

「直到有一天，我走到公主柳，突然在枯槁的公主柳樹身上看到一個凹洞，裡頭有個圓形的印痕，很像我男友最後一次見面時送我的手錶。

「我忍不住伸手碰觸了那個手錶的印痕，突然有一根柳條從另一棵新生的柳樹上掉下來。

「這時，有個藏族老人走過來。她說，要和樹溝通，最簡單的方法就是把心敞開，和它們親密地談心。樹會透過柳條，把我想要的答案告訴我。」

「這位藏族老人是誰？這跟妳教我瑜伽，把自己當作一棵樹有關聯嗎？」雪雁吃驚地張開嘴，她對甲木薩的困惑和懷疑，又從心底升起。

「我本來只是單純的瑜伽老師，在公主柳遇到這位藏族老人之後——對了，她叫甲木薩──給了我很多的教導，改變了我之後的人生。」

「甲木薩教了妳什麼？」雪雁心裡閃過和甲木薩相遇後的各種奇妙幻境，而這個世界上，居然還有人跟她有相同的經歷。

「她要我撿起柳條，把柳條放在心尖，在心裡提出自己最想問的問題，然後在柳樹下畫畫；接著把柳條放進柳洞裡，就可以進入柳洞，和文成公主自他交換，找到答案。」

「一個人怎麼可能進入小小的柳洞內？這一切會不會是甲木薩施了什麼騙術所產生的幻覺？」雪雁所問的，正是她先前的困惑。她沉浸在解開文成公主感情的謎團，卻忘了解開這個困惑。

「一開始，我也像妳一樣半信半疑。但藏人高僧大德密勒日巴就曾躲進氂牛角裡，教化了他的弟子惹瓊巴。佛經也曾提過，一粒小小的芥菜子可以容納整座須彌山，這樣子想的話，文成公主住在公主柳裡似乎也不無可能……」朵拉停了下來，深思熟慮的臉龐透出智慧的光芒。

「有時，我們會因為好奇，一邊疑惑，一邊找答案；更多的時候，是在找答案的過程中，不小心被某種渴望吸引，不知不覺忘了本來的疑惑，又莫名其妙地繼續走下去。」

朵拉所說的，的確很像她的旅程。有很多次她都想離開甲木薩，不斷在心裡偷偷懷疑她，卻又不知不覺被甲木薩的教導吸引，一步一步走到現在。

「當我畫完圖，進入公主柳的柳洞，我看見文成公主正在為松贊干布的離開而哀傷，就像我為我的男朋友離開而傷心一樣。她提醒我不要因哀傷而失去自己的愛。為自己所愛的人而活，為逝去的哀傷，發一個利益眾生的願，這就是我蓋這間旅館的原因。」

「看來文成公主對妳挺好的。」這一點倒是出乎雪雁意外。「妳的柳條還在嗎？」

朵拉從背包裡拿出一根細長的柳條。「甲木薩說，柳條上的節點有多少個，就能進入柳洞裡多少次。

「我的柳條有五個節點。一開始，柳樹的節點用完了，我信以為真，以為自己再也進不去柳洞裡；但後來，我發現那是甲木薩給我的考驗。這一切都是甲木薩設計的。進入柳洞，只是一個幻象，我被甲木薩設計的幻象——更真切地說，我是被自己生出的幻象欺騙了。」

「甲木薩是騙子嗎？」雪雁心頭微微燃起了一把怒火。

「妳要說她是騙子也對，是我們的念頭塑造了甲木薩，並把她變成一個騙子。」朵拉故作玄虛地說：

「整個故事很長。我有點事，現在得出門，我們改天再繼續聊。」朵拉看看手錶，拎起身旁的megaphone的糌粑袋出門去了。

雪雁目送朵拉出門。從飯店五樓凝望大昭寺，八廓街川流不息的轉經人潮，像一個圓無盡地輪轉。她俯視八廓街的人潮，突然又看見那一團熟悉的濃煙，像一條白色的蟒蛇似的，在人潮裡穿梭。她再度想起甲木薩，決定下樓跟蹤那一團濃煙，如果甲木薩真的跟那團濃煙有什麼關聯，她就可以循著濃煙找到甲木薩，並當面質問甲木薩究竟用了什麼法術，把她和朵拉騙入公主柳裡。

雪雁隨著濃煙移動，拐進八廓街的老巷弄，一晃眼，濃煙消失在一棟老房子裡。雪雁走近那棟老房子，牆內流洩出唧唧喳喳、刻意壓低說話聲量的聲音。

她側著身子，小心翼翼探出頭，看見院子裡有一個煨桑爐，冒著密密的濃煙。幾個婦女聚集在院子裡說話，其中一位，竟是那天用水晶球幫她尋回童年記憶的吉普賽婦人，而甲木薩竟然站在那位婦女身旁。

那位吉普賽婦人嘆了一口氣：

「可憐的女孩，因為承受不住童年可能被凌虐的真相，所以從水晶球看到自己睡著了。水晶球呈現的，完全是她內在的潛意識。可憐的孩子，她內在的恐懼使得她看到了沉睡的自己；而她內在的渴望，驅使水晶球出現守護神阻止這場災難的假象。她根本還沒準備好去面對自己的過去。」

雪雁抽回身子，眼淚滑了下來。原來她是如此膽怯、愚蠢，編造了一個什麼壞事都沒有發生的謊言來催眠自己。她心底一直都知道真相，不是嗎？守護神並沒有在她最無助的時候出現，在她最需要保護的時刻，其實她是被這個世界徹徹底底地遺棄。她感到難堪、丟臉，想對命運怒吼，卻叫不出半點聲音。她好恨，恨命運帶給她這一身恥辱，恨這個世界對她這麼不公平。

雪雁噙著眼淚跑出老巷弄，在巷子口等著甲木薩。甲木薩為什麼會出現在那裡？從她第一天到拉薩被公主柳的傷痕吸引，所有的一切，都是她一手設計的吧？無論如何，這一次，她一定要當著甲木薩的面，徹徹底底把所有的事情問清楚。

甲木薩緩緩從巷弄中走出來，雪雁上前攔住她，臉上還掛著兩道淚痕。

「為什麼妳要聯合那個吉普賽婦人一起欺騙我？」

「妳如何斷定我和那個婦人一起欺騙妳？」甲木薩像往常一樣，神態自若，連眼皮都沒眨一下。

「剛才那個婦人說的話我都聽見了。」

「眼見無法為憑，我只是剛好路過聽見罷了。況且她說的也沒有錯，妳被自己的恐懼、悲傷困住了，以至於用自己的渴望重新編造了童年的記憶。」甲木薩赤裸裸而毫不留情地，直接揪出雪雁心底的難堪。

雪雁感到窘迫，無地自容。她任性地轉身跑開，重重拋下一句：「甲木薩，從今以後，我再也不想見到妳。我恨妳，恨所有傷害我的人！」

甲木薩嚴厲喝止了她：「妳答應過，無論發生什麼事，都不能恨我。妳的確經歷了劇烈的痛苦，但妳不能因為妳所經歷的痛苦，就把曾經擁有的愛狠狠推開。妳的情緒這麼極端，注定要經歷更多的坎坷。

「妳看！」甲木薩指著天上的太陽，「就算妳恨我，恨這個世界，妳仍然繼續接收太陽的光，繼續在呼吸，不是嗎？就算妳對這個世界生氣，想要決絕地逃離，但太陽還是繼續給妳溫暖，妳還是透過呼吸和周遭的花草樹木做能量交換，妳並沒有真的被這個世界拋棄，不是嗎？」

雪雁停下了腳步，陽光從老巷弄中灑下了一點微光，灑在她的臉上。雪雁仰著頭深深吸了一口氣，眼淚又滑了下來。

甲木薩的眼睛，盯著雪雁臉頰的淚珠，「流淚是好的，表示妳體內的能量，隨著妳的呼吸做了能量轉換，把妳體內的嗔恨轉化成水珠排放出來。妳差一點就忘了自己還會呼吸，差一點就失去自己的力量，把自己逼到絕境。」甲木薩說著，深深吸了一口氣，又緩緩吐出一口氣。雪雁突然感受到一種清涼的氣息，從她的心尖滑過。

「妳絕對不是孤獨的。」甲木薩再次指著天上的太陽，然後又摸摸開在巷口一朵幾乎不會有人注意到的黃色小花：

「妳可能不知道，在妳剛才決絕地對這個世界發出怒吼、自以為被這個世界拋棄的當下，天上的太陽正默默把光能傳輸給妳，而地上的小花也悄悄和妳鼻尖吐出來的氣息，做了能量交換。這個世界並沒有遺棄妳，是妳自己忘了自己，忘了妳還可以呼吸，忘了妳自己的力量所在。」

雪雁凝視著那朵黃色小花，豆大的淚珠再次從臉龐滑落。她突然想起柳洞裡的文成公主，因為她的一句話而溢滿整個洞的淚水。她深深吸了一口氣，彷彿把當時整個洞的淚水都吸了進去，洗滌了一直積壓在心裡的憤恨和苦惱。

「真正遺棄妳的，是妳自己。太陽和小花、甚至妳所居住的山林，從來沒有離開過妳。太陽給妳光，小花給妳能量，並不是因為妳給了它們什麼，而是它們願意無私地給予。它們給妳的愛，是它們自願，而且是無條件的。」甲木薩的話語，再一次像往常一樣，狠狠地把她敲醒。

「童年那段空白的記憶究竟發生了什麼事，並沒有如妳想像的那麼重要。最重要的，並不是妳把過去變得多完美，妳才值得愛；就算過去的妳真的被凌虐、被糟蹋得支離破碎，妳還是值得愛。真愛，是無條件的，就像太陽給妳的光，妳應該要學習無條件地愛自己才對。

「況且，妳用內在的渴望重新編造童年的記憶，並沒什麼不好。妳用內在的渴望撫慰過去的自己，那樣的情感是那麼真摯、寶貴，只有妳自己才能深深觸摸這麼深層的渴望。這樣的渴望並沒有傷害任何人，並沒有什麼不對。」

雪雁的情緒慢慢平復下來，她想起，那位吉普賽老婦人說過，她是自己的守護靈，她是自己的光。

「妳該學會的還有寬恕，寬恕妳的父母沒有能力保護妳；寬恕傷害妳的叔叔，他所造的惡業，日後或來世自有其因果由他自己去償還；別苛責童年的自己，無條件地寬恕那個沒有能力反擊厄運、那個年幼脆弱的小雪雁，讓童年的妳從憤怒傷痛中走出來，比起找到那份遺忘的記憶更有價值。

「我想要提醒妳的是，在妳用內在的渴望重新編造童年的記憶之前，妳應該要先學會接納。妳一直沒有接納真正的自己，那個遺忘記憶的自己，破碎傷心的自己。無條件地接納自己，只有先無條件地接納自己，妳用內在渴望重新編造童年的記憶才會帶來真正的撫慰。否則，妳會離開自己，跟自己分裂，活在什麼壞事都沒有發生，自以為已經復原的假象裡。

「就像妳之前所畫的圖。」甲木薩撿起一根樹枝，畫了一個圓，**在圓裡點了兩個小點：**⊙。**這兩個小點，一個是真心，一個是痛苦**。

「回到妳最痛苦的那一刻，回到那個痛苦，用真心和那個痛苦做自他交換。

「圓，就是還原，回到原點，讓自己得到復原。還原妳當時所受的傷，無條件地接納自己，妳才有辦法和過去的自己融為一體，得到真正的復原。

「真心，就是無條件的愛。回到那個痛苦，跟自己說：『我是那個痛苦，那個痛苦是我，我和那個痛苦在一起。』無條件地接納那個痛苦，不管妳想起那個痛苦有多難堪，妳並沒有隨之死去，那個痛苦對現在的自己而言，只是過去的能量再次回流。不管是過去的惡業、阿賴耶的記憶產生光波的糾纏，還是父母的疏忽，那個痛苦就是發生了，妳讓那個痛苦的能量再次通過，然後跟它說再見。

「這個時候，妳就可以用妳的渴望，重新編造妳的記憶。妳可以向整個宇宙發出祈求，在妳最痛苦的時候，妳希望有守護靈守護著妳；甚至若再重來一次，妳渴望父母能好好保護妳，讓這個痛苦不要發生。妳無法改變過去發生的事，但當過去的痛苦能量再次回流，妳可以改變痛苦對妳的折磨，活出新的版本。」

甲木薩又畫了一個圓，**在圓裡點了兩個小點：⊙。這兩個小點，一個是過去的自己，一個是現在的自己**。

雪雁看著甲木薩畫的圓，有個熟悉的記憶浮上來。她記得甲木薩說過，把自己包在圓裡，就是想要圓滿一段關係。把現在的自己和過去的自己包在一個圓裡，就意味著現在的自己想和過去的自己和好、圓滿。

甲木薩凝視雪雁的眼睛，眼底又發出一種光芒：「過去的妳和現在的妳，都住在同一個圓、同一個身體裡，妳一直和過去的自己在一起，並沒有分開。

「在這個圓裡，跟過去的自己做自他交換，對過去的自己說：『我是妳，妳是我，我懂妳的痛苦，沒有誰比我自己更懂得痛苦在什麼地方傷害我。現在我要幫助自己從痛苦裡面釋放，把愛的能量傳送給自己。』」

甲木薩微閉著眼，深深吸了一口氣，再緩緩吐出來，做了個總結：

「這就是我之前想教給妳的，和自己先做自他交換，用左鼻孔把過去的痛苦深深吸進來，和痛苦深深地在一起，再從右鼻孔吐出妳對自己的祝福和渴望。做了幾次之後，妳可以放空，靜靜地吸吐，用新鮮的空氣啟動新的能量循環。」

甲木薩定定地看著雪雁的眼睛，說了一段好長的話，像是為了留住雪雁的腳步，讓她有空檔慢慢恢復平靜，又像是對她過去的教導，再一次地叮嚀。即使內心被甲木薩所感動，但雪雁對甲木薩依舊是矛盾的。甲木薩像是睿智威嚴的老師，又是個捉摸不定的謎樣老人，是個說不清楚究竟是好人還是壞人的朋友。

「朵拉，妳認識吧？她說，進入柳洞內，只是幻象。連柳樹條的節點用完了就再也無法進入柳洞內，也是假的。這一切都是妳設計的騙局。」心情稍稍平復後，雪雁還是想把話問清楚。

甲木薩噗哧笑出聲來：「我沒有欺騙妳啊！一開始，我就跟妳說，妳和文成公主的相遇，是妳們的靈魂光線互相糾纏所產生的幻象。我之於妳，妳之於我，都是一樣的。妳來了，進入我心裡的鏡子；我來了，進入妳心裡的鏡子。鏡子裡出現的鏡像，都是阿賴耶從記憶倉庫發射出去的靈魂光線彼此糾結所產生的幻影，不只是我，所有出現在妳心裡面的鏡像都是幻影，都是用妄心變現的。」

雪雁搖搖頭：「我不懂，妳是如此活生生地在我眼前，怎麼可能是幻影呢！雖然有時我會懷疑妳是好人還是壞人，但我對妳還是真心的。每一次我想從妳的眼前離開，最後還是選生累世的記憶所帶來的波動。妳既然選擇經歷，就勢必會體驗各種喜怒哀樂、愛恨交雜的折磨。讓那些波動順著命運的流，從妳的心上通過，學到妳該學的，業力自然就會釋放，消融於無形。如果妳不平，跟著翻攪，又衍生新的業力，就必須再多吃一點苦頭來清理阿賴耶記憶的糾纏。」

甲木薩的眼睛突然出現柔和的光影，雪雁身上的繩子突然被解開了。

「如果妳能回到真心，像鏡子般明亮的本體，如如不動，就會看見萬事萬物分分秒秒不斷生滅的幻象。每一個來到妳眼前的人事物，一定會生老病死、成住壞空，直到最後毀壞瓦解，回歸空無。妳怎麼能夠把剎那不斷變化、最後一定會毀壞的人事物當作真實呢？

「如果妳一直把幻象當作真實，隨著外面的鏡像妄動，就會和阿賴耶的記憶繼續糾纏。妳會這麼痛苦，就是因為妳被阿賴耶的記憶困住了。公主柳的柳洞之所以要打開妳的記憶，就是為了讓妳找到回家的路，找到妳的根，和父母重新和好，學到妳該學的之後，妳就要把記憶放下。」

說到這裡，甲木薩的眼裡突然出現深邃的水窪，裡頭有各種隱微的波動。雪雁看著甲木薩的眼睛，心輪跟著小水窪轉動起來，心中又感受到一股刺痛。

甲木薩直指雪雁的心尖：「記憶所引來的波動，都不是好東西；記憶所帶來的善緣惡緣，都是業力的波動，這些波動所帶來的因緣變化——甜的、酸的、苦的——會不斷地生，不斷地滅。生滅無常，妳若一直執著，就會引來各種痛苦。」

雪雁避開甲木薩的視線，捂著胸口：「用公主柳的柳條進入柳洞，觸動我過去的記憶，也是妳設計的吧？為什麼朵拉說，根本不需要柳條，也能進入柳洞內？這是怎麼一回事？妳施了什麼魔法，欺騙了我和朵拉？」雪雁下定決心，今天無論如何一定要找到真相。

「真正的魔法是妳的心，不是柳條。柳條的節點是為了加速妳面對自己，可惜妳一直沒有好好接納自己、面對自己。如果妳願意用真心走入自己、走入萬物，任何一根木條、一棵樹、一朵花、一顆石頭，都可以讀取妳生命的訊息。」

「為什麼妳當初不直接告訴我，而要用這種迂迴的方式？」甲木薩的解釋並無法說服雪雁。

「因為妳太痛苦了，妳把自己敲成碎片，和自己分離了，妳身上有太多痛苦的碎片。所以，妳內在的靈魂選擇一種迂迴的方式來和我相遇，我只好也用一種迂迴的方式來教導妳。」

雪雁聽不懂甲木薩的意思，但她聽到這番話時，全身上下卻像被撕裂一樣感到痛苦莫名。她覺得甲木薩在找藉口，或真的施了什麼魔法在她身上。無論如何，甲木薩這次無法像從前那樣說服她了。

「不要害怕妳的痛苦。佛陀證悟以後第一次說法，就告訴我們，這世間本來就是痛苦的。」甲木薩低著頭喃喃唸了一段經文，似乎是她對雪雁最後的告別：

「每個人多少都會經歷一些委曲、不堪、挫折，這些都不是自己願意的，但發生就是發生了，當這些記憶的影像出現時，就像看電影一樣，看過了，就過去了。」

甲木薩又變成一個慈母，就像她第一次遇到雪雁、說服她拿起柳條畫畫時，那母親般的溫柔，像一道光柔柔包覆住雪雁。她用把雪雁當作孩子那種溫暖的聲調說：

「不要以為妳所經歷的痛苦是人生的絕境，以為自己是全世界最不堪的那個人。妳永老婦人的心亮了起來，她的默禱得到上天的應允，使她產生新的動力，堅信她的信仰。她跪在佛前，每天轉動著那一串佛珠，下定決心照顧好自己，那個本來抑鬱寡歡的老婦人，突然有了大轉變。她變得健康、年輕，恢復了明亮的姿色，帶著新的期盼活著。

旁觀者的眼睛雪亮，卻也有清明的痛苦。雪雁發現濃煙的奇幻世界，過去、現在、未來全部融合在一起。一種預知未來的照見，使雪雁的心隱隱作痛，不忍再看。

她從左鼻孔吸進老婦人的痛苦，再把自己的祝福從右鼻孔吐出去傳送給她。雪雁慢慢輸送自己的愛，不帶任何條件，只希望老婦人在未來經歷痛苦時，不會再被擊倒。

等她張開眼睛，再度看到那個老婦人，老人捂著胸口，心痛如絞。如同雪雁內在的靈視，老婦人一直等待的人終於回來了，卻有了另一個心上人。

這麼多年的等待，究竟是為了什麼？如果愛情的等待最終沒有結果，那麼以前所付出、所祈求的，是不是也一樣付諸水流？

愛，是這般殘忍，這樣地自私。雪雁的心，緊緊連著老婦人的心，一起糾結著，她的眼淚，跟著滑落下來。

老婦人再度在佛前跪下，只要她一祈求，虔心唸佛，七彩的虹光就圍繞在她身旁靜靜守護。或許這樣的愛別離已歷經太多輪迴，這一世的她終於清醒地知道，即使所愛的人沒有回到她身邊，她還是有很多選擇。生命的選擇，永遠都在，只是過去幾世的輪迴，她一直執著於一種可能。

她知道，她依然愛著他。若說她不傷心失望，那是騙人的，只是今生她不再苦苦等待，不再於等待中損耗一生。

老婦人撫觸著佛珠，這串佛珠是當初他留給她的信物。老婦人唸著、撫摸著，把所有思念化為一聲聲的佛號，想他的時候就唸佛，對著佛珠說話。她知道，愛是可以放在心上的，沒有人可以從她身上帶走，她保留著這份愛的思念。

雪雁看著老婦人推開門，迎向陽光，五彩的經幡隨風飄揚，七彩虹光依舊圍繞著她。她終於不再被愛折磨，卻依然對自己的愛誠實。愛就是愛，不需要任何理由。她活在自己的愛裡，安然地度過餘生。

雪雁的眼淚滑了下來，濃煙突然不見了，她還是在原本的八廓街上，沒有移動。或許是多次進入公主柳洞內，讓她習慣了這種奇特幻象。她知道，這一切如甲木薩說的，都只是靈魂光線互相糾纏所產生的幻影。

濃煙裡的老婦人究竟是誰？她在濃煙中所見的景象，究竟是要告訴她什麼訊息？

許多複雜的心緒從她的心底冒了出來，她的腳步從八廓街往布達拉宮廣場旁的公園移動，達瓦已經坐在公園的草地上等著她。

她跑過去，心裡有顆沉甸甸的石頭壓著。達瓦看起來也心事重重，柔和而有光彩的眼睛，蒙上了一層陰影。

「喏，妳看！」達瓦拿出一張照片，黝黑的臉龐勉強露出雪白的牙齒。

雪雁望著照片，五千多米的珠峰，有一條長長的彩色經幡懸掛在高處，上頭寫著：

「我的老鷹，雪雁，飛吧！飛在屬於妳的天空裡，開心幸福地活著。不管妳飛得多高、多遠，我都能一眼認出。不管經歷多少年，幾世的流轉，我都會記得妳的眼眸、飛翔的姿態和發光的方式。」

雪雁看著自己的名字，眼前蒙上一層水霧。

接著，達瓦又拿出一張照片。照片裡的達瓦跪在納木措湖邊，做了一個瑪尼堆❶。

達瓦把雪雁摟在懷裡，雪雁從達瓦溫熱的胸膛中聽到他的心跳，跳得比往常還要快許多。

「我在納木措做了一個瑪尼堆，對著遠方的高山祈禱，從此我的靈魂有一部分就留在那裡了，因為納木措有我對愛的許諾。」達瓦停了下來，過了半晌才低低說道：

「不管在一起的形式是什麼，都不會改變我們互為知己的了解，因為那種了解是從前世延續到今生。就像在珠峰上對妳的那份祝福，五千多米的山上，雪山、清風、太陽、白雲、大湖，都會和我一起守護著妳，歲歲年年，永不間斷。」

雪雁低下頭，「達瓦，別這樣，這樣只會更難受。我知道你心裡有事，今天換我當你的父母，有什麼事就直接說出來吧。」

達瓦沉默了半晌，眼底盡是懊悔、自責。「雪雁，對不起，請原諒我。我二十歲時父母就為我安排了一個婚約，是同村的藏族女孩，我從小的玩伴。

「有幾次我想告訴妳，卻一直不知如何開口。這段時間，我向父母坦白，我想解除婚約……但為了藏族的延續，他們希望我和藏族女孩成婚，並要我去請教上師。

「上師要我——」達瓦話才說一半，就把臉埋進手心。

也許是出於女人的直覺，沒等他說完，雪雁早已知道達瓦對她的愛與迷惘，但她還是難過。她想起濃煙裡的老婦人，這樣的愛別離，她似乎已經陪著老婦人經歷了好幾世的輪迴。她靜默著，仰望天上的雲朵，明知屬於它們的命運是那一陣風，卻仍然繾綣溫存。

兩人就這樣沉默著，任由淚水從臉上滑落。達瓦沒再說話，雪雁也未再追問，似乎是早已知道的命定，無奈地被命運的流推著走，只要坐上了命定的那條船，從此就朝著愛的反向而去，再也無法回頭。

雪雁和達瓦就這樣默默的，沒有言語、沒有答案、沒有許諾，只是靜靜挨著彼此的身子，任由時間悄悄流逝，直到太陽被天邊的紅霞吞噬，兩個人的影子交纏在月光下，密縫成了一條直線。

❶ 瑪尼石堆積而成的「瑪尼堆」，在藏區隨處可見。在藏傳佛教傳統中，人們於石片、卵石上刻六字真言或佛經等，稱為「瑪尼石」；有些瑪尼石還會上色，通常放置在路邊、寺院附近或河水中。

十二　交換祕密

生命只有兩條路——成為受害者或英勇的戰士。如果你想有所行動或反應，就必須決定為自己發牌或靠運氣翻牌。如果你不肯為生命的牌局做決定，就會被它戲弄。

——默爾・雪恩

她拿出佛珠，跟著轉經的藏人一起唸佛──達瓦教她如何唸「嗡嘛呢唄美吽」，唸佛的神情，他的身影，他的笑容，他所給她的一切，一幕一幕又跳上眼簾。她搖搖頭，用力甩開這些思念，用左鼻孔把痛苦深深吸進來，和自己的痛苦深深地在一起，再從右鼻孔把對達瓦的祝福吐出去。她還是愛他的，她希望達瓦離開她之後，能開開心心地活著，如同他對她的愛。

雪雁沿著宇拓路一路走回大昭寺。她記得吉普賽老婦人提醒過她，老鷹失去力量時，可以從大昭寺金頂上凝視法輪的鹿，重新找回力量。

她隨著轉經的人潮回到大昭寺廣場前，凝視著伏跪在法輪旁的兩頭鹿，不由自主跟著跪了下來，撲倒在地上做了三個大禮拜。原本停在達瓦肩膀上的老鷹，如今又返回大昭寺，停在大昭寺的金頂上。命運的流動又把她帶回原點，會不會又是另一個起點的開始？

大昭寺廣場的柳絮，被風吹得漫天飛舞。雪雁拾起飄到身上的柳絮，軟綿綿柔順的質地，溫暖撫慰了她的心。她的目光隨著柳絮的飄浮，四處游移。柳絮是輕柔的，風吹到哪裡，就飛到哪裡，好像在告訴她，別留在原地，陷溺在情執。

她跟著飄浮的柳絮，飛離了公主柳，進入了八廓街，買了茶水、青稞酒、酥油進寺院供佛。小師父幫她倒茶、點酥油燈供佛時，老師父在一旁打鼓，接著小師父跟著一起大聲誦經，為雪雁祈福，聽得雪雁熱淚直流。

老師父慈祥地要雪雁坐在他身旁，拿了一碗麵和馬鈴薯給她吃。雪雁吃了一口，眼淚就滑了下來，幾乎無法停止。

她一邊哭一邊吃，老師父和小師父又比剛才更大聲、更用力地為她誦經祈福。看到師父那麼虔誠地為她祈福，想到達瓦，觸景傷情，又迸出更多眼淚。

等她的眼淚哭乾了，小師父用生硬的漢語問她怎麼了，是不是有什麼難題？老師父聽不懂漢語，小師父也只聽得懂一些，能講的實在有限，但雪雁卻在小小的寺院、小小的佛堂中感受到家的溫暖。

走出寺院，雪雁的耳朵還迴響著老師父的咚咚鼓聲，她的心跳隨著鼓聲規律的節奏慢了下來。呼吸慢了，步伐也慢了，一切都慢下來了。在慢中，她反而把自己看得更清楚了。

轉經的人潮像水一樣流動，雪雁不停地深呼吸，和自己的痛苦自他交換。一邊深呼吸，一邊跟著藏民唸佛，內心起伏的情緒因著唸佛、轉經輪、規律的律動，漸漸得到平息。

順著人潮的河道流動，走著走著，她再一次被推移到那棟黃色房子，看見古秀拉書店。她走進去，架上有一本藝術家小說集，隨手翻開，有篇短篇小說吸引了她的目光。

> 她的心裡住著一隻怪獸，剛開始只是小小的一團。她假裝什麼都沒發生。沒想到，怪獸竟會自己長大。她越閃躲，越不理會，怪獸就越長越快。
>
> 她怕極了，狠狠把怪獸鎖在籠子裡。哪知，鎖得越緊，怪獸的脾氣就越凶猛，終於失去控制，從籠子衝撞而出。
>
> 她崩潰了，活在每天被怪獸追著跑、隨時有可能被吞噬的恐懼中。直到有一天，她累了，心裡有個聲音告訴她：「畫吧！把怪獸和內在的恐懼畫出來吧。」
>
> 於是，她拿起水彩，用顫抖的手，艱難地畫出心裡那隻怪獸。畫中的自己，永遠被這隻恐怖的怪獸緊緊追趕。為了快速擺脫怪獸的陰霾，她決定為自己畫上一雙翅膀，希望能像

鳥兒一樣展翅高飛。

也許是太急切了，一個失神，水彩筆沾了過多的水，翅膀的顏料竟然逆流到怪獸的嘴巴。本來急欲擺脫怪獸糾纏、渴望遠走高飛的她，突然逆轉而下，被怪獸的嘴巴緊緊咬住羽毛，動彈不得。

她被這個畫面嚇哭了，眼淚奪眶而出，一滴一滴地滴在畫紙上。也許從來沒有放縱自己盡情哭過，她用力哭，不顧一切地大哭，潰堤的眼淚無可抑止地傾倒在畫紙上。等到哭聲漸歇，畫紙上的自己和怪獸早已被眼淚融成一體，分不清哪個是自己，哪個是怪獸。

剎那間，她突然看見一個奇特的合體。在怪獸的眼裡，竟然出現自己熟悉的眼眸。原來，怪獸是她自己的一部分，一直都是……

她，終於開啟真正療癒的旅程。

作者：朵拉

看到朵拉的名字，雪雁的心緊縮了一下。原來，朵拉的心裡也曾經住過一隻怪獸。

她想起咬住生命之輪的那隻怪獸。只有自己才會把自己變成怪獸。放下執著，怪獸就會不見，圓的輪迴也會跟著消失。

她得學會真正放下才行。

雪雁把第一天在公主柳遇到甲木薩，到後來進入大昭寺和達瓦相遇，所有走過的旅程，都坦白地告訴朵拉。

朵拉嘆了一口氣：「雪雁，妳太極端了，愛得太深，也恨得太深。愛與恨都是人生的大波浪，這些大風大浪會遮蔽妳的眼睛，讓妳被命運擺弄。」

「如何把自己所愛的和所恨的，好好看個清楚？」雪雁渴望找到答案。

「用清淨心。」朵拉俐落地回答，完全沒有思考。

「如何學會清淨心？」雪雁湧上一種熟悉感，有個東西重新跑回來了。

「就是甲木薩所教的一切啊。」朵拉掩著嘴，噗哧一笑。

「剛開始，我和妳一樣，只要拿起柳條，文成公主的意念加上我自己的意念，會彼此共振產生波動，引導我在柳樹下畫出一幅畫。當我心裡想著這幅畫，把柳枝放進枯槁的柳洞，就能接通柳樹內部的奇幻世界。

「我和妳不同的是，只要柳樹下的畫觸動到文成公主的心，我會直接變成文成公主，文成公主也會變成我。也就是我的身體會住著兩個靈魂，一個是我自己，一個是文成公主，這兩個靈魂會在我的腦海中互相對話。」

雪雁恍然大悟：「我和文成公主是分離的，而妳和文成公主是合一的，妳們住在同一個身體裡。」

雪雁很好奇，朵拉畫的第一張圖是什麼？

「我用手上的柳條畫了我所愛的男人拿了一個手錶，送給了我。我渴望知道手錶的意義。進了柳洞以後，地面出現了我所畫的圖畫，文成公主看了之後，就直接進入我的心裡，和我合一。」

「文成公主在妳的裡面，不在妳的外面。」雪雁懂了。朵拉畫的是自己真實的渴望，而她卻逃避了她第一眼在柳樹下看到的那雙手。如果當初她在柳樹下畫的第一幅畫，是父親的手或母親的手，或許就有不同的結果。

雪雁感到羞愧，她終於明白，為什麼每次進入公主柳，文成公主會那麼生氣傷心。從頭到尾，她都在質疑文成公主為什麼會背著丈夫愛上別的男人，而不曾真正關心過文成公主。

「文成公主是另一個妳，妳質疑文成公主，是因為妳一直質疑自己，妳和自己一直是分離的。同樣的，妳恨甲木薩，其實是因為妳恨自己。妳一直無法接納自己。妳推開自己，就會推開別人。」

雪雁臉紅了，她所犯的錯誤，讓她錯過太多的愛和成長。

「每次我到柳樹下畫圖，除了畫文成公主，也會畫我自己。我會變成文成公主走一遍她的旅程，而她也變成我走一遍我的旅程。我是她，她是我，我們分享彼此的祕密。

「這就是甲木薩教我們的自他交換。自他交換的前提是自他平等，妳和別人都住在同一個身體裡，有同樣的痛苦、脆弱和無奈，妳必須培養感同身受的同理心，才能真正進入別人的心底。否則，表面看似關心所提出的質疑，可能只是在滿足妳的好奇或揭開對方的瘡疤。」

朵拉敞開自己，直接說：「當我回到過去的記憶，畫出我所愛的男人最後送給我的手錶，文成公主問我，我希望那個手錶代表什麼意義？」

雪雁直接回答：「愛的表白。」

「妳怎麼會知道？」朵拉覷著眼，看著雪雁。

「當妳說這個故事的當下，我也進入了妳的心裡，感受了妳的悲傷和渴望，我知道妳渴望一份愛的表白。」

朵拉點點頭：「這的確是我渴望的答案。我問文成公主，為何我愛著他，他也愛著我，兩個相愛的人卻無法在愛中長相廝守？」

雪雁想起達瓦，突然一陣心酸。

「文成公主說她理解我的痛苦，她也經歷過同樣的痛苦。接著，柳洞的地面突然瞬間變成文成公主進藏的唐蕃古道，就像電影一樣。我一下子就被一種神奇的力量吸進文成公主的心裡面，陪著文成公主重新走一段她和她所愛的人初遇的情景。」

雪雁大吃一驚：「妳看見文成公主所愛的男人了？」

「我無法確定自己看到的是幻影，還是文成公主真實的人生？妳必須要知道，我們才是故事裡的主角。我們的眼睛所見，都是我們對這個世界的投射。我們都只參與了別人某一個片段的人生。」

「妳的意思是說，就算妳住進了文成公主的心裡，看見了文成公主所愛的人，妳也無法確定那個人是否真的是文成公主所愛的人。」

「眼見無法為憑，一個人有可能以為自己真的愛上了某個人，後來卻發現那不是真愛。而妳剛好參與了他們陷入熱戀的那個片段，以某一個片段的記憶去評論別人的感情，不見得是客觀的。」

雪雁頓了一下，硬著頭皮追問：「可是我還是很好奇，文成公主所愛的人到底是誰？」

朵拉噗哧笑出聲來，「文成公主當時從西安到拉薩，西行走到瑪多渡黃河，海拔四千多公尺的峽谷，地勢險峻，氣候惡劣，沒船也沒橋，卻在短短一夜之間，出現一條彩色的長橋。

「文成公主過橋時，聽到橋下傳來歌唱和歡呼的聲音，才發現她所走的橋，是由松贊干布的部下——一群穿著傳統慶典盛裝的藏族青年站在水裡，以身板當橋樁，以肩扛橋板，頂住了重重激流的衝擊，用身體連著身體所撐起來的一座人橋。當文成公主含著眼淚走過這座人橋，突然看到一名藏族青年從水裡探出頭，凝視著文成公主所走的每一個步伐是否安穩、安全，他眼裡透露出來的關心、對公主的守護，融化了當時遠離家鄉、歷經旅程艱難的文成公主。當這個藏族青年的視線，從凝視文成公主的腳，移到文成公主的臉時，正好和文成公主的視線對上了。」

「文成公主所愛的，果然是一個藏人。」雪雁在心底偷偷想著。

「兩個人因為身分地位懸殊，只能把愛情放在心裡。文成公主憶起兩個人初識的畫面，眼淚撲簌簌地湧了出來，當時她才十六歲啊。」

「這是妳用掉的第一個柳樹條節點，接下來呢？」

「接下來，我每一天都到公主柳那兒觀察柳樹。我發現，枯槁的木頭已經被鏤刻成好幾個凹洞和裂痕，每個凹洞和裂痕都代表著某種不堪、傷害和祕密。

「我拿出畫具，把樹幹的每一道裂痕一筆一筆細細描畫下來。這些裂痕表面上錯綜複雜，但真正畫了，才發現這些裂痕紋理其實是有規則的。

「很多事情都不是偶然，不會無緣無故發生。每一道生命的傷痕背後都有因果，都有蛛絲馬跡可循。我循著樹幹的每一道裂痕，去省視自己從童年到現在的傷痕，列出了當時發生的關鍵事件。因為柳條節點只有五個，所以我從自己和公主柳的傷痕地圖中，列出自己最想面對的五個傷痕，一個一個陪著自己和文成公主一起去面對。」

雪雁聽得面紅耳赤，她對文成公主的理解、面對傷痕的勇氣，遠遠不及朵拉。

「第二次到柳樹下，我畫出了一個男人的生殖器。」

雪雁大驚，這是她最不敢面對的。

「從某個角度看，枯槁的樹根很像男人的陽具。男人的陽具代表父性的威權。進入柳洞，柳洞地面顯現男人陽具的樹根後，走進文成公主的世界，我才知道，她嫁給松贊干布，只是父系社會政治利益交換下的犧牲品。

「她在瑪多走過人橋，下一站抵達青海柏海行館，松贊干布才從拉薩趕過來和文成公主會面，李道宗也來到此地為文成公主主持婚禮。新婚那一晚，文成公主才知道她是松贊干布第五個老婆，松贊干布愛的並不是她，而是自己的帝國夢，而真正能給她愛情的，反而是關心她、守護她過人橋的藏族青年。十六歲情竇初開，對愛情懷抱著憧憬的文成公主，對愛情感到幻滅與矛盾。」

雪雁終於明白，文成公主為什麼會背對著自己的丈夫，愛上了不能愛的人。當初她一直用這個問題質問文成公主，是多麼地殘忍。

她很想知道，朵拉從這個父性威權的印記看見自己的哪一部分？

「從小，父親的威權讓我又愛又恨。我受著父親的保護，卻又想逃離保護，過我想過的生活。我越想逃離父親，就越無法逃離，我沒有能力為自己做決定。在父權的威嚇下，我縮小了自己，往後在人生最需要做決定時，我總是怯懦，失去力量。這就是為什麼當我所愛的男人離開我時，我不知如何留住他，不敢說出自己真正的渴望和需要。

「甲木薩要我和父親做自他交喚，『我是父親，父親是我。』我試著住進父親的心裡，用他的眼睛看世界，感受他的恐懼、悲傷和渴望。然後問我自己，如果我也有同樣的痛苦，會有什麼感覺。

「忽然間，我感受到，父親表面上對我嚴厲，內裡其實藏著害怕失去我的恐懼。我的母親在我年紀很小時就過世了，父代母職的他，希望給我最好的照顧和保護。愛的掌控，原來是害怕失去的脆弱。

「從對父親的嚴厲掌控不諒解，到感受父親恐懼失去的脆弱，一次又一次的自他交換，我一次比一次更深入父親的內心世界。最後我竟發現，父親嚴厲掌控的背後，是因為他童年也曾經失去母親。從失去慈愛的母親，到失去愛的伴侶，父親從來不知道如何面對失去摯愛的悲傷，只好牢牢抓住自己的女兒，鞏固他的安全感，掩飾他的脆弱。」

雪雁終於明白，朵拉為何能陪伴她打開童年的記憶、還原成小孩，因為她也這樣深深地走過。

「甲木薩告訴我，我們對所愛的人，都有難以改變的成見和慣性的依賴。她要我捕捉瞬間跳上心頭對父親的同理，繼續冥想更多與父親相處的細節，擴大這份愛的理解，深化對父親的慈悲心，直到對父親的愛深深扎進我的心底。

「接著，甲木薩要我想像父親就在我面前，我握住他的手，抱住他老邁的身體，像呵護小孩一樣呵護他，陪他回到童年去面對失去母親的無助，以及到了壯年卻失去另一半的打擊，在父親最痛苦時給出那份已經在我心底深化的愛。最後，讓父親變成我，用我的眼睛觀看這個世界，請求父親給我一雙自由的翅膀，放開我的手，放開對我的牽掛，讓我自由飛翔。

「我花了很長的時間，反覆在腦海和父親自他交換，直到父親對我全然放手，就像真實的情景已經出現在我的腦海裡。剛開始，感情很模糊，夾雜很多矛盾的情結，一下子能理解父親，一下子又把父親的愛推翻，一下子又充滿悔恨，自我懷疑。瞬間湧動的理解，就像閃電般稍縱即逝，一不小心又會掉進慣性的思考和成見之中。甲木薩要我對內在的感覺誠實，失敗了再從頭，不斷釋放痛苦，說出真正的渴望，反覆在心裡冥想自己最想要的結果，持續深化各種細節，直到渴望變成清晰的畫面出現在眼前。於是，我就帶著這份全然的理解和已經完成的功課，返回陝西和我年邁的父親和解。」

「妳不是說妳父親已經過世了？」雪雁清楚記得朵拉提過。

「雖然父親過世了，但對我的影響還在啊。我回到出生地，到父親的墓前告白，把愛的渴望說出來。這是一種完成，一種成長的儀式，象徵自己已經獨立長大。」

「如果妳返回故鄉和父親和解，父親卻仍舊是那個固執的老人，不願意改變，也沒有絲毫改變的可能，怎麼辦呢？」雪雁還是很害怕自己做了很多努力，最後回到家鄉，仍然無法改變父親和母親。

「重點是妳自己已經改變，妳和過去的妳已經不一樣了。即使父親已經是個老人，也有他自己的課題需要去面對，妳無法代替父母完成他們的人生功課，妳只能完成妳自己的功課。最重要的是自己，妳已經完整了自己，長出新的能量過自己的人生，就算父母親不願改變，妳也不再受他們影響，而能展開自己全新的旅程。」

雪雁豁然開朗，說道：「我更明白甲木薩的教導了。就算是回去向父親告白的過程中，又被父親牽動了什麼情緒，也是自己的功課，表示自己還有些關卡沒走完，才會被父親的波動糾纏。如果父親內心仍然有波動，而自己卻能讓那些波動從心頭如如不動地通過，表示通過了父親帶給自己的考驗，兩個人的業力已經消除了。

「妳已經用掉了兩個節點，那第三個節點呢？」雪雁越來越清楚自己能做出什麼樣的改變。

「我發現柳樹的枝條細長柔軟，先是往上長，長到一個高度之後就會垂下來，尾端還會結成細長的花穗，風一吹，就像飛揚的翅膀。

「我想著，人就像柳樹一樣，一直往上長，最後都是為了飛翔。那麼，屬於文成公主往上飛揚的生命是什麼？她想要怎麼飛？她的夢想是什麼？她可以擁有自己的夢想嗎？

「我腦海裡突然冒出一首關於柳樹的詩：『皚皚白雪山上飄，嫩綠柳芽山下發。』柳樹的生命力很強，其他植物還在冬眠沉睡，柳樹就已經悄悄萌芽。

「接著，我又想起詩人華茲華斯的〈早春之歌〉：『像要捕捉輕拂的微風，發芽的細小枝條打開扇子／那裡一定藏著喜悅，我不禁如是想。』於是，我試著模擬兩首詩裡的情境，在柳樹下畫出柳樹的新芽所含藏的喜悅和生命力，然後把柳條放入柳洞，企圖了解文成公主的夢想，還有文成公主的內心藏著什麼喜悅。」

雪雁一方面好奇文成公主的夢想，一方面又感動於朵拉對了解一個人所做的努力。

「再次進入柳洞後，我發現文成公主根本不喜歡當藏王的老婆，也不喜歡命運加諸她身上的任務。文成公主只是想和她所愛的人，平平靜靜在一起生活而已。」

「文成公主還繼續愛著守護她過人橋的藏人嗎？」或許是因為還想著達瓦，雪雁總是心繫文成公主和那個藏人的結局。

「文成公主默默把那份愛放在心裡，那是她隱藏未萌發的喜悅，她為偶爾還可以見到那個藏人、為那份愛而活。」

「妳呢？那個離妳而去的男人，後來怎麼了？」雪雁突然想到，上次朵拉沒有把這個故事講完。

「我活在他可以再回來找我的虛幻夢境裡。第三次進入公主柳的柳洞內，我發現，自己和文成公主都活在一個不切實際的夢境裡。」

「甲木薩怎麼說？」雪雁突然冒出甲木薩嚴厲犀利的臉。

「甲木薩要我讓這個隱藏未萌發的夢想重新發芽，變成真正的快樂。這對我來說有點艱難，因為我並不知道我所愛的人去了哪裡，會不會再回來，他離開我的時候並沒有留下任何聯繫的訊息。

「甲木薩要我回到我和他第一次相遇的地方。

「年輕的時候，我在陝西關山草原經營玫瑰花園。我所愛的那個男人，每次路過時，都會向我買一束玫瑰花，然後再把他買的玫瑰花送給我。他說，不同種類、不同顏色的花，會帶來不同的生命訊息。」

「玫瑰花代表什麼訊息呢？」雪雁想起了她和達瓦夢中的花園。

「愛的訊息。」朵拉好像回到初戀，臉上泛起了紅暈。

「他送妳什麼顏色的玫瑰花呢？」

「每一次都不同顏色。他說，粉紅色玫瑰會讓一個人多愛自己，全然地接受自己；紅玫瑰代表愛與熱情，把紅玫瑰放在胸前，會增強愛的勇氣和行動力，把愛吸引到面前；白玫瑰可以淨化負面磁場，讓人感到安心並受到保護；黃玫瑰則具有穩定、釐清思緒的作用，可以安定自己，保持平衡，拿回自己的力量。」

「為什麼他最後選擇離開呢？」雪雁還是不懂。

「他最後一次來找我時，說他和我都是有傷痕的靈魂，兩個受傷的靈魂在一起不會幸福。他想去療癒自己的傷痕，或許有一天他發現自己真的可以帶給我幸福時，就會回來找我。他送了我一束紅玫瑰，他說，第一次看見我就覺得我像紅玫瑰。玫瑰花束裡有一個手錶。」

朵拉說完，陷入一陣沉默。雪雁不知如何安慰朵拉，就如同她還不知道如何面對達瓦一樣。

「他離開之後，我再也無法經營玫瑰花園。甲木薩要我回去那個我和他相遇的地方。」

「妳真的回去了嗎？」雪雁心裡微微刺痛。

「十年了，那個地方已經一片荒蕪，回想過往的一切，我淚濕衣襟。我突然很想把雜草全部割除，或許可以找回一絲絲的平靜。

「面對傷心的回憶，一邊勞動，一邊清理，流汗流淚其實也是情緒的釋放。就在我汗流浹背、筋疲力盡之際，突然在雜草堆中看見一朵紅玫瑰花靜靜地綻放。不管周遭多麼雜亂，不管有沒有被看見，它依然靜靜吐露自己的芬芳。

「我看著那朵紅玫瑰，淚流滿面。被埋藏在雜草中的紅玫瑰，好像一直在等我。紅色是我最喜歡的顏色，或許我等待的不是我的愛人，而是我自己。

「後來，我繼續清除雜草，居然發現，紅玫瑰的上方還有一個小花苞。那個即將盛開的花苞，好像在告訴我，我應該要為自己而活，努力開出自己的花苞才對。」

「第三個節點用完了，妳怎麼運用第四個節點？」雪雁好想知道最終的結果。

「運用第四個節點時，我注意到公主柳的旁邊有瑪尼石，還有護法的神像，這意味著文成公主身邊有守護者。」

「文成公主的守護者是誰呢？」

「母親。」

朵拉的答案，讓雪雁感到訝異。「文成公主終生都沒有回長安，拉薩和長安距離那麼遠，母親能用什麼守護文成公主？」雪雁很難想像。

忽然間，她的腦海靈光一閃。「是柳條！」

朵拉點點頭：「柳樹的生命力很強，插枝就能存活。柳條，是文成公主的母親送給她的，一個母親送給女兒柳條意味著什麼呢？

「如同我跟妳說的，樹的根鬚是一個記憶庫。妳永遠不知道，樹在土地的下面，在妳看不到的地方，用它們的根鬚深入到地底下多麼深、多麼遠的地方。樹的身上有各種毛孔，

我好像掉入了深淵，陷入失序的混亂，毫無意識地任由一股陰暗的力量擺弄。」

「天吶！妳和文成公主一樣四分五裂，跟著她一起發瘋了嗎？」雪雁嚇了一跳。難道她在公主柳裡看到的，只是還沒發瘋的文成公主？再仔細回想，文成公主的情緒反覆無常，陰晴不定，晚年若真的精神錯亂，倒也有跡可循。

雪雁算了算，文成公主和松贊干布才相處九年，松贊干布死了，她大可更放鬆地去愛她所愛的人，為何還會愛到讓自己發瘋？愛到發瘋的愛，算是真愛嗎？或者文成公主根本不懂什麼是真愛？

另一種可能是，松贊干布死後，默默守護藏地三十年的文成公主，發現自己愛的並不是丈夫，而是守護她過人橋的藏人。這株愛苗在她初來藏地時就已開始滋長，文成公主會不會因為發現自己從來沒愛過松贊干布，又無法和自己所愛的人在一起，最後才會發瘋呢？

雪雁跟著朵拉陷入混亂，推想各種可能。突然想到甲木薩無所不能，幾乎沒有一件事難得倒她。「甲木薩呢？妳有沒有向甲木薩求助？」

「我在一片混亂中從柳樹洞出來以後，並沒有見到甲木薩。甲木薩不見了，我的柳條節點當時也用完了。我不知去哪裡才能找到甲木薩。」

「妳的神識怎麼恢復正常的？」雪雁彷彿身歷其境，經歷了同樣的驚恐，心有餘悸。

「從柳樹洞出來後，我一直看到各種奇幻的色彩，這些色彩又幻化成各種無盡的輪迴。有一條蛇從我的腳底進入我的體內，接著我變成了鷹頭人身的怪物，長出根鬚，像一棵樹一樣飛速地往上成長。我在這些恐怖的幻象中，努力保持最後一絲清醒，把這個恐怖的幻象畫出來。」

朵拉從背包拿出那幅圖畫。雪雁湊近身子一看，看見了那條蛇、老鷹的眼睛、飛翔的翅膀，背後的山丘像西藏，也像她台南山上的故鄉，而身體上那些大大小小的圓圈，就像她來西藏所畫的鏡子和無盡的輪迴。她彷彿看到自己，嚇得退後三步。

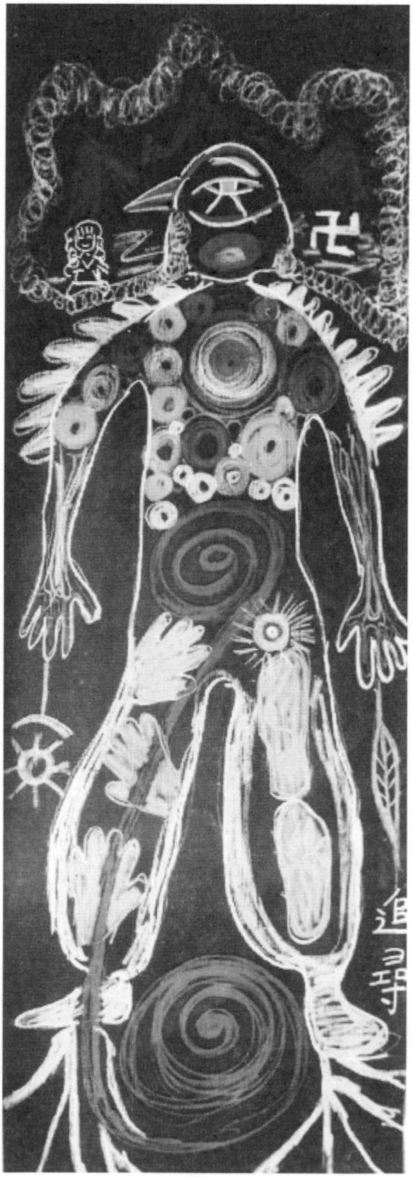

「這就是後來妳寫了那篇怪獸的療癒小說的原因？」

朵拉點點頭，說道：「我深知，進入柳樹的奇幻世界，在那個凍結的時空裡，我是文成公主，文成公主也是我。如果我沒有療癒自己，就無法療癒文成公主。

「我不知道如何面對自己心裡那頭怪獸。我跪在大昭寺廣場上，祈求佛菩薩救救我，當時我很怕自己真的會發瘋。我一直哭，做大禮拜也哭，回到旅店又繼續哭，幾乎把眼睛哭瞎了。

「最後，我閉著眼睛想起甲木薩的教導。甲木薩總是強調，要為自己的人生負責，會發生這麼痛苦的事，一定有原因，一切都是自己召喚來的。

「我用甲木薩教我的方法，好好呼吸，做自他交換，讓自己靜下來，用真心轉換妄心。」

雪雁想起自己的旅程，將心比心，又想到另一種可能，說：「文成公主會愛一個人愛到精神錯亂，一方面是她太寂寞、太孤獨了，從來沒有人真正了解她。或許是文成公主沒有自己，不清楚自己為何而活，才會精神錯亂。」

朵拉點點頭：「文成公主發瘋是真是假，我也懷疑過。後來我跑去山南問了當地的藏人，他們說，文成公主晚年住山南，衣服不知怎麼地突然反著穿，到現在山南的藏族還維持著文成公主晚年藏服反穿的習俗。藏人一向敬愛文成公主，加上心地善良，不想用精神錯亂來解讀文成公主，而選擇和文成公主一樣把衣服反著穿，陪著文成公主在山南度過最後的餘生。」

「在沒有甲木薩的陪伴下，妳怎麼走過這段混亂失序的旅程？」雪雁看著眼前的朵拉，她是一個如此甜美的女人，不管什麼時刻、用什麼角度看，她都保有寧靜美好的姿態。她究竟是如何一步一步走到現在的？

「在我精神瀕臨分裂、失去自己的當下，我想起甲木薩說過，為自己所經歷的痛苦發出利他的願望，把心量放大，痛苦就會減低、轉移，出現不可思議的力量。於是，我就在心底許下一個願望，祈請上天幫助我療癒這份痛苦，我發願療癒所有和我一樣為情所苦的人，把他們從感情的泥沼帶出來。」

「妳怎麼做？」雪雁很感動，原來她是朵拉願力的一部分。

「一開始，為了釋放痛苦，我讓自己盡情哭泣，直到稍微平復時，我發現眼睛劇烈地疼痛。我閉起眼，既然無法往外看，我只好往內看，用耳朵取代眼睛去感覺周遭的變化。

「少了眼睛往外飛馳，多了向內的收攝專注，我意外發現心裡的雜訊變少了，突然變得好清淨、好寧靜，靜到像乾淨的水面完全沒有任何漣漪時，我好像被帶進一個很深的地方，心裡某個開關被打開了。

「我的腦海突然迸出一個畫面，我看見前世的自己。

「我看到自己在草原牧羊，看到自己是一團光，守護著山上的生靈，也看到自己曾在小木屋、石頭屋裡等待著我所愛的人歸來。我曾是一個等不到愛人歸來便負氣而走的女孩，也曾是一個因為戰亂和愛人分離，年老孤苦無依躺在病床上，為愛追悔的老婦人。原來，我從來沒有勇敢追愛，只是被動地等愛，受到各種情愛的折磨，就像文成公主愛一個人愛到發瘋，差點失去自己。

「好多時光軌道在不同的空間維度同時並行，互相交融，同步運轉著。那麼多個我，竟然都是同一個我，原來我們累生累世的記憶會儲存在阿賴耶的細胞記憶中，造成過去的能量迴流，影響這一世的生活和決定。

「當我走入時光隧道，回到小木屋和那個為愛負氣而走的女孩說話，回到石頭屋安慰那個年老多病的婦人，我驚訝地發現，所謂的我，那個靈魂的我，並沒有真正死去，只是換了個軀殼，學習不同的『人』生。

「這些奇妙的經歷改變了我，讓我整個人沉靜下來……

「我知道，靈魂的那個我會一直這樣活著，甚至在未來另一個維度的空間，也會像我這樣看見自己這一世的人身。

「我告訴自己，不要讓未來那個我看著這一世的我繼續為情所苦，為愛追悔。」

雪雁終於把甲木薩的教導整個串連起來。「甲木薩常常反覆提醒我，所有的經歷都儲存在我們的阿賴耶。這些細胞記憶在某個時刻、某個因緣，當業力被觸發之後，就會發出靈魂的光波，尋找它想尋找的人，產生一種能量廻圈和光波的糾纏，一遍又一遍地顯現。」

朵拉很有同感：「甲木薩說得沒錯，前世，其實是一種能量廻流。過往沒有走過去的能量，重新回到妳的心版上，也許前一世是妳的丈夫，下一世變成妳的老師，或成為最好的朋友默默守護妳。一樣的功課，重新排列組合，換個樣貌，再回到妳面前。也許讓妳心碎、讓妳牽掛，或讓妳痛不欲生，其實都只是再讓妳經歷一次兩個人沒有過去的糾結。

「我突然意識到，只有我自己才能進入自己的細胞記憶，重新更新，改變能量廻圈的運轉模式。

「如何讓前世那個負氣而走的女孩靜下來，沉澱自己，重新觸摸自己的愛？如何讓失去所愛、年老多病的婦人，情意真切地體認她所愛的人也許從未遠離，只是在另一個時空換不同的方式守護她？這才是自己真正的功課。」

朵拉的眼神透射著生命的明晰，雪雁卻突然意識到自己犯過的錯：

「妳怎麼知道，妳所看到的真的是妳的前世，而不是妳自己胡思亂想？」

朵拉覺得雪雁這個問題問得很好。

「生命是相續的，所有的記憶檔案都在妳之內，而不在妳之外。當生命回歸平靜，回復一種很安靜、明晰而清澈的狀態時，妳對自己會有更深的看見。這和胡思亂想迥然不同。胡思亂想的時候，妳的腦袋是糾結的，內心就像湧動的波浪般混濁，無法安定。生命的明晰，就像乾淨的湖面映照萬物，不用腦袋費力思考，就能輕輕鬆鬆自然照見。

「這種靈魂的照見，就像電視劇的分鏡，妳和前世的妳是同步的，妳做什麼，她就做什麼。前世的習氣會影響妳今生的行為，從妳今生的生活狀況，妳的個性、執著、愛好、思想，其實就可以推測前世的妳是什麼模樣。

「如果今世的妳沒有注入新的能量，妳就會被前世的自己困住，只是重複同樣的思考和行為模式。如果妳老是被同一個人、同一件事、同一個習氣所折磨，就會失去妳今生再來地球投胎，和某個人再相遇一次的意義。

「這種回到前世，和自己重新相遇、對望、說話，就像站在某個高處重新凝視自己，啟動某個能量場，改變某個命定，重新拾回自己的力量。就像甲木薩說的，自己為自己負責，妳還是命運的主人。」

「要怎麼做？」雪雁的眼睛亮了起來，也許她和達瓦、和父親與母親，已經在愛的渴望與失去、理解與誤解中，反反覆覆折磨了無數個前世。

「回到過去的那一刻，和自己，甚至和前世所有相關的人事物溝通，即使只是在心裡默默地說，也能為過去的細胞記憶注入新的音頻振動。只要妳有意願，付諸行動，就能帶入光、帶入愛，讓過去受傷的細胞記憶轉化更新。」朵拉的眼眸重新迸出愛的火花。

「我從自己對自己安安靜靜的凝視，才知道，為什麼我的前男友一看見我就送我紅玫瑰。紅色，是轟轟烈烈的愛，也是血淋淋的傷痕；紅玫瑰，是我和他前世的印記。

「我也終於明白，為什麼今生的我老是把自己打扮得美美的。我所走過的每一個地方、存在的每一個時刻，我都希望每一個人因著我的存在而得到幸福。原來，潛意識的我，一直在等待前世的愛人回到我身邊，我時時刻刻這樣準備著。」

雪雁想起達瓦到拉姆拉措湖才看到前世的記憶，吉普賽老人則透過水晶讀取她的記憶；而朵拉如何不靠外力，靠自己的力量看見前世的自己，且不僅僅只是看見，還療癒了前世和今生的傷？她再度提出困惑。

「學習和自己對話。今生妳所喜歡的，可能就是前世留在細胞記憶的氣味，只要妳學習和自己對話，校準自己的心，活在妳所熱愛的事物中，妳很快就可以找到妳想找的東西，甚至療癒從前世帶來的傷痕。」

朵拉說著，眼睛又往下垂，雙腿盤坐。

「先練習在一天結束之後，和自己對話。左鼻孔吸氣，把一天的痛苦吸進來；右鼻孔吐氣，把美好的能量呼出去送給自己，做能量的轉換。

「妳必須先練習，清楚地知道妳因為什麼事情痛苦，先和那個痛苦在一起，感受那個痛苦，並發願不再讓它繼續折磨自己。接下來，給自己一個指令，妳要怎麼做才能讓自己過得更好？讓妳渴望的影像清清楚楚地在腦中反覆演練，直到那個信念內化到妳的心裡最深處。

「從一天開始練習和自己對話，辨識自己的喜怒哀樂，做出改變。慢慢地延長，妳可以回溯到一星期前的某個不舒服事件，和心裡那個不舒服對話，用好的能量去轉化負面能量。慢慢地往前推進，妳就可以更熟練地用今年的自己檢視一年前的自己，看看是否有改變成長、有沒有什麼負能量需要釋放。再繼續深入，和五年、十年、二十年前的自己說話，問當年的自己有沒有什麼遺憾是現在的自己可以努力圓滿的。一步一步，漸進式地療癒自己，把美好的能量帶回過去，妳就有辦法回到童年面對兒時無法面對、也沒有能力面對的事。就像妳當初用樹式回到生命最初的源頭，重新思考為什麼妳要來到這個家庭一樣。

「抵達生命源頭之後，再前進一點，就是妳出生以前，也就是妳的前世。如果妳能從一天、三天、五年、十年、二十年……一點一滴清理自己、整理自己，對自己的渴望和欠缺，以及造成妳有這些渴望和欠缺的原因都清清楚楚，那麼妳想了解自己的前世，和前世的自己自他交換，就一點也不是難事。

「因為妳此時的生命，已經因妳的清理、整理而日漸明晰，這個時候，妳想知道的影像，只要妳召喚它，就像乾淨的水面直接映照在妳的心裡。只要妳一動念，甚至不動念，就會自動來到妳面前。

「生命是相續的，過去、現在、未來都在同一個生命的流裡互相交融、彼此影響，說不定，當妳把現在的自己過得很好，妳就再也沒有欲望去讀取前世的記憶了。」

「所以，前世的記憶或過去的記憶，其實並沒有那麼重要？」

「重要的，永遠是現在，這個當下。妳能好好活著，活得開心幸福就行了。如果妳刻意去追溯前世，故意去擾動一些記憶，自己卻還沒準備好去面對，反而會越攪越亂。遵照內心的聲音，順著自己成長的流走，如果前世的記憶需要讓妳知道，也會自己跳上來找妳。妳所尋找的東西，它也在尋找妳。放心，緣分來了，時間到了，妳和前世的妳相遇了，妳自己一定會知道，就像清澈的湖面自然映照萬物。這種自然的知道，反而是最好、最安全的。」

雪雁想起她在還沒有準備好的情況下，就去找吉普賽老人讀取過去的記憶，最後還怪罪起甲木薩，把甲木薩狠狠推開。她突然覺得很對不起甲木薩，在心裡默默跟她說了對不起。

「後來妳如何療癒那個深山病重的老婦人呢？」

「有一天，我突然在某條花園小徑發現一種很特別的小花，它的粉紅色花苞像是一個小子宮，呵護著一個小生命、一份小渴望，讓我好喜歡。

「後來，我才知道，那朵小花叫豌豆花。豌豆花是圓滿人心願的小花，只要把心中的願望融入豌豆花，想像妳的願望已經圓滿地融入妳的生活，並信任它們的到來。就像當初療癒我和父親的關係一樣，只要在腦海把妳想要的結果化為清晰的影像帶到眼前，宇宙就會呼應妳的願望，把妳想要的結果真的帶到妳的面前。

「於是，我捧著豌豆花，在心裡連結那個失去所愛的深山老婦人。我想著，這一世的我情執那麼重，一定跟前世老婦人的情苦有關吧！明明都是同一個我呀，只要我過得好，把療癒能量傳到她的心版上，過去、現在、未來的我都會同步活出美好的樣子。

「我想像自己捧著一束豌豆花，送到深山老婦人面前，希望她的心像花苞一樣重新綻放。然後，送出一道光，暖暖地照在她的心版上，幫助她啟動內在的能量自我修復。

「然後，我跟老婦人說，我是未來的妳。生命是相續的，如果你們彼此思念對方，你們的靈魂光線就會搜尋對方、發出訊號，重新產生連結。未來的妳和未來的他，一定會在某個時刻，再度相逢。

「生命的版本是有辦法改變的，當妳把自己照顧得很好時，生命就會按照妳的渴望和心念重新編排，在妳看得見或看不見的地方，以神祕的方式產生美好的連結。

「老婦人的眼睛充滿了淚水。她的淚眼透射出希望的光線，我讓她再度相信，她所思念的人會用另一種形式活在她的心裡，或許化作風、化作雨，化作一朵花、一隻鳥，穿越時空和她相會。如果她不打開自己的心窗，不推開門，就不可能知道她所愛的人其實已經在屋外，在某個角落等著她。

「我不停和老婦人說話，給她溫暖，給她光。後來，老婦人終於推開門。陽光露臉了，溫暖的光線射進陰暗的屋裡，射進她的胸口。當微風輕輕拂過她的臉龐，我看見她重新展開笑顏，展開新的生活。」

雪雁聽到這裡，心裡也跟著一同歡呼。

朵拉的眼眸和老婦人一樣閃動著淚光：「也許在我的心裡，也一直住著這位老婦人，在深處糾結，影響著我。我不願意再成為那樣的老婦人，也害怕自己今生沒有改變，年老的我會變成那樣的老婦。當我鼓勵那個老婦人的同時，其實也在鼓勵現在的我。

「過去、現在、未來的軌道其實是同步的，或者可以這麼說，過去、現在、未來其實都在同一張生命之網上，沒有所謂的時間、空間，只是隨著心上的意念同時更換生命的劇本。我們在生命的每一刻，都有可能用明晰的照見跨越時空，看見過去、現在、未來的自己；療癒過去傷痕的同時，也療癒現在的自己，同步改變未來。」

「療癒前世的老婦人之後，現實的妳做了什麼改變？」雪雁猜想，一定和朵拉目前所做的一切有關。

「通過愛別離的考驗，是我今生的課題，在我修復自己的過程中，我想起自己和所愛的男人有一個共同的願望，就是為年輕人蓋一間青年旅舍，作為他們旅途的休息站。旅館一定要有露天花園，種滿了我和他最喜歡的紅玫瑰。」

「為什麼選擇西藏，而不選擇關山草原？」

「因為我所愛的男人最大的夢想，就是晚年可以住在西藏。他喜歡西藏的純淨，大山大河、善良純樸的藏人，他認為生命所有的美好都在西藏。」

「難道妳真的在西藏等他，直到老年？」雪雁問著朵拉，又想起濃煙裡的老婦人。為什麼會這麼巧，剛好她和朵拉一樣，都看到一個受情愛折磨的老婦人？或許同頻率的靈魂都會互相聯繫、互相吸引吧。

「這並不是故事的結局，事情有了變化。」朵拉點了一盞酥油燈。她的眸子望著遠方，小小的燭光映入她的眼簾，像鑽石般閃閃發亮。在四周朦朧的暗影中，她的面孔閃閃生輝。

暮色近了，作為一個聽故事的人，雪雁的生命好像跟著朵拉走入絕境，卻又在暗夜中看見新的火光。

十三　謎中謎

或許我的心包有一層硬殼，能破殼而入的東西是極其有限的。所以我才不能對人一往情深。

——村上春樹

朵拉跟雪雁說，當她療癒了自己，第一個想到的，就是療癒發瘋後的文成公主。「生命在關鍵的時刻，常常會出現不可思議的巧合。」但朵拉柳條的節點已經用完了，要如何才能再進入公主柳呢？

朵拉一邊苦思，一邊前往公主柳，在途中遇到入住旅社的一個留學生，正在八廓街的長椅上曬太陽。他微閉著眼，手上拿著一本諾貝爾文學獎得主詩集。

他一看見朵拉，便站起身來，說：「朵拉，妳來得正好。我讀了辛波絲卡的詩〈與石頭交談〉，有個問題一直想不透。」

朵拉接過書，一看：

我敲了敲石頭的前門。
「是我，讓我進去。
我想進到你裡面，四處瞧瞧，飽吸你的氣息。」
「走開。」石頭說。
「我緊閉著。即使你將我打成碎片，
我們仍是關閉著。

你可以將我們磨成沙礫，我們依舊不會讓你進來。」

我敲了敲石頭的前門。

「是我，讓我進去。

我是出於真誠的好奇。唯有生命才能將它澆熄。

我打算先逛遍你的宮殿，再走訪葉子、水滴。

我的時間不多。我終必一死的命運該可感動你。」

……

「我不會讓你進入。」石頭說。

「你缺乏參與感。其他的感官都無法彌補你失去的參與感。」

……

「如果你不相信我，」石頭說。

「去問問葉子，它會告訴你同樣的話。

去問水滴，它會說出葉子說過的話。

最後再問問你自己頭上的毛髮。」

……

我敲了敲石頭的前門。

「是我，讓我進去。」

「我沒有門。」石頭說。

留學生皺著眉頭苦思，說：「這究竟是詩人的想像、比喻，還是我們真的可以進入水滴、葉子、石頭，甚至是一棵樹裡面呢？」

這個留學生的提問，像瞬間竄出的火苗，直接點亮了朵拉的盲點，她心想：「如果詩人可以進入石頭、水滴、葉子，為何我一定要藉助神奇的柳條才能進入柳樹呢？」

她開心地對留學生說：「這不是詩人的比喻，是我們真的有辦法進入一棵樹裡。人與萬物都是互通的，根本沒有門，只有心門。是我們自我設限，才會產生障礙。」

朵拉火速趕往公主柳，希望能再見文成公主一面。她深深吸了一口氣，再緩緩吐出一口氣。「我是柳樹，柳樹是我，我和柳樹是一體。」

念頭一動，朵拉瞬間融入了柳洞。讓她驚訝的是，當她進入柳洞以後，看到的竟是甲木薩。甲木薩不只變年輕了，還變成一個十六歲的妙齡女孩。即使她變得如此年輕，朵拉還是認得出她是甲木薩。仔細一看，十六歲的甲木薩居然和她當初看到的文成公主有點神似，甚至比她當初看到的文成公主更年輕、更漂亮。

她問甲木薩，文成公主到哪裡去了。

甲木薩居然回答：「我就是文成公主。」

原來，文成公主晚年發瘋後，和自己分離了。她的靈分裂成兩個碎片：比較混亂的部分，化現為甲木薩；某部分美好的特質，則留存在柳樹根，保存了文成公主十六歲初嫁松贊干布、想要守護藏地的善良質地。這份善良的特質，讓公主柳即使在文革時枯槁了，底下的根鬚仍然強韌地抓住土地，守護藏地，不願意倒下。

由於甲木薩化現的能量比較粗糙沉重，回不去柳樹根裡面。甲木薩一直在柳樹下等待有人能看見公主柳的傷痕，只要柳樹裡的文成公主擁有療癒痛苦的能力，就能自行整合分裂的靈魂碎片，這樣她就可以進入柳樹裡和文成公主結合，恢復完整的靈體，自由進出柳樹根。

朵拉想起甲木薩當初在柳樹下引導她撿起柳條畫畫，進入柳樹的內心世界看見文成公主的一生，她終於明白這一切的來龍去脈。甲木薩一直在柳樹旁等待一個懂她的女孩出現，讓她有機會重新進入柳樹根，回復生命的完整。

甲木薩說：「這段時間，我一直住在妳心裡，和妳一起回到生命的源頭療癒自己，妳的旅程就是我的旅程。」

朵拉驀然明白，柳條一直放在她身邊，和她在一起，從來沒有分開過。柳條一直存在著文成公主——或應該說是甲木薩——的力量。所以，她能夠如此輕易地再進入柳洞，其實某部分還是藉助了甲木薩的力量。

雪雁聽著朵拉描述經過，回想起過往和甲木薩相處的點滴，她對甲木薩那一絲絲的懷疑，仍然沒有放下。「這麼說來，甲木薩是有目的地接近我們，甚至故意引發我們的痛苦。表面上教導我們如何穿越痛苦，其實是為了她自己。」

雪雁心中思忖，或許她能如此神奇地進入那團濃煙，也是因為甲木薩的緣故，因為她也隨身帶著那根柳條，從來沒有離開過。她再次拋出自己的疑慮：

「我就說吧，甲木薩真的是騙子。妳難道沒有懷疑過她？」

「沒有。」朵拉斬釘截鐵地說，「所有的一切都是自己召喚來的。我知道自己走了這麼一大圈，其實不能怪甲木薩，是我自己引發了阿賴耶的細胞記憶，創造了一個迂迴的生命版本，我終於學到自己該學的。

「後來，我深深地感謝並擁抱甲木薩。走出柳洞後，竟發現枯槁的柳樹根冒出一根新芽。」

「有嗎？我怎麼沒看到？公主柳明明是一棵死寂的樹。」雪雁想著，昨天才剛去過公主柳，什麼也沒有改變。

「妳的眼界、心靈敞開的能力和修行的工夫，還看不到那一棵小芽。」朵拉意味深長地望著雪雁。

雪雁還是一團迷霧，問道：「之後呢？妳還有繼續走入公主柳和甲木薩見面嗎？」

「離開甲木薩之後，我回到飯店，但有個疑問我一直無法理解。如果文成公主一直在我心裡面陪我走過這段療癒的旅程，為何她知道我如何療癒自己，我卻沒有融入她的旅程？我和文成公主是一體的，但我並不知道文成公主發瘋後如何療癒她自己。」

雪雁想起甲木薩奇幻多變的眼眸：「以甲木薩的個性，一定是故意留下一個謎，讓妳自己去找到答案。」

「我靜下來思考，甲木薩若是文成公主發瘋之後的靈魂碎片，如果我把自己再度融入變成怪獸的世界，把自己變成甲木薩，那麼，我就可以用怪物的眼睛看到文成公主發瘋後如何療癒、整合自己的心路歷程。」

雪雁對朵拉的勇氣，感到由衷的佩服。

「不要害怕黑暗的力量。這剛好可以測試自己，如果我真的癒合了，黑暗的光波就無法糾纏我；如果我的內在還有什麼陰暗面和光波產生糾纏，剛好可以再做一次清理。」

朵拉再一次拿出當初瀕臨發瘋時所畫出的圖畫，她想著，這個圖畫一定藏著什麼祕密。

她注視著鷹頭人身腳底下的根鬚，忽然想起柳樹都長在水邊。拉薩大昭寺本來就是一座湖，不是嗎？

「拉薩有個傳說，松贊干布迎娶文成公主為妻後，文成公主通曉陰陽五行，觀測推算出整個西藏處於仰臥的魔女身上，而大昭寺所在的湖泊，正好是羅剎女的心臟，湖水乃是魔女的血液。因此，文成公主建議松贊干布在此安置釋迦牟尼佛神像，填湖建寺，鎮住魔女的心臟，另外再修建十二座寺廟，鎮住魔女的四肢和各個關節。」

朵拉再次攤開她當初所畫的圖。

「在我畫的圖上，有個女孩就在這個鷹眼人身的左肩上。鷹眼人身的左肩，就是當初為了鎮壓魔女的左肩而建的昌珠寺。那個女孩應該是文成公主發瘋後返回昌珠寺療癒內在的小女孩。

「女孩的位置在山的南側，山南是藏族的發源地，也是松贊干布的故鄉，文成公主晚年住在山南，後來也和松贊干布一起長眠在山南的藏王墓。所以我想，能夠解開文成公主真正謎底的地方，應該就是山南的昌珠寺。」

朵拉說到這裡，突然停下來看著雪雁，她的眼神蒙上了一層哀傷。

「到了山南昌珠寺，和文成公主當時的能量連結後，我終於知道文成公主當時為什麼會發瘋。」

雪雁心想，一定是無法忍受的椎心之痛，才會讓一個人的靈魂裂成碎片。

「命運很會捉弄人，松贊干布死後，文成公主所愛的藏人，被選為松贊干布陵墓的守墓人。」

「守墓人？」雪雁大驚。

「我去了山南的藏王墓，真的在松贊干布的陵墓旁邊看見守墓人的小房子。

「當地的藏人告訴我，守墓人通常由藏王的貼身奴僕或近臣擔任。被選中的守墓人，一家世世代代將享受如藏王般的供養，但對本人而言，卻淪為與世隔絕的活死人。守墓人終其一生，不得與外界的活人接觸，只能吃祭品；就算有人來祭祀，也必須迴避。這就是為什麼文成公主後來會發瘋的主要原因。文成公主失去了所愛，失去了所有的一切。」

雪雁的眼淚馬上奪眶而出，她對文成公主再一次深深感到愧歉。

「文成公主晚年定居山南，是為了探視她所愛的人嗎？就算不能探視，也是心靈上的靠近。」雪雁揉揉眼睛。

「起初我也是這麼想。但仔細一看，我所畫的圖畫，山的南側，還有卍字，是佛的記號。在藏地，藏人把柳樹繁茂的枝葉視同釋迦牟尼的髮辮。所以我想，文成公主回到山南，應該不只是為了愛情，而是為了返回她初來藏地的初衷。

「文成公主初到拉薩，山南昌珠寺是她和松贊干布的冬宮，一直到現在昌珠寺還保存著文成公主烹煮的陶碗和鍋灶，還有她親手所繪的釋迦牟尼佛唐卡。

「瀕臨發瘋的文成公主回到昌珠寺，撫觸著當年親自手繪的釋迦牟尼佛唐卡，眼淚簌簌而下。當初她帶著釋迦牟尼佛十二歲等身像來藏地，卻沒有用佛法來療癒自己。她回想一路走來的軌跡，從長安告別母親，到瑪多遇見所愛的人，到後來與松贊干布結婚所承受的寂寞和滄桑，她畫出一路走來的行經路線，做生命最後的回眸。赫然發現，當時進藏的路線，居然像一個字。」

「什麼字？」

朵拉說著，從背包拿出文成公主當年的進藏地圖，用筆畫了一條粗線。

「妳看，像不像藏文的 ཨ 字？這個字唸『阿』。」

雪雁盯著 ཨ 字，激動莫名地說道：「我當初就是為了這個字來的。」

「妳知道這個字在藏文中是什麼意思嗎？」朵拉問。

雪雁搖搖頭，她一直把這個字當作老鷹的翅膀。

「沒錯，老鷹在西藏是神鳥，是神佛的信使。西藏的女神空行母，常化為老鷹護持佛法，傳遞佛陀的教導。ཨ，就是佛說的話。佛說的話，就是佛陀的教導，也就是空性的智慧；空，就是放下。」

「難道，文成公主帶釋迦牟尼佛十二歲等身像來拉薩，經歷各種滄桑，就是為了學習佛陀的教導，學習放下嗎？難道我因為ཨ字來到西藏，也是為了學習放下？」雪雁想到府城鷲嶺的上帝公廟、府城像靈鷲的地勢，以及後來遇見的老鷹……這一連串的巧合，究竟是怎麼來的？

「如果妳想要真正了解一個人，就要用她的眼睛看世界。」朵拉說，「當我不斷和文成公主自他交換，一次又一次，走得越來越深，才猛然發現，我所畫的這張圖就是文成公主從十六歲開始歷經情愛的掙扎，經歷無數輪迴，最後像蛇一樣蛻皮重生，證悟成綠度母的過程。」

「綠度母？文成公主是綠度母？」雪雁拿出大昭寺廣場藏族婦女送給她的、全身是綠色的那尊美麗菩薩。「是這一尊嗎？」

「沒錯，這一尊就是綠度母。綠度母是觀世音菩薩的眼淚。」

雪雁想起當初在上帝廟後殿看到觀世音菩薩的眼淚，難道在當時她就已經和文成公主連結了？

「文成公主證悟成綠度母之前，發了一個願。」

「她發的願是什麼？」雪雁心想，一定和她奇幻的經歷有關。

「文成公主最後會發瘋，是因為她失去了自己，所以文成公主發願，她願意變成一個幫助眾生找回自己的通道。」朵拉說著，拿出一直留在身邊的柳條。

「公主柳的根，儲存了文成公主的能量和記憶。文成公主發的願是，只要觸摸了公主柳，就不只是觸摸到文成公主，還會觸摸到自己的祕密。」

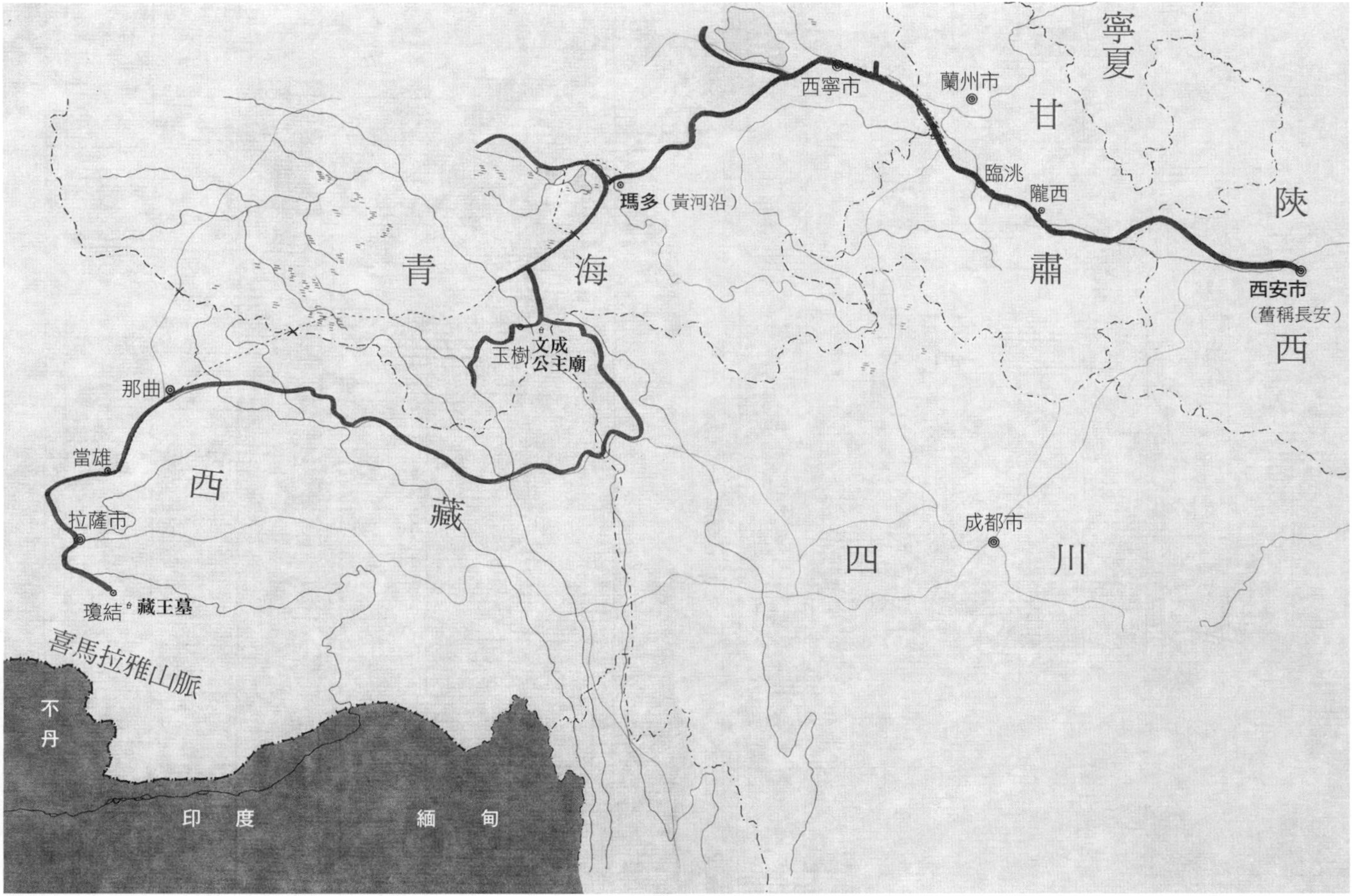
寧夏
西寧市
蘭州市
甘
臨洮
隴西
陝
西
西安市
（舊稱長安）
肅
瑪多（黃河沿）
青
海
玉樹
文成公主廟
那曲
當雄
西
藏
拉薩市
瓊結
藏王墓
喜馬拉雅山脈
成都市
四
川
不丹
印度
緬甸

「只要有人看見公主柳的傷痕，就代表那個人有足夠的能力面對自己的傷痕，有辦法重新找回自己。所以，只要有人觸摸公主柳，文成公主會變成觸摸公主柳的那個人，配合觸摸她的人心裡隱藏的祕密，衍生出屬於那個人的故事。每個人和文成公主的交會點都不一樣，文成公主可能會變成美麗的女神、變成苦命的紅塵女子，也可能變成一個為愛瘋狂的女人。

「端看觸摸到公主柳的人需要什麼樣的成長課題，文成公主就會化現為不同的樣貌，設計不同的劇本，幫助那個人把自己找回來。而當那個迷失的人學到了屬於自己的功課，文成公主就會跟著劇本一起消失。」

雪雁恍然大悟。原來，當初她來到公主柳下，是她內在的記憶引動她看見文成公主的傷，也引發她內在的阿賴耶所儲存的業緣。如果她有辦法接納過去的傷，就有辦法接納文成公主內在的傷痕。文成公主是她內在的反照鏡，她必須從這個反照鏡重新找到自己的力量，就可以圓滿這一趟旅程。

雪雁的腦海裡，還有一個疑問。

「甲木薩說，她是文成公主發瘋分裂出來的，那究竟是妳療癒了甲木薩，讓她和文成公主重新結合，變成完整的靈體，讓她有這種自由化現的能力，還是從頭到尾就只是文成公主陪著妳演了一齣戲，目的只是為了讓妳學到自己該學的課題？」

朵拉會心一笑，說：「一切法由心想生。外在的環境，會隨著我們內在的念頭不斷幻化，我們活在一個鏡像宇宙，所有的一切都只是妳內在的反射。

「如果妳一直執著於某一個過不去的記憶，這個執著便會觸動妳累生累世儲存於阿賴耶的細胞記憶，讓生生世世烙印在心裡的印痕跑出來，創造各種業緣，衍生出各種人生劇本和劇情；這些劇情可能讓妳成長突破，但也可能讓妳掉進無盡的輪迴，備受折磨。」朵拉說到這裡，凝視著雪雁，哈哈大笑，「妳會有這樣的疑問，表示妳還在這個劇本裡。」

雪雁側著頭，還是搞不懂：「我搞混了，妳怎麼看待甲木薩？這一切是怎麼一回事？屬於妳的答案是什麼？」

朵拉認真盯著雪雁，雪雁突然發現她的神情，和甲木薩某一個眼神很像。

「我會有這個版本，是因為我愛一個人愛到發瘋，我的生命功課就是整合自己，把所有分裂的自己重新整合。所以我會看到甲木薩變成文成公主發瘋的碎片，這就是我觸摸公主柳之後所引發的劇本。

「生命的證悟到哪裡，看到的真相就只到哪裡。每一次妳有了成長，領悟的點就會不一樣。

「我們以為文成公主可能愛上了一個不能愛的人，甚至愛到發瘋，那是因為，我們用自己的靈魂光波在文成公主的某一個片段記憶和她交會，產生各種幻象的糾纏。

「我們的眼界到哪裡，就只能看到哪裡。當我的心量變大、加寬，我看到的文成公主又不一樣了。

「文成公主為什麼會留在藏地，終生沒有回家鄉？一開始，我和妳一樣，總以為她是為了她所愛的人，那是因為我們都困在自己的愛情裡，所以我們看文成公主的眼光也跟著集中在狹隘的感情裡。隨著我的成長，對文成公主的了解越來越深，我的想法改變了。

「文成公主留在藏地，不一定是為了兒女私情，而是為了整個藏族，整個西藏。藏人的純淨和善良，藏地給文成公主的愛，超越了她所承受的痛苦和寂寞，所以她願意留在藏地三十年。文成公主為了回饋藏地給她的愛，寧可超越自己的痛苦，以漢人的身分留在西藏，希望漢藏可以相親，漢人和藏人可以和好。」

雪雁湧上新的想法：「或許文成公主發願成為人們找回自己的通道，是她給自己的新使命。透過成為通道，重新找到她自己的定位。這樣的念力和願力，讓文成公主重新拿回自己的選擇權，而不只是一個被迫和親的小女孩。」

朵拉點點頭說：「生命的眼界會改變，有人越走越窄，也有人越走越寬。當我自己開始發願、行願，我的生命視野讓我同步看到文成公主證得綠度母的旅程，我發現文成公主的願力又比以前更大、更深。證得綠度母之後，文成公主救度的不只是漢人和藏人，而是來到她面前的眾生。」

雪雁聽著，心中湧起一股莫名的感動，原來這一段旅程是要打破她舊有的外殼，不斷拓展自己的心量和眼界。她突然想要回到大昭寺廣場深深懺悔，以前她的決絕、極端、狹小的眼光不知傷害了多少人，產生了多少誤解。

她雙手合十，把拇指縮進掌心，把頭埋在自己的花苞裡：「如果生命的證悟到哪裡，看到的真相就到哪裡，那麼，我們都要謙卑，因為我們並不知道，現在所思所想的是不是真的就是對的。」

「沒錯。生命本身並沒有所謂的標準答案，我們每個人都只能走自己的人生。每個人的人生劇本都不相同，妳必須去找自己的答案。不管妳遇見什麼人、經歷什麼事，妳唯一要檢視的都只有自己。

「對我而言，明白我所愛的男人送我手錶的意義，才是我這段旅程最大的收穫。」朵拉又回到原點，繼續說：

「剛開始，我以為他送我手錶，是為了要對我表白，要我等他。後來，我成長了，我發現那個手錶是提醒我，每一分每一秒都過好自己的人生。」

雪雁想起濃煙裡的老婦人，問道：「妳真的會為了一份愛，一廂情願地等下去嗎？會不會有一天他回來了卻早已娶妻生子，妳會不會又像前世的自己那樣為愛負氣而走？如果愛情的最終不是妳期待的結果，妳如何釋懷、放下？」

「如果妳真愛一個人，就要祝福他活在自己的選擇裡。妳只要處理好妳自己的心就好。」朵拉停下來，看了雪雁一眼：

「即使對方的選擇不是我，難道不能僅僅只是為了自己的一份愛而活嗎？化為一朵為他而開的花、一顆守護他的太陽、一陣拂過他臉龐的輕風……就這樣，單純只為自己的愛而活，無關乎他愛不愛我，只是對自己的愛誠實。把愛化為默默的守護與祝福，就會得到另一種形式的平靜。」

「這太難了。」雪雁搖搖頭，就是因為對所愛的人有期待、有渴望，才會在愛裡痛苦失落。想起達瓦，她的愛還是帶著矛盾。

「在真愛裡沒有懷疑，就算對方無法給妳所想要的愛，也不要懷疑妳的愛。不要責怪自己愛上一個人，就算對方後來辜負了妳，妳最初愛上他，最初的那一念，那一份感情，對妳都是最寶貴、最真實的。」

「我的確責怪自己愛上達瓦，責怪自己愛上不能愛的人。」

「不要否定自己的愛情，愛情本身並沒有錯，錯是錯在妳如何處理。如何處理兩個人的愛情，如何面對妳內心的波動，才是妳要學習的。」

雪雁想起達瓦受傷的眼眸，「如何在愛與不愛之間，讓兩個人的愛情能夠圓滿？」

「妳只要跟佛菩薩學習怎麼愛就行了。」朵拉似真似假地說。

「佛菩薩也會談愛情？」雪雁當真了。

「當然不是這個意思。」朵拉噗哧笑出聲來。

「佛菩薩的愛，不是愛情，而是慈悲。慈悲是從清淨心流出來的，清淨心裡什麼都沒有，對愛無所求，充滿智慧。我們凡人的愛情，是從阿賴耶流出來的，阿賴耶裡面有情識，有各種分別執著，對愛有很多要求，充滿煩惱。

「我們的阿賴耶，儲存太多過往的記憶了。這些累世的記憶會讓妳受傷、嫉妒、吃醋，為愛執著，患得患失，飽受情苦。這種愛，是照著兩個人累生累世的業力產生的波動而走，如果妳的定功不夠，就只能隨著業緣的波動，一下子愛，一下子不愛，受命運支配，身不由己。

「這種從阿賴耶記憶流出來的愛，用的是妄心；反觀佛菩薩的愛，才是真正用真心來愛每個人。真心就像甲木薩說的鏡子，乾乾淨淨，沒有任何執著，不管對方如何對待祂，祂都像一面明鏡給出純淨通透的愛。

「我們常在愛與不愛之中矛盾，但佛菩薩對自己給出的愛，卻從來不會懷疑，更不會因為對方愛祂、討厭祂，而使得祂給出的愛有一絲絲減少。祂的愛，從最初到最終，都是一樣的。佛菩薩以這樣的愛來愛眾生，所以佛菩薩從來不會在愛中受傷，因為祂已經透過自身的修行，成為一面明鏡。所有眾生來到祂的面前，愛也好，恨也好，都只是從祂的這面明鏡，看見自己的愛、自己的恨而已。」

朵拉說著，意味深長地看著雪雁：「到底什麼才是真愛呢？像佛菩薩這種從真心流出來的無條件的愛，才是永恆不變的真愛。我們凡夫這種會變化、會起伏的愛，根本不是真愛呀！」

雪雁繞了一大圈，才終於明白，這就是甲木薩想教給她，她一直想學，卻一直沒有學會的永恆不變的愛。

「這樣的真愛，有多少人能做到呢？」雪雁只是懂，卻不知如何成為那樣的自己。

「沒有人可以完全做到。就是因為如此，作為一個凡人，我們都注定要在愛裡受傷。妳愛上一個人，就要有受傷的準備。」朵拉說得好坦白，卻不是雪雁想要的答案。

朵拉注意到雪雁眼裡的失落，「沒有人不在愛裡受傷的，在愛裡多多少少都會受一點傷，有了這種心裡準備，受到一點傷，妳就不會那麼難受了。」

「所以妳不等他了？」雪雁低聲說。

「沒有等不等的問題，如果妳想著到底要不要等他，就會落入執著；一旦落入執著——等他，也苦；不等他，也苦。」朵拉對雪雁眨眨眼，好像發現一個祕密，「看破，就能放下。妳應該回到妳來拉薩的初衷，從ཨ學習放下才對。」

雪雁盯著進藏地圖ཨ，重新燃起一股力量。

「ཨ，是空性，第一要務就是打破妳的執著。就連觀世音菩薩也曾經心碎，把自己狠狠打破，才證得空性的智慧。」

「菩薩也會心碎、流淚？」雪雁很驚訝，望著手中的綠度母。

「西藏，是觀世音修行的道場，所以藏民都持誦觀世音真言『嗡嘛呢唄美吽』。在藏地流傳一個傳說，」朵拉雙手合十，繼續說，「據說，觀世音曾在十方諸佛面前祈禱，發願救度一切眾生，如果祂對自己所發的願有一絲絲的倦怠，祂的身體將碎成千片。

「觀世音發願之後，勇猛地下降到地獄，進入餓鬼道、畜生道……救出無數的眾生斷輪迴。有一天，突然回眸，從天道往下一看，發現即使祂如此努力地將無數眾生從輪迴的大海中救出，卻仍然有無數眾生再次掉入輪迴的泥沼裡。在那個瞬間，祂流下眼淚，對過去的誓言失去信心；就在祂生出退轉之心的那一刻，祂的身體馬上如祂的誓言裂成千片。

「這個時候，十方諸佛不捨觀音，便從四面八方接住碎片，並用大悲心幫觀音復合。從此，觀世音就變成千手千眼觀世音，而祂所流出的眼淚，一尊化為綠度母，一尊化為白度母。度母的意思，就是救度眾生脫離苦海。」

這個故事深深觸動了雪雁。「是不是因為文成公主也曾經裂成碎片，所以跟觀世音的能量特別相應？」

「有可能。我回到昌珠寺，和文成公主自他交換，把自己變成文成公主再走一次她的旅程。我發現，她和我們一樣，都是回到自己最痛苦的那一刻，重新把自己找回來。

「文成公主在瀕臨發瘋的時刻，想到母親當初送給她的信物，除了柳條，還有另一個東西，她把那個東西狠狠敲碎了。」

「是什麼東西？」雪雁很好奇。她有一種預感，她的命運好像跟文成公主和觀世音緊緊相繫，而這種連結，不是來藏地遇見公主柳才開始，而是在家鄉，她的靈魂光波就已經和祂們產生無形的連結。

「是鏡子。文成公主把她母親送給她的鏡子，狠狠敲碎了。」

雪雁被這個同步的巧合揪住了。她不忍回眸她心碎的那一刻。

「當年文成公主離開長安，歷盡艱辛來到荒涼的峭壁和高原，思鄉的情緒湧上心頭。她想起臨別時，母親送給她一面寶鏡，對她說，只要想家時，就可以從鏡子看見母親。可是，當她拿起這面鏡子，並沒有在鏡子裡面看見母親，反而看見自己歷經滄桑憔悴的面容。她一生氣，便把寶鏡重重摔在地上，從此再也不願從鏡中看見自己。

「文成公主晚年，丈夫松贊干布過世，而她所愛的人也變成守墓人，終生再也無法相見。她在失去所有、瀕臨破碎時，在昌珠寺攤開 ཨ 地圖，意識到她從十六歲嫁到拉薩，從來沒有為自己而活。她發願要從那面破碎的鏡子中，把敲碎的自己重新再找回來。她畫了一個圓，然後在圓裡點了兩個小點⊙，一個是業力，一個是願力。她在佛前，為她所經歷的痛苦發了一個願，她發願要幫助受苦的眾生找回真心，找回自己本來的面目。

「她要帶著這樣的願力，和命運帶給她的業力，在一個圓裡，重新活出自己的圓滿。」

雪雁看著圓，漲滿了感動。原來她的旅程，真的和文成公主層層重疊。

朵拉看著圓，說：「如同甲木薩教給我們的，為痛苦發一個願。痛苦不見得是負面的，每一次經歷痛苦，特別是自己無法承受的痛苦，就為這個痛苦發一個願，妳的力量就會放大。」

朵拉深深吸了一口氣，再緩緩吐出一口氣，彷彿像文成公主一樣，把眾生的痛苦都深深吸了進去，再轉化成心裡的祝福，吐出去獻給眾生。

「妳可以這樣發願：願所有和妳有同樣痛苦的人，都能從這個痛苦得到解脫。當妳已經知道怎麼解脫這個痛苦，就有辦法把這股療癒的能量傳送給同樣受苦的人。

「當妳動念發出這樣的呼喚，就會吸引曾經有相似經歷、同樣在愛中受苦的靈魂來到妳的面前。一旦妳的願力幫助更多人療癒了自身的傷痕，妳經歷過的痛苦就會得到美好的轉化和提升。經過時間的積累，只要妳的願力超越妳的業力，妳的人生就會隨著妳的願力走，而不是在本來的業力中身不由己地被命運推著跑。」

雪雁看著熟悉的圓，這一切的巧合，似乎不僅僅是她和文成公主在這一世的靈魂交會。為何連吉普賽老人幫她用出生年月日所算出的宇宙天生印記——kin37光譜紅地球、kin18超頻白鏡、kin55電力藍鷹——都那麼吻合？在這一切背後，是不是還有什麼祕密，是在她出生前計畫好的？是不是因為她目前的眼界和領悟力都還不夠，所以才無法看見？

她看著朵拉畫的怪獸身上的圓形圖騰，心想，這一定和鏡子有關吧，因為她的先天印記超頻白鏡就是要找到自己所擁有的最大力量。

她問朵拉：「文成公主從那面鏡子得到了什麼力量？」

「打破執著，打破物質的幻象。」朵拉的眼睛露出清澈的波光。

「ཨ是空的意思。空，就是假的。妳像我當初一樣，把所有的情愛都看得太真實了。所有的情愛，都是波動的幻象；所有的物質，都是假的。這就是文成公主回到昌珠寺，重新思考佛陀的教導，終於學會放下的原因。

「如果，妳能夠學到ཨ空性的智慧，妳在愛中就沒有傷害了。」

「甲木薩也一再跟我說，鏡子裡的影像、所有來到我們眼前的人事物，都是阿賴耶記憶光波糾纏所產生的幻象。但是，我怎麼也想不透、看不破，真真實實存在眼前的實體，怎麼會是假的？」雪雁還是懷疑。

朵拉敲敲雪雁的腦袋，露出慧黠的微笑：

「現代科學已有辦法證實物質是假的了呀。」

「真的還是假的？」雪雁大吃一驚。

「打破了，妳就會看見什麼才是真的。重點是妳要學會打破自己。」

朵拉接下來說的，是雪雁過去完全不曾想過的。

「科學家把物質打破，發現了分子；再把分子打破，發現了原子；再打破原子，發現了電子、中子、核子、質子、光子……最後發現連物質都沒有了，只剩下一股能量。這股能量，是波動產生的。」

「是什麼波動產生了物質？」雪雁的好奇心又燃起。

「念頭。」朵拉會心一笑。

沒想到，走了一大圈，竟然又繞回甲木薩第一天跟雪雁說的。雪雁發現她在一個圓裡，不斷地回到原點看見真相。

「物質是念頭波動所產生的幻象，這個世間真的沒有物質存在。金剛經不是也這樣說嗎？『凡所有相，皆是虛妄；一切有為法，如夢幻泡影。』甲木薩並沒有欺騙妳，一切都是我們的念頭吸引來的。妳所看到的物質現象，都是念頭發出阿賴耶的靈魂光線，吸引同質量的人事物互相糾纏，創造出來的故事和幻象。」

朵拉繼續把所有的一切連結起來：「文成公主晚年回到昌珠寺，在最痛苦的時候，跪在佛前發了願，之後就開始潛心唸佛，重讀佛經，請佛教導她。有一次她讀到，釋迦牟尼佛問彌勒菩薩：『凡夫念頭一動，這一動裡面，會有幾念？幾相？幾識？』

「沒想到，佛經裡面寫彌勒菩薩回答：『一彈指，有三十二億百千念，念念成形，形皆有識。』也就是說，我們只是輕輕一彈指，就有『三十二億百千念』的波動，『念念成形，形皆有識』。形，是物質；識，是精神。每一個念頭，都會顯化成物質；每個物質裡面，都有精神現象。也就是說，我們所看到的物質，都不是死的，物質的內在，就算是一顆小石頭、一粒小沙子，也有生命的湧動。所有的一切，真的如甲木薩所說，都是我們的念頭召喚來的。我們的念頭會召喚各種精神和物質現象。」

雪雁難以置信地張大眼睛：「這個速度實在太快了，手指彈一下，就產生三十二億百千念的波動，我們怎麼有辦法察覺？」

朵拉接住雪雁的話：「這麼高的頻率所產生的波動，加上『念念成形，形皆有識』，念頭發射出去的光波，產生無量無邊的物質和精神現象互相糾纏，我們凡人的眼睛根本無法捕捉。」朵拉停了下來，頗有感觸地說：

「我們常常喜歡講緣分，如果因緣的流轉，是以一彈指三十二億百千念的波動在變化，我們怎麼能把緣分當真？

「這就是為什麼文成公主回到昌珠寺，看到她進藏路線的形狀是ཨ，從佛對她的教導，知道這一段旅程是佛要告訴她，所有痛苦的折磨都是阿賴耶的波動，一彈指三十二億百千念的生滅，這麼高的頻率波動所產生的幻象。

「文成公主為什麼最後能完全放下？是因為她知道，我們所稱的這個『我』，並不是真正的我。妳眼前的我，只是這一世的業報身，都是業力波動，各種因緣糾纏和合產生的幻象罷了。

「這就是為什麼我跟妳說，生命的證悟到哪裡，看到的真相就到哪裡。一開始，我以為男友送我手錶，是他對我的表白，要我每一分每一秒把自己照顧好，等他回來；沒想到，當我在昌珠寺和文成公主的能量重新連結後，我的想法又改變了。

「我突然覺得，這個手錶是要告訴我，生命的每一分每一秒都在改變，而且是以一彈指三十二億百千念的波動，這麼高的速率在改變。我看著男友送我的手錶，看著秒針一秒一秒地移動，生命的流逝是如此快速殘忍，過去就過去了，永遠不會再回頭。

「看著男友送我的手錶，我不斷問自己，我真的能留住時間嗎？真的可以把我和他美好的記憶永遠停留在我們初遇的那一刻嗎？我這麼想念他，懷念過往的一分一秒，所有的一切真的能夠重來嗎？我很誠實地面對自己，最後，我告訴自己，我真的無法留住什麼。既然無法掌握，我應該要學會放下才對。」

想起和達瓦的緣分，其實也是在一彈指三十二億百千念的波動，這麼快速無常的因緣中生滅，雪雁的眼睛突然一陣迷濛。

「一個無法執取的緣分，反覆地思念、反覆地懊悔，只是引來更多的痛苦，這樣繼續糾纏下去，對兩個人的人生有什麼用處呢？」她想著，反問朵拉：「如果人生什麼都抓不住，那麼，活著又是為了什麼？」

一股淡淡的哀傷浮上雪雁的心頭。她眺望旅店窗外總是如如不動的高山，從五樓俯視下方八廓街轉經的人潮，不管世事如何無常，八廓街的藏民卻還是日日如常，臣服在命運的輪子底下，不屈不撓撲倒在地上，從此岸爬到彼岸。而高山上方，久久不願散去的雲朵，好像還有什麼話要告訴她。雲朵的背後，好像還藏著許多故事還沒說完。

「回到妳的真心，為真正的自己而活。」朵拉把雪雁的思緒拉回現實，「真正的妳，不是父母所生的這個身體。妳一直以為這個身體是妳，才會被阿賴耶的記憶所困，妳應該要找到真正的自己才對。」

「真正的自己？」雪雁疑惑了。

「在這裡。」朵拉指著雪雁的心，就像當初甲木薩指著她的心一樣，「真正的自己，住在妳的真心。真心裡面才有真愛。真愛，才是永恆不變的愛啊。」

一聽到真心、永恆不變的愛，雪雁笑了。轉了好幾圈，又回到真心。

「真心，就是妳心裡的那面明鏡。阿賴耶是妄心，是出現在妳鏡中的影像，以一彈指三十二億百千念的生滅，剎那的變化所產生的幻象。」

雪雁點點頭。她又想起來了，那是甲木薩最後離開前，對她的叮嚀。

「真心，就是放下所有執著分別、放下所有雜念的妳，那個純淨的妳，才是真正的妳。真正的妳，是不生不滅的靈性，也就是妳的自性。」

「原來自性、靈性，就是甲木薩說的，像鏡子般明亮的本體……」雪雁再次從腦海裡搜尋甲木薩說過的話。當初，她只是覺得，甲木薩老是反覆把她拉回這面鏡子前。

「沒錯，甲木薩所說的鏡子，就是我們內在的靈性，也就是佛所說的自性。在自性裡面，也就是在我們最初的靈性裡面，其實並沒有任何染汙，沒有業力糾纏，當然也不會隨著阿賴耶的記憶輪迴。自性，那一面如明鏡般的鏡子，就是創造萬物的本體，一直都在妳的真心裡，那就是真正的妳——不生不滅、永恆不變的妳。」

雪雁感到慚愧，甲木薩跟她講過好多次，她沒有聽懂，也沒有真的聽進去。

「文成公主從 ཨ 打破執著、打破物質的幻象，最後回歸鏡子般純淨的本體，找回真正的自己，取得生命最純淨、最強大的能量，這就是文成公主真正的旅程。」

「原來，我的先天印記超頻白鏡，要我找到自己所擁有的最大力量，就是回復像明鏡般的本體。」雪雁發現文成公主真的是她內在的反照，「可是，我不懂，為什麼越純淨，力量就越強大呢？」

「只要妳一次又一次真切地理解，什麼是真心，什麼是妄心，妳就能一次比一次更深刻地感受真心所帶來的強大力量。

「打個比方。真心像水，妄心像波。真心與妄心都是妳，一個是真的妳，一個是假的妳。波的本質是水，指的就是，妄心的本體是真心。波離不開水，就像妄心離不開真心，不管妳如何用妄心，真心永遠不會消失。

「真心是妳的自性，是創造妳的本體；而身體是妳這一世阿賴耶記憶的業報身；阿賴耶是妄心，是靈魂光波以一彈指三十二億百千念的波動所產生的幻象，它的波動速度太快了，讓妳誤以為妳的身體是真的。

「當妳糾結在痛苦裡，只是妳的阿賴耶識的記憶在釋放，妳的妄心把真心蒙蔽了。妄心的波動，就像海面的海浪，妳的情緒越劇烈，海浪就越高；海浪越高，海面的起伏越大，妳什麼都看不清楚。

「當妳把痛苦釋放出來，讓波動漸漸平息，從大浪、中浪到小浪，水面的波動停息了，回歸平靜無波的水面，就是回到妳的真心。真心就是靜止的水面，什麼事物都清清楚楚地映照在心裡，那個時候的妳，什麼事情都知道，都了然於心。」

朵拉說完，做了一個很有力量的結論：「當妳內在的水波停止了，妳就歸零回到真正的自己。真正的工夫，不是妳去追求什麼，而是妳願意放下。放下、歸零，妳反而什麼都得到了。」

朵拉畫了一個大大的〇，雪雁才知道，原來她畫的圓，也是歸零。藏人繞著圓轉經，也是為了歸零。

「回歸真心，回歸自性，回歸本體，妳就變成一個完全純淨寂靜的存在了。就像乾淨的水面映照萬物，妳什麼都清清楚楚，圓滿具足。那時，妳所給出的愛，是全然的真愛。妳會無條件地給予，因為妳圓滿具足，什麼都不缺。妳像乾淨的鏡子讓各種影像在妳面前自由來去，但妳不執著。愛也好，恨也好，妳無條件地接納各種來到身邊的事物，讓業力隨緣來去而如如不動。為什麼妳可以如如不動？當妳心裡純淨，沒有任何染汙，業力通過妳的時候，妳就不會再有任何波動了。妳心裡什麼都沒有了嘛。

「那個時候，妳會無條件寬恕所有傷害妳的人，因為他們傷害不了妳呀。縱然對方來到妳面前，咒罵妳、傷害妳、汙衊妳，妳還是可以如如不動；妳沒有波動，就不會有阿賴耶的記憶來糾纏妳，妳只是安安靜靜地讓業力通過而已。」

朵拉覷著眼，笑著跟雪雁說：「妳問我，為什麼純淨的能量最強大？當妳把自己歸零，如如不動，業力無法再糾纏妳，妳就得到自由了。平靜與自由，就是最強大的力量。」

雪雁突然想起在八廓街上看到那位穿著一身黑衣、活得無所懼怕的藏族婦女，她突然懂了。

「就像妳在小昭寺看到的六道輪迴圖，只要妳願意放下妄想分別執著，把自己歸零，其實就沒有所謂的業力了。沒有業力，就不需要有人身，那時候的妳就不需要到天上人間輪迴，妳就成佛了。佛，只是一個名詞。放下執著分別妄想，回歸自性，回歸純淨的靈性，就叫作成佛，只是一般人都把佛誤解了，把佛當作神來求護佑。其實成佛，就是回歸本體，回到真正的自己。『念佛成佛』真正的意思是，妳心心念著那個真正的自己，妳就能成為那個純淨的自己。

「為什麼藏人那麼勇猛地來到佛前做大禮拜？當他們合十高舉雙手，放在額頭，是跟佛的『身』連結；接下來，放在嘴巴，是跟佛的『語』連結；最後，在心尖雙手合十，是跟佛的『意』連結。藏人做大禮拜，其實就是把自己的身語意，轉化成佛的身語意。『我是佛，佛是我。』和佛融成一體，就是回到真正的自己。

「這樣子一來，妳就更懂得為什麼藏人時時刻刻都在唸佛，那是因為他們心心念著那個真正的自己，純淨的自己。這就是為什麼藏人看起來那麼善良純淨，因為他們時時回到自己純淨的真心，不和任何複雜的光波產生糾纏。如果，妳懂得這個道理，就可以從藏人身上學到真正的東西。妳不僅能看到他們的純淨，也可以走入他們的純淨，成為他們的純淨。」

雪雁內心滿是感動。原來，藏人在佛前大禮拜，是敬拜自己的真心，禮敬佛陀其實是禮敬自己的自性，給出無條件的愛。

雪雁想起達瓦以前說的，那朵對著太陽活出純淨的小花，突然掩面大哭起來。她到現在才知道，達瓦說太陽要小花活出內心的純淨，其實是要小花活出真愛。

朵拉讓雪雁盡情地哭。「執著，就像我們身上的硬殼，妳慢慢放下，慢慢把硬殼溶解，每次溶解一些，真心就從內裡透射一些出來。如果有一天，妳完全溶解硬殼了，妳就會看到自己如明鏡般的透亮純淨，就會觸摸到妳的真心。那個不生不滅、真正的妳所具足的能量，比妳身體這個假我剎那的生滅還要大、還要可靠。當妳回到最初那一股純淨的能量，妳就不再需要人身，可以按照妳的願力自由化現，妳會得到真正的自由。」

朵拉停了下來，望著遠方，繞了一圈，似乎是對她所走的旅程，做一個深深的回眸。

「我們內在明鏡中所顯現的影像，我們眼睛所看到的宇宙人生，其實真的如甲木薩所說，都是虛妄。既然是虛妄的，就沒有所謂的傷害，沒有所謂的痛苦，那是假的妳用妄心緊緊抓住阿賴耶光波產生執著變現出來的，妳只是陪著在阿賴耶記憶輪迴的人，演了一齣屬於你們的劇本而已。很多人都被鏡中的影像所迷，而忘了顯現影像的鏡子。沒有鏡子，影像怎麼顯現呢？我們都看見外相，卻忘了萬事萬物內在的本體，忘了不生不滅、永恆純淨的自己，而為那個剎那生滅的妄心幻影傷心。

「妳的領悟，會隨著妳面對自己、放下執著分別而有進展。妳放下得越多，就像在消融外在的硬殼；妳內在的真心透射出來越多，妳的心越清淨，妳就看得越透澈、越廣、越深。

「妳的成長就跟物種一樣，需要不斷演化。生命的演化就像演戲，演了，就化掉。學到妳該學的功課，以前跨不過去的記憶自然就化掉了。文成公主只是陪妳演了一齣戲，而我只是妳這段旅程中，鏡子裡出現的影像。表面上，我和文成公主是妳鏡中的影像，是妳來拉薩的過客，但在更深層的內在，我們不是過客，我們跟妳是一體的。萬物是一體的。

「所有的物質都是能量，而能量就是物質的本來面目。」朵拉畫了一個大圓，接著又繼續說：

「這一股能量，最初是純淨的靈性，靈性的本質是空寂的。後來因為一念無明，起了波動，靈性就變成阿賴耶。念頭的種子一落下，馬上儲存在阿賴耶的倉庫，並以一彈指三十二億百千念的速率，顯化成無窮無盡的物質、精神和自然現象，讓我們產生各種執著分別，形成了現在多樣多變的宇宙人生。」

朵拉指著外面的八廓街，像當初雪雁遇見甲木薩一樣，把太陽圈成一個小圓，小花圈成一個小圓，行走轉經的人潮也畫成一個又一個小圓，最後畫一個大大的圓把所有的一切包起來。雪雁第一次看到甲木薩畫圓時似懂非懂，現在她總算看懂了。

「表面上大家的外相不同，是因為我們彼此的業力和願力不同；但在最深處、最寂靜的內裡，沒有任何分別執著雜念的地方，妳具備更深的看見能力，妳會發現大家都是一樣的。大家都有同樣的真心。」

朵拉抽絲剝繭、一次又一次幫雪雁解開謎底。接下來，她所說出的話，幾乎打破了雪雁本來的框架。

「時間跟空間不是真的，這是我從男友給我的手錶中悟出來的體會。」朵拉的眼眸出現明鏡般的透亮，像她當初所見的甲木薩，萬事萬物都如實映照在她眼底。

「從最初的表白，每一分每一秒把自己照顧好，到一彈指三十二億百千念，時間無法執取；到後來，我發現，那個手錶真正要告訴我的訊息，竟然是——時間和空間全是假的。我發現，我的眼界，隨著我的領悟，一層一層打開，我走出了小愛，也得到真正的自由。」

雪雁環顧四周，山還是山，雲還是雲，時間還是繼續流逝，她不懂朵拉為什麼會有那樣的領悟。

「時間跟空間，其實是從妄想分別執著變現出來的。如果妄想分別執著沒有了，時間跟空間就沒有了。時間沒有了，就沒有過去、現在、未來；空間沒有了，就沒有遠近。如果妳願意學習放下，消融內在的執著，有一天把執著分別妄想全部放下時，那個時候，妳會發現，時間和空間都沒有了，妳只活在當下。在每一個當下，妳都和萬事萬物緊緊相融，萬事萬物與妳用無形的光網相互連結。妳一動，萬物都跟著妳一起連動；妳一發出訊息，整個宇宙都知道，甚至連一顆微塵都能知道妳所發出的訊息。所有的分離，都不是真正的分離，在每一個活出真心的當下，妳和妳所愛的人其實緊緊相連，不曾分開。」

雪雁驚訝地張大雙眼，問朵拉：「如果，內在的真心從來沒有離開我們，那麼我們內在的本體和萬事萬物的本體是相連的，都是純淨的存在。我們內在的本體，如妳所說，在每一個當下，都和萬事萬物的本體緊緊連結，我們每一分每一秒其實都在放射、也在接收宇宙所有的資訊，只是我們被自己的雜念執著分別蒙蔽了，形成一層硬殼，才無法接收宇宙給的資訊，或自以為接收不到。是我們自己的執著，把世界縮小了嗎？」

朵拉點點頭：「沒錯。這就是為什麼我們在安安靜靜、什麼雜念都沒有的片刻，會比平常更容易接收生命給的訊息。整個宇宙都是同一股能量不同的化現，遍法界虛空界只有一個自己。自己跟自己，哪有什麼事是自己不知道的？妳的心量有多大，大到可以把整個宇宙的一切都當作自己，妳就是整個宇宙。放下所有的雜念，放下妳的執著、分別，溶解妳堅硬的外殼，妳就回歸到純淨的源頭，我們共同的源頭，那就是我們的真心，我們的自性。我們每個人最初都是那一股純淨的能量。」

朵拉說，文成公主最後教她發出一種「嗡」的聲音。先深深吸一口氣，吐出去時，用內在的純淨唱誦「嗡」的連音。文成公主說，這代表妳願意和生命純淨的源頭合一，和自己的真心連結。

「嗡，是什麼？」雪雁問。

「嗡，就是藏文 ཨ 拉出雙手，把自己交託出去；再多畫一個○，把自己歸零，就成了 ཨོཾ，嗡就是佛的身。妳若能全然放下，歸零，得清淨心，就能證得佛的法身，回到源頭。佛的法身，就是純淨的光，也是無條件的愛。」

雪雁看著 ཨོཾ，驚訝不已。她來拉薩之前就是夢到這個字。

「回到源頭，那是妳在出生前的本來面目；回到純淨的光，回到無條件的愛裡。當妳回歸 ཨོཾ、回歸自性之後，妳就變成了純淨的導體，可以釋放出最純淨的能量，建造最純淨的世界，來去自如，自由化現，那才是真正的妳，這樣的力量才是最強大的。這麼強大的能量，並不是妳往外求來的，而是妳本來就有的本能，只要妳願意放下執著分別妄想就可以得到。妳不需要讀很多書、追求很多學問、賺很多錢，只要願意放下，妳就能找回本來的自己。

「我們在這段旅程看到的文成公主和甲木薩，透過自身的修行證得佛的清淨身。佛菩薩來人間，是願力，有緣就現，無緣就不現，這種隨緣隱現是自由的；而我們眾生來人間，是業力，隨著業緣流轉，身不由己。我們擁有人身，是過去種下了因，如今結成了果。六道輪迴是這麼來的：妳種下了三善道的因，來生就到三善道消善業；種下三惡道的因，來世就到三惡道消惡業。善，有業力；惡，也有業力。六道輪迴，都只是為了消業，償還彼此所相欠的。所以，善，不要執著；惡，也不要執著。善惡都不要往心裡去，妳一執著，就會在鏡面留下汙點，那個汙點就是妳再來輪迴的業力。」

經過朵拉的解說，雪雁解開了長久以來的困惑：「原來善惡都不執著，才是真正的歸零。好比數字0，不是正，也不是負，才是真正的零。」她在空中畫了一個大大的圓，圓就是0，0就是圓。她反覆畫出這個大圓，覺得自己終於開竅了，發出會心一笑。

「想念達瓦時就唸佛，用妳的真心和他連結。妳和他並沒有真的分離，而是在同一個真心、同一個鏡子裡。」

朵拉漾起笑容：「自性不生不滅，就好比黃金珍貴的質地。自性是萬物創造的本體，就好像我們用黃金捏造了老鷹，捏造了人，捏造了仙女，結果我們反而愛上了用黃金創造的人，愛上了老鷹，愛上了當天人的滋味。我們迷戀表面的外相，卻忘了黃金的本質。真正要珍惜的，應該是創造花朵、老鷹、手錶，創造你我的那個本體。我們都是同一個真心變現的，我們是生命共同體。

「我們要尋回的應該是不生不滅的真心，永恆的自己，純淨純善的自己。我所惦記的不是手錶，妳所惦記的也不是老鷹，而是超越阿賴耶輪迴的記憶，回到真心，回到那個最深處、最純淨的自己。如果我們只想當黃金做成的老鷹，而拋棄黃金的本質，不是本末倒置嗎？

「如果妳一直執著有形的老鷹，老鷹就會變成妳的情執。放下情執回到如明鏡般的本體，像證悟的空行母變現出無形的老鷹，在宇宙各個次元自由穿梭，妳才能成為真正強大的電力藍鷹，那才是妳的天命吶！」

「我還能再見到甲木薩嗎？不知她會以什麼形式顯現？」終於清楚所有的來龍去脈，雪雁突然好想念甲木薩。

「佛菩薩是無所不在的，祂可能變現出一棵樹、一個老婦人、一朵花，或是以妳可以理解的形式出現。說不定祂早已出現在妳的生活裡，默默守護著妳，只是妳沒察覺而已。我跟妳說的這段旅程，我所看見的文成公主和甲木薩，是我觸摸公主柳之後所看到的故事版本；妳有妳自己的故事版本，妳必須自己去找答案。」朵拉瞇起笑眼。

「經過了這趟旅程，妳還愛著當初所愛的那個人，還思念著他嗎？如果有一天，妳老了，他也老了，兩個人再相遇，不知會如何？他會不會還是之前那個他，或者變成一個妳不認識的人呢？」雪雁還是很好奇朵拉最終的選擇。

朵拉望著遠方，好像在想一個好遠好遠的夢。她悠悠地說：「當妳從夢裡醒來後，妳所愛的人，只是夢中的一個影子。沒有所謂愛不愛，也沒有想不想念，當妳放下了，什麼波動都沒有了。曾經千迴百轉的起伏，突然跟著妳內在的波動一起停止。前世的波動沒有了，現在再遇到也不會有任何起伏，晚年會不會再相遇，我也不去設定，一切隨緣。在靈性的本質裡，我們都是一體的；在最深沉的內在，我們從未真正離開。他可能變成一道風，捎來淡淡的思念，我也化為一縷輕煙，捎去淡淡的祝福。有一點我倒是可以確定，我現在過得很好，一切都很好。我發了願，走在行願的路上，活出了真心之後，一點都不欠缺，一切都圓滿具足。」

拉薩下雨了。原本蔚藍的天空，又被濃密的雲層所淹沒，稀稀落落的雨珠，從天空緩緩落下，過一會兒，雨線越來越粗，交織成一張濃密的水網。

雪雁輕輕閉上眼睛，聽著落雨聲。她記得達瓦喜歡這樣的雨聲。他說，心情不好的時候，只要安安靜靜聽著落雨聲，喝一壺熱甜茶，什麼都不想，很快地，煩惱就會被這些雨絲洗滌乾淨，什麼事都沒有了。藏人很少會把煩惱帶到心裡去。

「生命就像這些水珠所織成的網。」朵拉把手伸向窗外，降落的水珠，像若有似無的因緣，順著她的指尖流逝。她像是在自言自語，又像是在說給雪雁聽：

「妳所尋找的東西，它也在尋找妳。那個東西，可能是妳的愛人、一朵花、一棵樹、一個魔考，也有可能是妳純淨的靈性在呼喚妳。不管那是什麼，都是妳的心所化現的，妳得學會為自己負責。

「如果在人生的路上，妳已經吃夠了苦頭，流盡了眼淚，不想再有那麼多痛苦的折磨和糾纏，妳得學會真正的放下。如果吃的苦頭還不夠多，那麼再多繞一些彎路，多跌倒幾次，自己承受得起，倒也無妨。

「生命總有幾個片段，妳突然想狠狠放下一切，把自己放空，什麼都不想，只想靜靜的一個人。在那個短短的空檔，可能是某個寂靜的午後或睡不著的夜晚，妳突然靈光一閃，觸摸到了一點什麼——那很有可能，是妳觸及了自己的真心，真正的自己。

「一旦妳觸摸到真正的自己，請記得那個永恆的呼喚。因為，真愛永遠在那裡，真心從來不會真的離開。」

十四 敲碎

學著觸及自己內在的沉寂，明白生命中的每件事都有其意義。

——伊莉莎白·庫伯勒·羅斯

旅程的終點到了。明天就要回台灣，雪雁一整夜翻來覆去，睡不著覺。半夢半醒之間，忽然夢見自己找不到一條藏紅色的裙子。夢中的她找呀找呀，夢夢醒醒好多次，一整夜就是找不到，直到有個聲音告訴她：「卓瑪，裙子在這裡。」當她穿上藏紅色的裙子，突然變成一個藏族姑娘，而達瓦，就在公主柳，和往常一樣，帶著爽朗的笑臉等著她。

那個夢中的藏族姑娘，一點都不像現在的她，可是她在夢中卻又清清楚楚地知道卓瑪就是自己。雪雁從夢中驚醒，心想，或許她在過去世也曾經是個藏人吧？否則為什麼千里迢迢來西藏找自己，又遇見達瓦呢？

雪雁跳下床，馬上起身到大昭寺廣場，達瓦並沒有在公主柳樹下。雪雁有點失落，但自從解開所有的謎底，再看公主柳，心情已完全不同了。

從遠處看，公主柳就像是文成公主的另一個替身，她帶著釋迦牟尼佛像、作物的種子、經書來藏地，如今都已經在藏地開花結果。柳葉在陽光下一閃一閃，隨著微風搖擺，發出悅耳的笑聲。她彷佛看見文成公主開心地微笑著，似乎想告訴她，那麼多的委曲心酸都過去了，人活著，轟轟烈烈地活出自己，留一點什麼在這個世界上，至少做好一件事就行了。

看著大昭寺金頂上的那兩隻鹿，眼神專注地凝視著佛陀的法輪。她想起佛陀的教導就是ཨ，ཨ就是放下；可是想起老鷹的翅膀，偏偏又想起達瓦。

她望著金頂上的鹿俯跪在法輪旁的那雙腳，回想和達瓦初識時，他曾經說過，只要內心有執著放不下，就來大昭寺凝望那兩隻鹿，跟鹿學習。或許，跟著金頂上的鹿跪下來，隨著大昭寺的藏民做完一〇八個大禮拜，就能把達瓦好好地放下。

她融入人群，雙手合十，拇指縮進掌心，趴下去，俯臥在地上，起身，再趴下，再起身，從第一個大禮拜開始在心裡默數。數著、數著，腦海卻無可抑止地竄出達瓦的身影，老是忘記數到哪裡。她有點懊惱，愣在原地，又從第一個大禮拜，從一開始計數。

有個藏族阿媽突然走到她身旁，指著自己手上小佛珠的計數器，用眼神問雪雁需不需要。

雪雁摸摸口袋，發現自己身上連錢都忘了帶。她把口袋掏出來，搖搖頭，又雙手合十，說了謝謝。

「不——用——錢。」藏族阿媽搖搖頭，用生澀的漢語說著，直接從毛織袋拿出一條掛在手上的小串珠，教雪雁如何計數；然後把小串珠放在雪雁的手上，又返回自己的位置，繼續虔誠地禮佛。

雪雁心裡一陣感動，宇宙的訊息真的如朵拉所說的一體連動，即使她什麼也沒說，卻仍然有人感覺到她的需要。她想著，要如何回報這份感動，於是馬上揹起背包，跑回八廓街旅社，想從旅社的行李拿出一包茶葉，再跑到大昭寺廣場送給藏族阿媽作為感謝。

沒想到，在返回旅社的途中，跑著跑著，整條八廓街的街景卻突然變了樣，雪雁忽然走入一條古老的巷弄，迷了路。她揉揉眼睛，想起朵拉說過，過去、現在、未來其實是互相融合的，在每一個當下，都有可能同步在過去、現在、未來的不同維度空間中穿梭。會不會她的心和那位藏族阿媽的心共感的同時，她不知不覺掉入了另一個平行時空，回到了過去？她閉起眼睛，心想，如果宇宙是一體的，生命的記憶就在這個一體之內，只要召喚記憶，記憶就會再度返回現實。

雪雁安安靜靜拿起佛珠，默唸了「嗡嘛呢唄美吽」，請求記憶返回這個時空，讓她來得及表達對那位藏族阿媽的感謝。她全神貫注融入那份感謝裡，過了一會兒，張開眼睛，果然又恢復了原本的街景。

她一邊感到不可思議，一邊又在心裡祈求佛菩薩能留住那位藏族阿媽，讓她表達謝意。她全力奔跑，盡最大的努力跑回旅社，再趕到大昭寺，終於如願在茫茫的轉經人海中找到那位藏族阿媽。

雪雁重新回到墊子上，繼續做大禮拜，一邊用計數器，從一開始慢慢數。大昭寺的清晨空氣很冷，冷冽的寒風從她唇間的隙縫灌入喉間。早上一股衝動跑來大昭寺，忘了帶水；剛才往返旅社，又和時間賽跑，也忘了喝幾口水，雪雁的嘴巴又乾又渴，嘴唇因為乾裂滲出了血絲。她抿著嘴角，看著大昭寺廣場擠滿了做大禮拜的藏人，不畏辛苦勇猛地趴下，起身，趴下，再起身，生起一種不管如何都要埋頭完成的決心。從三十、四十做到五十下時，達瓦教她如何做大禮拜的身影再度纏繞她的心頭。最後一次見面之後，兩人從此斷了音訊，一種莫名的傷感失落，使她忍不住又沁出眼淚，趴在地上的肩膀，上上下下抽搐著。

有個藏族婦女蹲下來，拍拍雪雁的肩膀。雪雁抬起頭，一條彩色圍裙映入眼簾。她站起身，定睛一看，原來是上次送她小佛像的藏族婦人。藏族婦人瞇著笑眼，用手抹去雪雁的眼淚，然後用她的腳貼著雪雁的腳，好像在看雪雁的腳丫有多大。

接著，婦人從背包拿出毛襪送給雪雁。雪雁雙手合十跟她說謝謝，又比手畫腳告訴她，明天她就要回台灣了。藏族婦女從背包拿出白色哈達，繫在雪雁的脖子上，祝福她旅途平安。

雪雁的心暖了起來，之前這位藏族婦女送給她的小佛像，她一直掛在脖子上，藏在衣服內裡。綠度母的所在，剛好在雪雁的心窩，乳房傷痕的位置。

雪雁從脖子上拿下小佛像，雙手合十再次說了謝謝。她翻著袋子探看自己身上還有沒有什麼東西可以作為答謝。

藏族婦女比著綠度母，要她看著綠度母的手勢。雪雁看著綠度母的右手，掌心外翻向下，所有手指朝下外伸。雪雁比著同樣的手勢，驀然間，她讀懂了藏族婦女的意思。她是想跟雪雁說，愛的給予是全部打開，沒有任何條件。一種溫潤的感動，從度母的掌心流進了雪雁的心尖，雖然她和藏人語言不通，卻能用心靈溝通。

藏族婦女要雪雁繼續把大禮拜完成，雪雁吸了一口氣，再次注意到大昭寺周圍光禿禿的高山。山為什麼有這麼大的生命力？是因為它保持著如如不動的平常心。順境好，逆境也好，為什麼它都能這樣如常地保持著？那是因為它無所求，它的心清淨。那麼，她對達瓦，還求什麼呢？她已經做了決定，如今這些紛擾，只是如朵拉所說，一彈指三十二億百千念，有形無形的雜念糾纏在一起罷了。如果，她能對自己反覆不定的情緒保持覺察，就不會老是被外境干擾。

「想念達瓦的時候，就唸佛，妳的真心和他的真心是相連的，並沒有真正分開。」她想起朵拉的叮嚀，重新注視金頂上佛陀的法輪。接著，她看見俯跪的兩頭鹿，突然注意到鹿的尾巴是翹起來的，她知道，動物的尾巴翹起來是因為對周遭的環境保持警覺。再仔細一看，鹿的耳朵是打開的，牠不只目不轉睛凝視著法輪，還全神貫注打開耳朵，把自己的身心全部收攝在佛陀的教誨裡。牠安安靜靜俯跪著，好像是放下自己、消融自己，對所有迎面而來的人事物保持禮敬、謙虛。雪雁整個人好像重新被打通，透過眼前凝視法輪的兩頭鹿，將她一

後，三個人手牽著手，又繼續轉經。

看著祖孫三人手牽手的背影，雪雁的喉嚨哽住了，這個畫面好美！佛屬於西藏，不是去寺院才找得到的佛，而是活在尋常百姓裡面，融入了生活、活出了真心的佛。

佛是真心。真心真意對待每一個人，就是佛。雪雁身上突然湧出一股力量，想用在拉薩的最後一天，為自己的痛苦發一個願。她要用大禮拜環繞八廓街一圈，對西藏、對佛陀致敬，請佛幫助她放下對達瓦的情執，和殘存在心裡還沒有完全放下的痛苦。

她在大昭寺廣場的點燈房，為父母點了燈，為父母祈福。然後順著轉經道，開始撲倒在地上，做大禮拜。當她把自己當成藏民，把自己用力抛出去，趴倒在八廓街的泥地上，她才感受到潛藏在心裡、已經硬梆梆的執著被自己狠狠丟出去，碎了一地。至此，她才對命運、對佛陀真正臣服。她的眼淚隨著第一個撲倒，奪眶而出。隨著一次又一次趴倒在地上，她的淚水和汗水像泉水一樣，從身體裡汩汩流出，像是在洗滌，又像是在釋放。她才領悟，藏人做大禮拜，並不是為了強壯自己，而是為了消融自己；藏人做大禮拜，不是為了得到，而是為了放下。

剛開始，她不會一邊走一邊磕頭，手腳不知如何保持平衡，才拜不到半個鐘頭就汗流浹背，渾身沒力氣。這才驚覺，用大禮拜環繞八廓街一圈需要多強韌的意志和體力，她根本沒做過幾次大禮拜，就發這個願，會不會太高估了自己？她的身子被汗水淹沒，臉龐被蒙上一層泥垢，體力還沒做多久就被掏空殆盡，膝蓋出現劇烈疼痛，已經舉步維艱。雪雁正煩惱著如何繼續下去的當兒，腦海裡突然跳出昨天夢中的藏族女孩卓瑪。好像突然跟什麼連上線似的，她對自己說：「卓瑪加油，卓瑪加油！」那一瞬間，一股奇妙的力量衝上她的身子，她全身的力量再度爆發出來。

自己看見自己是一種很複雜的感覺，她清清楚楚地知道那個女孩就是她，她看見卓瑪怎麼磕頭，自然而然就知道要怎麼磕頭。她終於明白朵拉跟她說的，前世今生是同一個畫面不同的分鏡，今生只是前世的延續，都是同一個自己。

各種栩栩如生的鮮明影像，像跑馬燈迅速在雪雁腦海中流轉。卓瑪跪在佛前，那尊佛不就是她在大昭寺、小昭寺看見的釋迦牟尼佛嗎？雪雁一邊磕頭，一邊憶起卓瑪的一切。她搞不清楚，是卓瑪帶著她還是她帶著卓瑪？前世今生的記憶在轉經的路上交錯合流，又好像雪雁和卓瑪終於合成一體，蛻變成另一個新生的自己。

她用新生的自己和新生的眼光，在轉經的路上畫一個圓，把她和父親圈起來，跟父親和好。她終於面對了自己來到拉薩前，看到父親所愛的女人靜姨的那一眼。她一看到靜姨——僅僅只是那一眼，她就知道父親為什麼會愛上這個女人。

她當時無法面對那一眼，是因為她不知如何告訴母親，父親所愛的，是一個懂他的女人，而母親從來沒有真正讀懂父親。

她畫了一個圓，把她和母親圈起來，跟母親和好。她想告訴母親，不管童年她曾經發生過什麼事都沒有關係，因為她擁有母親的愛就已足夠，她會陪著母親活出自己，找回真愛。

最後，她畫了一個圓，把自己和萬仔叔叔圈起來。再怎麼不堪的生命都只是經歷，希望萬仔叔叔來生能做個好人，找回內在的自性，不要再犯今生的錯。

每畫一個圓，雪雁就把自己狠狠抛出去，撲伏在地上，抖落所有的執著、不平、怨懟，然後雙手合十，獻上祝福。每一次的撲倒，雙手磨過地面，都像是磨掉自己個性的銳角，敲碎舊有的固著，掙脫綑綁在身上的枷鎖。雪雁咬著牙，用盡所有的能量和力氣，終於完成屬於自己的生命儀式。

完成以大禮拜環繞八廓街一圈之後，雪雁再度回到大昭寺廣場，突然覺得一切好像重新歸零，又回到她第一天來到拉薩，站在公主柳樹下，看見煨桑爐吐出團團的濃煙。她隨著濃煙的飄移，走到公主柳枯槁的樹身上一個小小的凹洞前，突然在裡面的裂痕中看到一個宛如老鷹般的眼睛。

忽然間，吹來一陣風，新生的柳樹掉下了一根柳條。雪雁拿起柳條，在地上畫了那顆有濃濃思念的眼睛。面對那個思念，她知道，她還有一個牽掛沒有完全放下。

她把柳條放進柳洞裡，像第一天那樣瞬間被吸進洞內。但這一次，柳洞裡沒有甲木薩，也沒有文成公主，只有一個七彩的虹光圈，散發著慈愛的光芒。

她走進虹光圈裡，和那個無盡的愛融成一體。忽然間，她眼前出現了一個畫面。她看見卓瑪，一個年輕的藏族姑娘，像雪雁一樣二十來歲。她牧羊，揹著竹籃子，喜歡看著天空發呆、唱歌，對著山裡的小花小草說話。她愛做夢，老是胡思亂想，心地卻真摯、善良。

因為太喜歡西藏的山，每次到山裡牧羊、離開大山之前，她總會做一個瑪尼堆，把自己化為一顆小石頭，融入高山裡。天真善良的卓瑪總是對著高山說，從此她的靈魂有一部分就在山裡。

每一次離開山之後，卓瑪就開始想起山；只要她想起山，山裡的「那顆小石頭」就在山裡閃閃發亮，呼喚著她，產生一種感情的連結。那種感情的連結，讓卓瑪一次又一次走入山裡，而每一次離開，她都會做一個瑪尼堆，把自己的一部分留在山裡。這種感情的連結和執著，終於讓卓瑪在某一世成為山神，守護她所愛的山林。

就像看電影一樣，雪雁是觀眾，也是裡面的主角。雪雁看見卓瑪以美好的樣貌，充滿喜悅地活著。她看著，嘴角跟著卓瑪一起漾起了微笑。接著，她看著卓瑪談戀愛，住在一間石頭屋，手中抱著一個男娃兒。

不知為何，畫面到這裡突然急轉直下，雪雁看見土石崩落、大火，似乎發生了什麼災難戰亂，奪去她所愛的一切。

雪雁看著，跟著卓瑪一起大哭，幾乎泣不成聲。她心裡好難過，卻只能哭，什麼都不能做，這似乎是卓瑪當時的處境。

雪雁放縱自己和卓瑪一起哭，淚水哭乾了之後，畫面像電影一樣，突然又轉到另一個僻靜的山間。雪雁深深吸了一口氣，看見自己就在一座山的半山腰，裡面有個小洞穴，她在洞裡面修行。有一道虹光，如同公主柳洞裡面的虹光一樣，像守護小樹苗一樣守護著她。

她知道自己坐在洞裡，卻只看到虹光，看不到自己的形體。洞穴裡什麼都沒有，只有時間靜靜流逝。隱隱約約，她感覺那個在洞中修行的自己，流下了一滴眼淚。

雪雁忍不住又哭了起來。她知道那是遺憾、放不下、捨不得、有情執的眼淚。山洞裡面的修行者，就算已經預知災難，也無能為力做任何改變，就像卓瑪那一世一樣。在命運和業力之前，只能默默承受。

這時候，雪雁突然發現時間靜止了，就像朵拉說的，沒有所謂的時間、空間，山洞裡面的形影和所有一切，包括雪雁這個觀看者，突然在一瞬間全部化為空無。生命以巨大的能量，濃縮在一個空寂的本體裡，什麼都沒有，又好像什麼都有。那是一種有與無之間、明晰通透的看見，卻連一絲絲的痕跡都找不到。

有那麼短短一瞬間，雪雁聽到一種聲音，但這種聽見並非真的聽見，而是一種感應和內在的交感。就在山洞的修行者離開塵世那一刻，七彩虹光對著在洞裡面流下淚水的修行者，也像是在跟雪雁說，有些事的發生並不是她的錯，而是人類集體的業力。那些生命的苦痛、磨難和意外之所以會發生，是因為人類需要從痛苦中學習，才能徹底覺醒。

卓瑪一生又一生的畫面，在雪雁的眼前，像電影一樣播放著。卓瑪太愛山了，當過山神守護山裡的生靈，當過老鷹守護整片山林，當過山洞的修行者，甚至當過大樹用根牢牢抓住所愛的山。但不管是山裡的修行者、老鷹、大樹或小花，都無法改變人類的共業，阻止厄運的發生。

雪雁突然明白了，原來，她每一世的人生課題都是放下。只有真正放下，她才能從遺憾中重生。

雪雁轉動佛珠唸佛，為卓瑪後來的滄桑，和山間修行者後來的遺憾而唸佛，又好像把祝福迴向給自己，安慰那個老是在愛別離輪迴的自己。

雪雁動念想到達瓦，她想知道她和達瓦過去的關係。

忽然間，畫面隨著雪雁的意念，轉到她和達瓦身上。

達瓦的前世，在卓瑪那一世是一隻獒犬，當土石崩落發生時，牠在第一刻衝過來，救了卓瑪。卓瑪活了下來，獒犬卻走了。

雪雁想起，她曾經在很多書上看過，西藏的獒犬滴盡最後一滴血也會守護自己的主人。

接下來，雪雁看見，有隻母獒犬在達瓦旁邊嗚嗚哀號。達瓦為救自己的主人而死，卻離開了牠的愛人。那隻母獒犬就是達瓦這一世的未婚妻。雪雁突然對達瓦的未婚妻感到內疚。

下一世的達瓦和未婚妻結婚，卓瑪則化為一隻老鷹，守護達瓦一家人和她最愛的山林。可惜達瓦的未婚妻在生育第一胎時不幸難產而死。達瓦抱著早逝的未婚妻發願，來生要以更長、更深的愛，償還未婚妻的情。達瓦終生未娶，從年輕到老年和他相依為伴的，就只有肩膀上的老鷹。老鷹是他的家人、他的知己，是他情感的依託，甚至是他的一切。

雪雁的淚水再次潸潸而下。她完全明白了，對達瓦而言，守護主人和守護愛人同等重要，也很難割捨。她突然能夠體會達瓦內心的痛苦和煎熬。

今生再相遇時，她不再是卓瑪，也不再是達瓦肩上的老鷹，而是從台灣來的雪雁。她以漢人之姿回到西藏，回到達瓦面前，但達瓦前世的印痕，卻還深深烙印在他心上，化為他靈魂濃濃的思念。

雪雁閉上眼睛，深深吸了一口氣，把達瓦所有的痛苦都吸進來，然後把對達瓦的祝福吐出去獻給他。

她在心裡對著達瓦說：

十五 照見

明天我將繼續存在，但是你要非常留心才能看到我。我將是一朵花，或者是一片樹葉。我將存在於這些形色中，並向你打招呼。如果你足夠留心，你將會辨認出我並問候我，我將會非常高興。

——一行禪師

離開西藏那一天，朵拉把當初所畫的圖，送給雪雁。她看著那雙眼睛，像老鷹一樣的眼睛，凝視著一個重新長大的小女孩。

她終於懂了，那是「自己看見自己」，是那個永恆的自己，看見自己好多個前世之後，又回過頭來看著今生的自己。或許這一段看似痛苦的旅程，只是「自己和自己的凝望」，憶起自己是誰，就像文成公主從破碎的鏡子中重新找回自己的旅程。

達瓦託人帶來一封信，附了兩張照片。

他在信上寫著：

上師要我回康區，無法為妳送行，這是個痛苦的決定。守護故鄉的山林，守護卡瓦格博，是我今生發的心願。謝謝妳看見我的天命，給了我完成的勇氣。

把自己照顧好，答應我開開心心地活著。

我們會重聚的，不管變成什麼模樣，用什麼形式再見面。

相信我，我的老鷹，我的上師說妳不是一隻普通的老鷹。我肩膀上的印記，是為了將來引導妳回到老鷹真正的故鄉。

所有的相遇，都是靈魂的思念。

如同扎西拉姆．多多那首詩：

你念，或者不念我，

情就在那裡，

不來不去。
你愛，或者不愛我，
愛就在那裡，
不增不減。

老鷹的守護者　達瓦

信件下方，夾著兩張達瓦在公主柳樹下初見雪雁所拍攝的照片。

雪雁驚訝地發現，兩張照片裡的她，一樣都站在公主柳樹下，而她所凝視的，居然都是七彩的虹光圈……

雪雁揹著行囊，走到公主柳做最後的道別。公主柳早已不是當初她所看見那株傷痕累累的公主柳，而她也不是當初來藏地的那個雪雁。

她跑到樹下，把達瓦送給她的老鷹掛在柳樹上，拿出木雕鳳凰，她終於有能力為鳳凰畫上眼睛。她在鳳凰的心窩上，寫了ཨ字。

雪雁雙手合十，把拇指收進掌心裡，她的手心依然有達瓦的溫度。如今她才明白，當初達瓦的拇指和她的拇指相疊縮進掌心，其實是把兩個人的情執一起放下。

相愛的兩人未必能長相廝守。即使這樣，愛情的最終，也不該只有分離、憂傷等負面的模樣，它能透過轉化、昇華，變成新的東西，長在心裡。

雪雁的眼睛，望著公主柳上方的天空。五彩旌旛依舊神采飛揚，周圍的高山依舊裸身相見，靜靜佇立著。

「雲散了，天還是那麼藍。」她知道，所有的一切都是自己召喚來的。這一段西藏旅程，一次一次地學習放下，放下越多，心越清淨，越接近源頭ॐ，就越能夠得到生命的幸福。

她站在公主柳前，眼睛一亮，竟看見枯槁的公主柳冒出一根小芽。她終於看見了。

凰凰浴火，是為了重生，而不是毀滅。她突然好想在離開西藏之前，跟甲木薩說一聲謝謝。

眼前突然出現一輪虹光圈，雪雁漾開笑容：

「我知道妳是誰了。妳是我更深的看見。」❶

❶李雪雁，即野史裡文成公主的名字。

〈後記〉
發出訊號，生命會回應你

你曾經遺失過什麼東西嗎？你用什麼方式把它找回來？《所有相遇，都是靈魂的思念》這本書，就是幫讀者把曾經失落的愛、遺失的夢想，重新找回來。

這樣的創作靈感，起源於幾年前，我曾在一本書上看過一個故事。有一天，我突然好想把那個故事再看一遍，卻忘了是在哪本書看到的。我問先生，記不記得這個故事？他搖搖頭。（根本就是直接放棄。）

我再問女兒。女兒調皮地說：「妳是冀望我幫妳想起在哪本書裡看到的嗎？」我點點頭，眼睛閃閃發亮。想不到女兒卻說：「我記得那個故事，但忘了是哪本書了。」看來，我只能靠自己了。於是，我決定把這個故事說給我書架上的書聽。我一邊說，一邊喚起那個故事和我情感的連結。忽然間，我的心震動了一下。有一本書，好像在跟我招手。我知道，一定就是那本書！它的感情，在我說故事的剎那間，甦醒了，因為我所講的故事，就在它生命的流裡。我找到它，它也找到我。我們的生命有很多時刻，都是這樣的。你所尋找的，它也在尋找你，你得先發出訊號才行。

在《所有相遇，都是靈魂的思念》這本書中，我創造了李雪雁，這個正值青春年華、卻對生命充滿疑惑的女孩。一開始，我只是想寫一個二十五歲的女孩尋找自己的旅程。我發出一個找尋自己的訊號，投入這本書裡。

女兒看了我的企畫大綱，告訴我：「妳塑造的角色不會完全照著自己的想像走，妳越寫，會越了解妳所塑造的人物是什麼樣子，小說裡的人物也會跟著妳一起成長。」我想，女兒是對的。寫著寫著，我和書中的人物不斷對談，越寫越深，我發現，我不是在幫李雪雁找自己，而是生命本身透過李雪雁這個角色找上我，要我為所有的生命寫一本書，幫每一個人尋回真心，找回真愛。我原先設定的「找自己」旅程，被我的願力放大了，我想幫讀者尋回「真正的自己」，喚起「永恆不變的愛」。

每個人都在尋找，可以讀懂自己的人。不管你現在是二十五歲、三十五歲、五十歲——走進李雪雁的故事，你會聽到一種生命的召喚，看到自己成長的縮影，還有那個早已遺忘，卻一直躲在心中、渴望跳脫命運的小小聲音。攤開這本書，你會很驚訝，你所尋找的，也正在這本書裡尋找著你。

期待你在書裡，意外地遇見。

致謝

感謝圓神副總編輯賴良珠和專案經理賴真真，從二〇〇八年我在圓神出版第一本書，從寫自己到採訪雲門藝術家，從親子教養到心靈療癒，一直到這本西藏長篇小說，她們兩位是我寫作的貴人和啟蒙老師，更見證了我十幾年來的成長和突破。

感謝方智出版編輯團隊，主編黃淑雲、責編溫芳蘭、責企楊千萱、詹怡慧、美編李家宜、排版陳采淇對這本書的用心製作。感謝雙螺旋文化王立總經理，支持了我兩次去西藏的旅費，以及趙靜、郭芳、程瑾對我西藏旅行行政事務的協助。

感謝熊曉鴻、李瑟、王品、梁曉華、莊志郎、蔡易霖、李承臻提供我西藏旅行的支持和協助。感謝林芝安送我一尊藏傳的金身佛陀，為我帶來無形的能量和加持。

感謝我的家人和兩個小孩，尤其是先生守正，在我日以繼夜趕稿時，分擔家務。沒有家庭支持，這本小說不可能誕生。因為有家庭當我的後盾，我才沒有後顧之憂，幾次往返西藏。

感謝一直默默陪在我身邊的朋友和讀者，有你們的支持，淑文才有辦法一本接著一本寫下去，並在每一本書中呈現不同的樣貌。

最後，把這本書，獻給我的母親與天上的父親。謝謝他們給我的愛，我願把我所有的一切都獻給他們。